KB100838

던전에서
만남을 추구 하면
안 되는 걸까
16

오모리 후지노
OMORI FUJINO

일러스트 야스다 스즈히토
YASUDA SUZUHITO

김민재 옮김

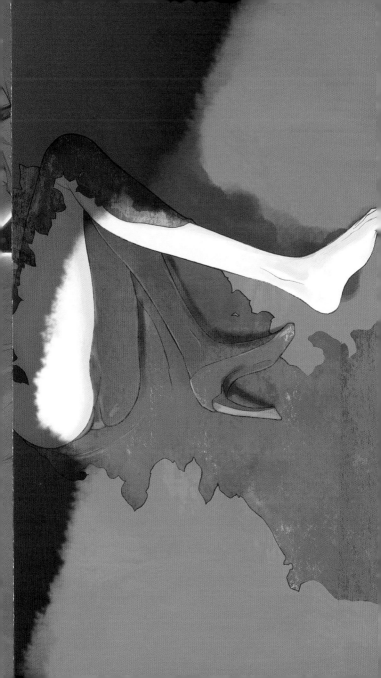

던전에서 만남을 추구하면 안 되는 걸까 16

오모리 후지노 지음 | **야스다 스즈히토** 일러스트 | **김민재** 옮김

S NOVEL

릴리루카 아데   LILIRUCA ARDE

'서포터'로 벨의 파티에 들어온 파룸(소인족) 소녀. 보기보다 힘이 장사. 【헤스티아 파밀리아】 소속.

벨프 크로조   WELF CROZZO

벨의 파티에 들어온 스미스 청년. 벨의 장비 《깡총이 Mk-II》의 제작자. 【헤스티아 파밀리아】 소속.

야마토 미코토   YAMATO MIKOTO

극동 출신 휴먼. 한번 미끼로 삼았던 벨에게 용서를 받은 데에 은혜를 느끼고 있다. 【헤스티아 파밀리아】 소속.

산죠노 하루히메   SANJONO HARUHIME

벨과 환락가에서 마주친 극동 출신 르나르(여우 수인). 【헤스티아 파밀리아】 소속.

에이나 튤   EINA TULLE

던전을 운영하고 관리하는 「길드」 소속 접수원. 벨과 함께 모험자 장비를 구입하는 등 공사 양면에서 도와준다.

헤르메스   HERMES

【헤르메스 파밀리아】의 주신. 파벌들 속에서도 중립을 자처하는 여리여리한 남신. 행동력이 뛰어나고 빈틈이 없다. 누군가에게서 벨을 감시하도록 의뢰를 받고 있는지도……?

카산드라 일리온   CASSANDRA ILION

다프네와 같은 경력을 거쳐 현재는 【미아흐 파밀리아】에 속한 모험자. 자신을 이모저모로 챙겨주는 다프네를 잘 따른다.

다프네 라우로스   DAPHNE LAUROS

한때 카산드라와 함께 【아폴론 파밀리아】에 속했던 모험자. 『워 게임』을 거쳐 현재는 【미아흐 파밀리아】 소속.

아냐 프로멜   ANYA FROMEL

【미아흐 파밀리아】의 주신. 주로 포션 등의 회복 【풍요의 여주인】 점원. 조금 바보스러운 캣 피플. 시르와 류의 동료.

클로에 로로   CHLOE LOLO

【풍요의 여주인】 점원. 신들의 언동을 따라하는 캣 피플. 벨의 엉덩이를 노린다.

루노아 파우스트   LUNOR FAUST

【풍요의 여주인】 점원. 상식적인 것 같으면서도 무서운 일면을 가진 휴먼.

미아 그랜드   MIA GRAND

주점 『풍요의 여주인』의 점주. 드워프임에도 매우 키가 크다. 모험자가 울며 도망칠 정도로 힘이 장사.

아렌 프로멜   ALLEN FROMEL

【프레이야 파밀리아】 소속 캣 피플. Lv.6 제1급 모험자이자 『도시최속』이라는 별명을 가졌다.

알프릭 걸리버   ALFRIGG GULLIVER

파룸으로서 Lv.5에 이른 모험자. 네쌍둥이의 장남으로 두바린, 베링, 그레일 세 동생이 있다.

회그니 라그날   HOGNI RAGNAR

헤딘의 숙적이기도 한 다크엘프. 별명은 【다인슬레이프】. 사실은 말을 하는 것이 서툴다……?

헤딘 셀란드   HEDIN SELLAND

프레이야도 신뢰하는 영명한 마법검사. 별명은 【힐드슬레이프】.

헤스티아
HESTIA

인간과 아인을 넘어선 초월존재인, 천계에서 내려온 신. 벨이 속한【헤스티아 파밀리아】의 주신. 벨이 너무 좋아!

벨 크라넬
BELL CRANEL

본 작품의 주인공. 할아버지의 가르침 때문에 던전에서 멋진 히로인과 만날 날을 꿈꾸는 신출내기 모험자.【헤스티아 파밀리아】소속.

류 리온
RYU LION

원래는 뛰어난 모험자였다. 현재는 주점【풍요의 여주인】에서 점원으로 일한다.

아이즈 발렌슈타인
AIS WALLENSTEIN

아름다움과 강함을 겸비한 오라리오 최강의 여성모험자. 별명은【검희】. 벨에게는 동경의 존재. 현재 Lv.6.【로키 파밀리아】소속.

시르 플로버
SYR FLOVER

주점【풍요의 여주인】의 점원. 우연한 만남으로 벨과 친해졌다.

프레이야
FREYA

【프레이야 파밀리아】의 주신. 신들 중에서도 가장 아름답다고 일컬어지는 '미의 여신'.

오탈
OTTARL

파밀리아 단장을 맡은 오라리오 최강의 모험자. 보어즈.

아스피 알 안드로메다
ASUFI ALANDROMEDA

다양한 매직 아이템을 개발하는 아이템 메이커.【헤르메스 파밀리아】소속.

CHARACTER & STORY

미궁도시 오라리오 —— 통칭『던전』이라 불리는 장대한 지하미궁을 보유한 거대도시. 모험자가 되려는 소년 벨 크라넬은 이 도시에서 여신 헤스티아와 만나【헤스티아 파밀리아】에 입단한다. 동경하는【검희】아이즈 발렌슈타인에게 인정받고자 던전 탐색에 매진하는 가운데 서포터 릴리, 스미스 벨프, 극동 출신 미코토, 르나르 하루히메도 같은【파밀리아】의 일원이 되었다.

저마다 과거를 돌아보는 가운데, 벨은 엘레지아에서 아이즈의 모습을 보았다. 그녀가 꽃을 바친 것은 옛 영웅『용병왕 발트슈테인』의 무덤이었다.

지금과 과거의『최강』을 잇는 접점 앞에 멈춰 서버린 벨. 그러거나 말거나 가을을 맞아 풍요의 연회는 다가오고 있었다——.

커버 그림. 본문 일러스트 | **야스다 스즈히토**

프롤로그
그것은 그저 평범한
우정과 모정의 틈바구니

"저기, 류."

류가 돌아보았다.

여느 때와 같은 길.

회색 머리카락을 찰랑이는 소녀와 함께, 시장에서 사 온 식재료가 가득 담긴 종이봉투를 안고, 인적이 뜸한 지름길을 따라 주점으로 돌아가는, 정말로 여느 때와 무엇 하나 다를 바 없는 길이었다.

시르는 돌아본 류에게 미소를 지었다.

"벨 씨 좋아하게 됐어?"

——와르르르.

안고 있던 종이봉투를 보도블록 위에 떨어뜨렸다.

봉투 안에서 과일이 굴러간다. 황급히 무릎을 꿇고, 덜렁이 메이드처럼 주워 담기 시작했다.

주워 담으며, 엘프의 가느다란 귀가 두쿵두쿵 맥박을 쳐 댔다.

아니, 귀만이 아니라 얼굴도, 목도, 몸도 떨리며 전부 다 열기를 띠었다.

뭐지? 무슨 말을 한 거지? 뭘 물어본 거지?

이렇게 느닷없이, 평범하기 그지없는 일상에서, 아무런 조짐도 없이.

그녀는 대체 내게 무엇을 확인한 거지?

"무, 무, 무…… 무슨 말을……!"

처량할 정도로 목소리가 갈라졌다.

그런 자신을 내버려 둔 채 소녀는 몸을 숙이고 줍는 것을 도와주었다.

주워든 붉은색 과일을 류의 손에 건넨다.

"제, 제가, 당신의 정인을 가로챌 생각을 할 리가——!"

"류."

몸을 일으켜, 필사적으로 무언가를 말하려는 자신의 목소리를 가로막고.

시르는 다시 한번 웃었다.

"나, 벨 씨를 좋아해."

그때 왜 충격을 받았는지, 류는 알 수 없었다.

시르가 이제까지, 소년에 대해 확실하게 『좋아한다』고 말한 적이 없었기 때문일까.

자신을 바라보는 눈동자가 자신의 마음을 모두 꿰뚫어 보는 것처럼 느꼈기 때문일까.

흰 것도 검은 것도, 거짓도 진실도, 모든 것을 알아버리는 눈 속에 비친 자신의 모습이 너무나도 우스꽝스러웠기 때문일까.

"이번 『여신제』에 내가 벨 씨를 불러도 될까?"

싫어!

그렇게 말하듯 가슴이 옥죄어드는 것 같았다.

무슨 멍청한 소리냐고 웃어버릴 일이다. 자신이 해야 할 일은 '물론'이라고 긍정하고 그녀를 응원하는 것이다.

그 이외에는 없을 터.

그런데도, 류의 심장 소리는 빨라지기만 했다.

"왜…… 그걸, 제게 묻습니까?"

"어쩌면 류에게 잔혹한 짓을 해버릴지도 모르니까."

간신히 그 말만을 물은 자신에게, 그녀는 단어를 골라가며 대답했다.

"잘 되더라도, 실패하더라도 환멸을 살지 모르니까."

"싸우고 화해할 수 없을지도 모르니까."

"그러니까, 물어보려고 했어."

말을 다 하고, 눈썹을 늘어뜨리며 웃는 그 모습이.

그녀의 『성의』임을 깨달았다.

"…………저, 저는."

류는 그 『성의』를 직시할 수 없었다.

어떻게 호응해야 좋을지, 장수종인 엘프 중에서도 어린 축에 속하는 그녀의 내면에 답은 존재하지 않았다.

그러므로 하늘색 눈을 내리깔고, 가장 소중한, 눈앞에 있는 소녀와의 인연을 떠올렸다.

5년 전, 이 입술이 그녀에게 했던 약속을.

"……당신은, 저를 구해주었지요. 저는 당신에게 은혜를 갚고 싶습니다. 전에도 말했을 텐데요."

그러므로.

숨을 들이마시고, 쥐어 짜내듯, 그다음 말을 입에 올렸다.

"시르는…… 누구를 좋아하게 되더라도, 상관없습니다. 저는, 응원할 테니까요."

어딘가 공허한 울림이 골목에 울려 퍼졌다.

시내인데도 적막했다.

골목의 모양대로 잘린 푸른 하늘이 두 사람을 내려다보고 있었다.

눈앞에 있는 회색 눈동자와는 아직도 시선을 마주할 수가 없었다.

잠시 후.

소녀는 조용히 웃었다.

"고마워."

프롤로그 ||
소녀가 바란 것

예를 들자면 그것은 점심 도시락을 건네줄 때.

그가 짓는 미소가 좋았다.

예를 들자면 그것은 다른 여성과 이야기를 나눌 때.

얼굴을 새빨갛게 물들이며, 자신이 아닌 이성에게 놀림을 받는 것이 조금 언짢았다.

예를 들자면 그것은 하얀 의지에 그림자가 드리워질 때.

고민하고, 상처 입고, 그래도 고개를 들며 앞으로 나아가고자 하는 그에게 힘이 되고 싶다고, 정말로, 아무런 타산도 없이 생각했다.

예를 들자면, 예를 들자면, 예를 들자면……

열거하면 끝도 없는 수많은 예시를 쌓아놓고, 웃음이 나올 정도로 시시하고 사소한 시간을 거쳐── 나는 그를 좋아하게 되고 말았을 것이다.

정말 부끄러운 일이지만. 인정하고 싶지 않지만.

나는 마음이 끌리고 있다.

될 대로 되라고 백기를 들고 네네 졌어요 졌어요 패배선언을 하고, 이걸로 만족하냐고 얼굴을 새빨갛게 물들이며 카드를 공개. 흠뻑 빠졌던 거 옛날에 알고 있었다고요, 하며 누구에게라고 할 것도 없이 혀를 내밀며 허세처럼 입술을 비죽거렸다. 그 후에 넘쳐난 것은 스스로도 놀랄 만큼 따뜻한 미소였다.

그렇다.

나는 그에게, 마음이 끌리고 있다.

인정한 후에는 마음이 편했다.

산들바람이 부는 것처럼 몸이 가벼워졌다.

무언가 보물이라도 찾은 것 같은 기분이 들었다.

하지만.

그와 동시에 가슴이 술렁거렸던 것도 사실이었다.

가슴의 술렁임을 가져온 결정적인 방아쇠가 무엇이었냐고 묻는다면.

그것은 자신이 소중한 사람이라고 생각했던 그녀의 소소한 『변화』였으리라.

――류, 얼굴이 새빨개.

――빠, 빨갛지 않습니다.

――벨 씨 보고 있었어?

――아, 아니에요! 아닙니다, 시르!

그녀는 아름답고, 고결하고, 언제나 늠름한데도, 서툰 일에는 정말로 서툴렀으므로, 금방 눈치채고 말았다. 어쩌면 그 순간이 오지 않을까 전부터 생각했으므로, 그 자체에는 별로 놀라지 않았다.

그렇다.

위기감이라든가, 그런 것은 없었을 것이다.

다만── 같은 시간이 이어지진 않으리란 사실을 깨달아버렸다.

그가 여느 때처럼 가게를 찾아와 점심 도시락을 받는다. 동료들이 구경하며 놀린다.

그런 일상도 내일이면 무너져버릴지 모른다.

나는 어울리지도 않게 충격을 받았던 모양이다.

여느 때와 다를 바 없는 웃음 속에서, 새침한 얼굴의 이면에서, 얼어붙었다.

"시르, 왜 그래? 요즘 기운이 없는 거 아냐?"

"……그렇게 보여?"

"나는 그래. 어쩐지 웃음도 평소랑 다른 거 같고."

뺨을 차닥차닥 만져보지만, 알 수 없었다.

그런 나에게 동료 루노아가 활짝 웃음을 지었다.

"뉴후후, 소녀의 고민이란 거냐옹~?"

"우리한테 상담해봐라냐, 시르! 그리고 고민이 해결되면 청소 바꿔줘라냐!"

뒤에서 클로에가 등에 몸을 기대고, 앞에서는 아냐가 손가락을 척 들이댄다.

평범하기 그지없는 일상이다. 숫제 소중할 정도로. 이런 눈앞의 광경도 언젠가 내 앞에서 사라져버리겠지. 하계는 잔혹하니까. 시간은 눈 깜짝할 사이에 흘러간다. 나도 그것을 알고 있다.

그러므로 내가 두려워하는 『언젠가』는 생각보다 일찍 찾아올지도 모른다.

　그렇게 자각한 순간, 도저히 견딜 수가 없었다.

　가슴이 답답하다.

　마주해서는 안 되는 것이었음을 새삼스레 깨달았다.

　그래도 이제는 멈출 수 없다.

　『목적』과 『수단』이 뒤바뀐 것은 언제였지?

　가슴에 가시처럼 박힌 『거짓말』에 괴로워하게 되었던 것은?

　내가 정말로 바랐던 것은 무엇이지?

　그가 누구에게 시선을 보내는지는 알고 있다.

　그 루벨라이트색 눈동자가 무엇을 올려다보는지도 알고 있다.

　동경이 향하는 곳이 어디인지는 이미 이해하고 있다.

　하지만 마음은 풀려나고 말았다.

　확인하고 싶다. 확인하고 싶다. 확인하고 싶다.

　이 마음이 진짜인지를.

　나는 『나』인지.

　나는 『내』가 될 수 있는지.

　『여신의 쐐기』로부터 **풀려날 수 있는지.**

　이것은 『사랑』이 아니다.

　나는 그것을 증명하고 싶다.

그러니까.

그래, 그러니까.

 나는 결의할 수밖에 없었다.

 나는 잘못되지 않았노라고 『충동』이 시키는 대로 따를 수밖에 없었다.

 신의에 부합하지 않는 결의를 동원해서라도, 임할 수밖에 없었다.

 긴 계단을 오른다.

 중후한 문을 연다.

 탁 트인 방 너머로 향한다.

 홀로 옥좌에 앉은 고고한 여왕을, 나는 배알한다.

 웃음을 머금은 『그녀』를.

 어리석게도, 한심하게도, 절대 거역해서는 안 될 존재를 향해.

 나는 『여신』에게 『교섭』을 청했던 것이다.

파르라 리르레르

1장 ┏

종이 냄새가 난다.

어렸을 때, 싫증 낼 줄 모르고 페이지를 넘기며 파고들 듯이 읽었던 책의 향기다.

"분명 이쯤에……."

나는 질서정연하게 늘어선 책꽂이 앞에 서 있었다.

【파밀리아】의 홈, 『화덕관』의 서고.

넓은 저택 내에서도 1층, 안뜰에 인접해 수많은 책과 책장이 있는 이 방은 원래 【아폴론 파밀리아】의 재산이었다. 워 게임에서 승리해 받은 홈과 함께 지금은 이 서고도 【헤스티아 파밀리아】의 것이 되었다.

헤아릴 수도 없는 장서는 모두 아폴론 님이나 단원들이 모아놓은 것이므로, 처음에는 읽는 데 조금 죄책감이 들기도 했지만,

"마음대로 읽어. 워 게임에 이긴 건 너희인데, 아무도 가져가지 않은 물건을 사유물로 취급한다고 누가 뭐라 그러겠어."

다프네 씨는 그렇게 말했다.

책의 입장에서는 먼지만 뒤집어쓰는 것도 싫을 거라는 주신님의 말씀도 있고 해서, 이제는 시간이 날 때마다 읽어보고 있다.

이 서고를 자주 이용하는 사람은 나와 하루히메 씨. 그 외에는 책을 좋아한다……기보다는 하계의 오락을 사랑하시는 주신님. 얼마 안 되는 용돈으로 마음에 드는 책을 곧

잘 사와 보충하다 보니 책장은 꽉 들어차 슬슬 새 서가를 사는 것도 고려해봐야겠다.

그런 책의 숲에서 나는 어떤 서적을 찾고 있었다.

"……찾았다."

영웅에 관한 이야기를 모아놓은 책장의 상단.

발돋움을 해 손가락을 걸고 그 두꺼운 『영웅담』을 손에 들었다.

"『던전 오라토리아』……."

이 오라리오에서 실제로 있었던 역사적 사실을 모아놓은, 말하자면 영웅들의 궤적.

어린 시절의 애독서이기도 한 영웅담을 펼친다.

펄럭펄럭 페이지를 넘긴 곳은, 오른손의 무게감이 줄어든 최종장.

"『영웅 알버트』……."

그것은 영웅 사상 『최강』이라고도 불렸던 한 대영웅의 이름이다.

『던전 오라토리아』만이 아니라 수많은 동화와 전승에도 등장하는, 하계에서 가장 위대한 인물 중 하나.

한 자루의 검을 들고 정령과 함께 거대한 괴물과 대치하는 삽화를 빤히 응시하며, 나는 바로 며칠 전의 광경을 떠올렸다.

──『너도, 누구 무덤에?』

미궁도시에서 스러져간 영웅, 그리고 모험자들을 애도

하는 『엘레지아』의 다음 날 아침. 나는 『모험자 묘지』에서 아이스 씨와 마주쳤다.

그곳에서 그 사람은 꽃을 바치고 있었다.

『고대』의 영웅들을 위해 세워진 칠흑의 위령비—— 그 속에 세워진 『영웅 알버트』의 묘 앞에서.

"발렌슈타인…… **발트슈테인**."

영웅 알버트에게는 여러 가지 호칭이 있다.

그중에 존재하는 것이 『용병왕 발트슈테인』.

『고대』의 가경에선 용병이란 미궁의 탐색자와 같은 뜻이었으므로, 다시 말해 『용병왕』이 뜻하는 말은 『모험자의 왕』.

용병왕 발트슈테인의 묘비에 【검희】 아이즈 발렌슈타인이 헌화를 했다…….

고대의 최강과 현대의 최강을 잇는 광경에, 나는 호기심과는 다른 무언가로 가슴이 술렁거리는 것을 느끼지 않을 수 없었다.

"발트슈테인이란 이름은…… 『던전 오라토리아』에는, 없어."

페이지를 펼치며 구석에서 구석까지 확인해봤지만 『용병왕』이란 별명은 어디에도 없었다.

지금 보고 있는 것은 『미궁 오라토리아』의 사본. 천 년 전에 쓰인 원전에서 수도 없이 옮겨진 것이기는 하지만, 이는 틀림없이 『공식』이라 불리는 것이다.

한편, 내가 발트슈테인의 이름을 안 것은 태어난 고향에서 읽었던 『던전 오라토리아』…… 나를 길러준 부모인 할아버지가 써준, 말하자면 2차 창작물이었다.

원래 같으면 후자의 존재를 의심하고 용병왕 발트슈테인이란 이름은 할아버지의 공상에 ''어 넘겨야 할 것이다.

하지만…….

'어째서일까…… 도저히 할아버지가같지 않아.'

그 사람이 어린 나를 기쁘게 해주려고공상이, 마치 **자못 우연인 것처럼** 이 오라니, 정말 그런 일이 있을 수 있을까?

이 감각은 숫제 직감이라고밖에는 할 수'아이즈 씨는, 영웅의 계보……?'

완전히 남이 아니라고 한다면, 그렇게 생각음에 와닿았다.

오히려 어울린다는 생각마저 들었다.

오라리오 최강의 여검사로 명성이 자자한웅의 자손이라면 금방 수긍할 수 있다.

……하지만 무언가가 마음에 걸린다.

스스로도 잘 모르겠다.

그때, 아침 햇살 속에서 보였던 아이즈 씨의 표에 꽃을 바치던 그 사람의 얼굴은, 정말로 먼 선조

하는 그런 것이었을까.

가슴에 도사린 이 의구심은 대체 무엇일까.

나는 대체 무슨 답을 찾아내고 싶은 걸까.

'게다가 알버트의『최후』는······.'

전설이 말하는 대영웅의 궤적.

용병왕 발트슈테인이 이루었던『위업』은——.

"——어? 초인종?"

생각을 끊어버리는 종소리에 나는 고개를 들었다.

소리가 들려온 곳은 저택의 현관 방향. 의심할 여지도 없이 손님이었다.

서고에서 창밖을 보니 안뜰에서 빨래를 널던 하루히메 씨가 "캥?!" 하며 굵은 꼬리를 위아래로 흔드는 모습이 보였다. 손을 뗄 수 없는 것 같았으므로, 나는 책을 덮고 서고에서 나왔다.

"제가 나갈게요!"

안뜰에 인접한 복도를 달리면서 메이드복 차림의 하루히메 씨에게 외쳤다.

꾸벅꾸벅 고개를 숙이는 그녀에게 손을 흔들어주고, 저택에 있는 릴리나 다른 동료들보다도 먼저 현관에 도착했다.

다시 울리는 초인종에 "지금 열게요~!" 하고 말하며 문에 손을 가져다 댄 나는.

"── ."

눈을 크게 뜨고, 한순간, 말을 잃어버렸다.

문을 열자 나타난 것은 낯선, 하지만 눈이 번쩍 뜨일 만한 미소녀였던 것이다.

얼굴의 오른쪽 절반을 가리는 긴 머리카락은 색소가 빠져나간 듯한 회색.

드러나 있는 왼쪽 눈은 어둠에 물든 것 같은 검은색 일색. 그럼에도 매우 고운 그녀의 용모를 전혀 해치지 않았다. 마찬가지로 검은색을 기조로 한, 노출이 적은 드레스 같은 차림은 『마녀』의 제자라는 말이 떠올랐다.

분명 나보다도 연상. 키는 별로 다르지 않으며, 종족은 휴먼.

머리카락에 가려진 얼굴은 인형처럼 한없이 무표정했다.

다만…… 뭐랄까.

나를 바라보는 눈빛은 『극한』의 냉기라고 해야 하나, 『적의』가 담긴 것 같은…….

"벨 크라넬."

"네, 넷. ……어, 저를 아시나요?"

"레코드 홀더의 이름은 오라리오에 있으면 귀를 막아도 들리니까요. 자신이 얼마나 귀에 거슬리는 명성을 선전하고 다니는지 자각을 가져 주세요. 그 품성 없는 얼굴은 정말 불쾌하거든요."

"으윽?!"

갑자기 이름을 불려 얼빠진 표정을 지은 나에게, 그 소녀는 눈빛과 똑같이 싸늘한 목소리로 그런 말을 했다.

초면에 그런 매도와 함께 흙투성이 오물을 바라보는 듯한 눈매!

이제까지 만나본 적이 없는 타입의 여성……!

"…………당신만 그분 앞에 나타나지 않았어도."

그저 상처 입고 갈팡질팡하고 있으려니.

그녀는 왼쪽 눈을 내리깔며 발밑을 향해 조그맣게 중얼거렸다.

네?

내가 눈을 동그랗게 뜨자, 아무 일도 없었다는 듯 시선을 되돌린다.

"여기."

"펴, 편지?"

"어떤 분이 당신에게 보낸 거예요. 꼭 읽으세요."

몇 마디 말로 그렇게 고하고 그녀는 긴 옷을 펄럭이며 돌아섰다.

이 이상 있다간 눈앞에 있는 남자를 **어떻게 해버릴 것 같다**는, 그런 싸늘한 공기를 등으로 뿜어내며, 조용히 저택 앞뜰을 가로지른다.

정문을 지나 그 모습이 사라질 때까지 나는 멍청히 서 있고 말았다.

"뭐였냐, 저거."

"흐와악?!"

바로 뒤에서 들려온 목소리에 어깨를 한껏 들썩였다.

황급히 돌아보니, 마치 당연하다는 것처럼 벨프가 서 있었다.

"그 편지 설마 연애편지는 아니겠죠?! 이제 성가신 일은 그만 좀 사양하고 싶은데요!"

"여, 연애편지?! 백주대낮에 당당하게 현관에서, 벨 님께?! 흐아아……!"

"진정하십시오, 하루히메 공! 아직 연애편지라고 확정된 것은 아니니!"

릴리에 하루히메 씨에 미코토 씨까지! 어느 틈에?!

그보다 연애편지 연애편지 연호하지 마세요!

"이, 있었어?!"

"네. 벨 님이 『이렇게 불쾌하고 얼빠지게 생긴 고블린 놈팽이 따위 꺼져버려!』라는 말을 들었을 때쯤부터 있었어요!"

"그렇게까지 심한 말은 아니었어어!!"

눈꼬리를 세운 릴리가 묘하게 비난하듯 대답하는 바람에 내가 비명을 지르고 있으려니 벨프, 미코토 씨, 하루히메 씨가 설명해주었다.

"농담은 넘어가고, 손님치고는 분위기가 뒤숭숭해서 어떻게 되나 보고 있었어."

"벨 공은 그녀의 분위기에 완전히 압도되었으니 눈치를 못 채신 것도 무리는 아니지요."

"목 언저리에서 땀이 뻘뻘 쏟아졌나이다……."

보아하니 내 뒤에서 현관에 숨은 채 엿듣고 있었던 모양이다.

하루히메 씨가 자연스러운 동작으로 손수건을 꺼내 열심히 목의 땀을 닦아주어 나도 모르게 얼굴을 붉히고 있으려니 릴리가 옆에서 메이드복의 허리를 쿡 찔렀다. "캥?!" 하는 비명과 함께 펄쩍 뛰어오르는 하루히메 씨를 내버려둔 채 나에게 조그만 손가락을 척 내민다.

"그것보다 그분과는 무슨 관계인가요! 어느 틈에 침 발라놓는 사이가 된 거냐고요!"

"침 발라놓는 사이라는 게 무슨 소리야?! 나도 몰라! 정말 처음 만났다고!"

당황했지만 솔직하게 대답했다.

그러자 릴리는 잠시 입을 다물더니 진지한 표정을 지었다.

"그분은 【프레이야 파밀리아】의 단원이에요."

"엑…… 프, 【프레이야 파밀리아】?!"

상상도 못 했던 단어에 목소리가 갈라져 나왔다.

아이즈 씨가 있는 【로키 파밀리아】와 어깨를 나란히 하는, 도시 최대 파벌의 일원?!

"『여신의 수행원』 회른. 소위 말하는 『종자』 외에 프레이야 님의 곁에 있도록 허락을 받은 시종장이지요. 평소에는 프레이야 님의 신변을 보필하기 때문에 바벨의 홈에만 있고, 주신과 마찬가지로 어지간해서는 나타나는 법이 없다고 하던데요……."

"트, 틀림없어?"

"옷에는 엠블럼이 있었고, 내가 들었던 특징하고도 똑같아. 본인 맞겠지."

릴리와 벨프가 대답해주었다.

회색 머리카락과 어둠을 두른 듯한 그 모습은 소문으로만 들었던 『여신의 수행원』이 틀림없다고.

몇 번이나 눈을 깜빡이던 나는 그제야 문득 깨달은 사실을 입에 올렸다.

"어, 이름은 '회른'뿐이야? 성 같은 건⋯⋯."

"없다고 하던걸요. 그리고 별명도 존재하지 않아요."

"뭐?"

"프레이야 님이 신회에서 명명을 거부했다고 해요. 『이 아이는 그 누구도 되지 않는다』고."

'신회에서 명명을 거부할 수도 있구나'라든가, '그건 역시 도시 최대 파벌이라서?' 하는 별 상관도 없는 생각이 잠깐 얼빠진 머릿속을 스치고 지나갔다.

별명을 포기한다.

그것은 보통 있을 수 없는 일이다.

신들은 『싫어～ 아이들에게 아직 너무 이른 흑역사 이름은 싫어～!』라느니 이해 못 할 말을 하며 기피하는 구석이 있다고 들었지만, 원래 별명이란 상급 모험자를 거론할 때 가장 알기 쉬운 상징이 된다.

애초에 신들이 모험가에게 내리는 호칭은 위업을 칭송

하기 위한 것.

　【파밀리아】의 입장에서도 알기 쉬운 무훈이라고 해야 하나. 아무튼 자기 파벌의 전력을 과시하는 것과 동시에 다른 파벌에 대한 견제도 될 수 있는데. 그런 별명을 거부하다니.

　【프레이야 파밀리아】는 최강의 파벌.

　이미 그런 데 고집할 필요는 없다고 하면야, 그것도 그렇겠지만…….

　"그래서 별명 대신 불리게 된 호칭이 '여신의 이름 없는 심부름꾼'——『네임리스』."

　"네, 네임리스?"

　"네. 칭호가 없기에 일부에서는 유명해진, 특수한 상급 모험자예요."

　모습을 드러내지 않아서 유명해졌다는 모순된 이유.

　【프레이야 파밀리아】의 단원이며 별명이 없는 상급 모험자.

　그런 사람이 어째서 나 같은 사람에게…….

　"일단은 그 편지를 보면 어떻겠습니까? 생각만 한다고 알 수 있는 것은 없을 테니 말입니다."

　"헉, 그랬죠! 벨 님, 얼른 읽어봐요!"

　"으, 응."

　미코토 씨의 제안에 릴리가 생각났다는 듯 매달렸다.

　화려하지도 않고, 파벌의 엠블럼을 새긴 봉랍도 없었다.

오히려 여자아이가 준비한 것처럼 아담하고 귀여운 편지를, 나는 긴장한 낯빛으로, 될 수 있는 대로 조심스럽게 펼쳤다.

"아폴론 님 때처럼 『신의 연회』에 부르는 초대장일 가능성은……."

"그리고 또 워 게임? 그런 농담은 관두자."

"이슈타르 님의 파벌을 쓰러뜨려 버린 파벌님께서 쳐들어오면 소녀들의 운명은……!"

"벨 님, 좀 앉아봐요! 릴리한테도 보이게!"

미코토 씨, 벨프, 하루히메 씨, 릴리가 순서대로 말했다.

다들 【프레이야 파밀리아】의 편지에 긴장을 숨기지 못하는 듯했다.

릴리의 채근에 쪼그려 앉아, 좌우 어깨 너머에서 들여다보는 동료들과 함께, 곱게 접힌 편지지를 살펴보았다.

종이 위에는 예쁜 코이네 공통어로 이렇게 적혀 있었다.

『벨 씨에게
이번 여신제에서 단둘이 데이트해 주세요.
시르가』

……?

……엥, 시르 씨?

……왜?

긴장이며 불길한 상상이며, 그런 온갖 것들이 죄다 날아가 버리는 문자의 나열에 머리가 멈춰버렸다.

그리고 마찬가지로 시간이 멈춰버렸던 동료들은 부들부들 떨더니, 일제히 고함을 질렀다.

""""""여, 연애편지다아아아아아아!!""""""

"에, 에에에에에에에에에에에에에에엑?!"

"벨이 연애편지를 받았다고오———?!"

그날 밤.

저녁 식사가 차려진 식탁에, 알바를 마치고 돌아온 주신님의 노성이 울려 퍼졌다.

"상대는?! 상대는 누구더냐?! 길드의 어드바이저 군이냐?! 아니면 미아흐네 카산드라 군이냐?! 아니면 아니면 벨 군의 정조를 노리는 아마조네스인 아이샤 군?! 아니면 설마 발렌아무개 군이냐아아아아아아아?!"

"『풍요의 여주인』의 시르 님이에요, 헤스티아 님!"

"주점 쪽이었구나———!"

테이블에 엎드려 두 손으로 머리를 감싸 쥐는 주신님을 보며 식은땀을 흘렸다.

저녁 식사 자리인데 너무 혼란스러워서 밥이 넘어가질

않아…….

"나의 벨에게 러브레터를 보내다니……! 서로를 견제하는 휴전조약 같은 분위기가 흐르던 와중에 정면충돌! 적이지만 배짱이 두둑하구나! 훌륭하도다!"

"주신님, 휴전조약이라니 무슨 말씀인지……."

"참고로 벨이 가진 내 나이프의 이름은 처음엔 『러브 대거』가 될 예정이었다!"

"네?!"

"그런 뜬금없는 정보는 됐어요!"

주신님의 으스대는 표정을 나도 모르게 두 번 바라보는 내 옆에서 릴리가 테이블을 내리쳤다.

어흠 헛기침을 한 주신님은 그제야 진정이 됐는지 오늘 아침의 사건을 보고하는 참모, 아니, 릴리에게 눈을 부릅떴다.

"서포터 군! 네가 있으면서 이런 만행을 용납하다니! 벨의 감시는 어떻게 된 게냐!"

"면목이 없어요, 헤스티아 님……! 릴리도 당당히 저택을 찾아와 연애편지를 그대로 들이대는 족속이 있으리라고는 생각도 못 해서……! 역시 상급 모험자는 괴물들뿐이에요!"

평생의 불찰! 이라며 릴리는 참회하듯 탄식했다.

감시라니…… 전부터 생각했지만 주신님, 저를 너무 과보호하시는 것 아닌가요?

하렘은 남자의 로망 어쩌고 하던 전과가 있다 보니 신용하지 못하시는 걸까. 지금은 단상 같은 직책에도 올랐으니 야무지게 잘하라는 뜻일까?

그래도 이건 아니지 않느냐고 동의를 구하듯 시선을 돌리자 하루히메 씨가 눈을 피했다.

어라아~?

"그, 그보다도, 왜 시르 씨의 편지를【프레이야 파밀리아】사람이 가져왔는지가 더 마음에 걸리는데요……."

조금 상처를 입으면서도 문제를 제기해보았다.

데이트 어쩌고도 무시할 수 없지만, 솔직히 그쪽이 더 마음에 걸려서 참기 힘들었다.

"소녀는 시르 님과 별로 교우가 없사오나, 혹시【프레이야 파밀리아】셨던 것은……."

"그건 아니야. 분위기나 몸놀림 같은 걸 봐도『팔나』를 받은 것 같지는 않았는걸. 무소속 일반인이었어."

"비전투원일 가능성은 없습니까? 하루히메 공처럼 환락가의 창부였던 것은 아니겠지만, 소위『신자』처럼 말입니다."

"으음, 시르 씨가 그럴 거라는 상상은 잘 안 가는데요……."

하루히메 씨의 가정을 벨프가 부정하고, 미코토 씨의 의견에 내가 고개를 가로저었다.

가령 미코토 씨의 말이 옳다고 해도, 말단 비전투원의

편지를, 주신님의 시종장이라고까지 불리는 높은 분이 전해주러 올 이유가 있을까?

"그보다 시르 님이라는 시점에서 억측은 의미가 없다고 생각해요. 시르 님이니까."

"리, 릴리…… 아무리 그래도 너무 대충 넘어가는 거 아닐까……?"

"그렇지만 시르 님인걸요? 뭐든 꿰뚫어 보면서 늘 방글방글 웃고 있는 그 시르 님. 주점에 온 사람들도 신들도 모험자들도, 누구 하나 가리지 않고 사이좋게 지내는 광경이 상상이 가지 않나요?"

릴리가 어딘가 살짝 토라진 눈으로 늘어놓은 말은 폭론에 가까웠지만, 슬프게도 나는 부정할 수 없었다.

그 사람…… 회른 씨는 공공장소에 나타나는 일이 거의 없다고 하지만, 시르 씨가 곁에 있기만 해도 주점에 불쑥 나타나 담소를 나누는 장면이 쉽게 성립될 것 같아…….

저녁을 먹던 손을 멈춘 채 단원 일동은 복잡한 표정으로 끙끙 앓는 소리를 내고 말았다.

'……어라, 하지만, 분명…….'

그때 문득 뇌리를 스치는, 2개월도 더 된 기억이 있었다.

시르 씨의 뒤를 따라가다 도착했던 『다이달로스 거리』의 고아원.

아이들에게 의뢰를 받아 향했던 비밀 지하통로 너머에서 나는 『바바리안』과 싸웠다.

그리고 그때 개입했던 것이…… 【바나 프레이아】.

【프레이야 파밀리아】의 제1급 모험자.

지금 돌이켜보면 그 캣 피플은 계속 시르 씨를 『호위』하고 있었던 것 같기도──.

"애초에! 나는 그 시르란 아이와 한 번도 만나본 적이 없다!"

그 목소리에 기억의 바다에서 의식이 떠올랐다.

고개를 들자 풍만한 가슴 위에 팔짱을 낀 주신님이 입술을 내밀고 있었다.

"어, 그랬던가요?"

"그렇다마다! 요전의 파티에도 알바 때문에 못 갔으니까! 그놈의 주점하고는 어째서인지 인연이 없었다!"

고개를 갸웃하는 릴리에게 어째서인지 자신만만하게 말씀하시는 주신님.

하기야 기시감이 있다. 전에도 그런 일이 있었지.

그것은 『제노스』 소동으로 내가 온 도시에서 미움을 사던 무렵이었던가. 『풍요의 여주인』을 둘이 찾아갔을 때도 처음 와봤다는 말씀을 하셨던 것 같다.

"벨에게 늘 수제 도시락을 준다는 그 아이 아니냐? 얼마 전에 얼굴이나 한번 보자고 알바 가기 전에 몰래 주점을 감시한 적이 있었지!"

"언제 또 그런 일을……."

"하지만 전혀 찾을 수가 없었다! 코빼기도 안 보였지! 분명 그거다. 시르아무개는 내가 겁이 나 숨어버렸던 게야!"

"시르 님이 헤스티아 님을 무서워할 이유가 어디 있어요? 그리고 억지로 무슨 아무개 좀 붙이지 마세요."

화를 내는 건지 으스대는 건지 모를 주신님에게 릴리가 어이없다는 듯 대꾸했다.

벨프나 다른 동료들과 함께 이 모습에 쓴웃음을 짓던 나는 그렇구나, 하는 생각도 들었다.

실제로 주신님은 시르 씨만 만난 적이 없는 것 같다. 류 씨와는 제18계층에서 신세 졌을 때 면식이 있고, 아냐 씨를 비롯한 세 분과는 요전의 『원정』 구출 의뢰 때 만났다. 신들의 말로 '타이밍'이라고 하던가, 그게 안 좋아서일까?

시르 씨에 대해 이것저것 생각하던 나는 거기서 문득 한 가지 궁금해진 사실을 말했다.

"그런데 『여신제』란 게…… 뭐였더라?"

편지에 적혀 있던 단어를 새삼스레 쭈뼛쭈뼛 물어보았다.

"아, 그렇구나. 『엘레지아』도 몰랐으니 모르는 게 당연하지."

그러자 벨프가 이해했다는 듯 설명해주었다.

"『여신제』는 『엘레지아』하고 같이 꼽히는 『2대 축제』 중 하나야."

"『2대 축제』?"

"뭐, 대충 말하자면 『엘레지아』 때문에 도시가 꿀꿀해졌으니 그런 분위기를 밝게 바꾸기 위해 함께 꼽히는 거예요."

내가 되묻자 이번에는 릴리가 가르쳐주었다.

"나중에 개최되는 『여신제』는 수확제랑 같은 뜻이에요. 그러니까 풍요의 잔치인 거죠."

"그럼 『여신제』란 이름은……."

"네. 이 경우 여신은 풍요를 관장하는 신들을 말해요. 축제도 그런 여신님들이 중심이 되어 열리고요."

지금 오라리오의 계절은 가을.

내가 이 도시에 온 지도 벌써 6개월이 지나, 그동안 봄의 새싹은 완전히 잎과 줄기로 바뀌고 여름의 햇살도 사라졌으며, 이제는 결실의 시기를 맞았다. 『여신제』는 풍요의 여신님들이 개최를 선언하면, 수확한 곡물을 비롯해 농산물을 온 도시에서 즐긴다고 한다.

내가 태어나 자랐던 마을에서도 이런 수확의 행사가 즐거움 중 하나였다.

"유녀 언니들이나 손님들께 들은 것뿐이고 소녀도 직접 본 적은 없사오나…… 매우 떠들썩하다고 하옵니다. 달콤한 과일이 산더미처럼 제공된다고도."

"하루히메 공의 말씀대로 멋진 축제입니다. 저도 타케미카즈치 님이나 동료들과 오라리오에 온 지 2년밖에 되지 않았지만, 아주 화려해서 그야말로 대륙의 제전이라는 느낌이 들더군요."

하루히메 씨가 살짝 웃음을 짓고, 나와 함께 오늘 밤의 식사 당번이었던 미코토 씨가 된장국을 호로록 마시며 축제의 정경을 돌이켜보았다.

영웅이나 모험자를 애도하고 과거를 그리워한 후, 풍요를 축하하며 밝은 미래를 믿는.

엘레지아와 여신제를 합쳐 『2대 축제』.

그렇구나. 이해가 간다.

"성야제, 몬스터 필리아, 그랜드 데이, 그리고 신월제……그 외에도 많지만 오라리오에서 유명한 축제는 『2대 축제』를 포함해 이 정도일 거예요."

릴리는 조그만 손가락으로 주요 제전을 꼽으면서 그렇게 마무리를 지었다.

여신제에 대해 알게 되어 조금 기대감이 생겼다. 엘레지아가 끝나고 얼마 지나지 않아 개최될 여신제는 이미 6일 후로 다가왔다고 하니, 앞으로 어떤 풍경이 펼쳐질지 흥분되었다.

그리고 그런 축제를 맞이하기 위해서라도, 이 편지를 직시해야 할 텐데…….

"……아~ 그래서, 벨? 너는 어떻게 할 테냐? 그 제안에 대해……."

묘하게 안절부절못하며 주신님이 물었다.

나는 입을 다문 채, 조금 무례하다고는 생각하면서도 편지를 꺼냈다.

짧은 문장으로 적힌, 어이없을 정도로 담담한 제안.

거의 본 적이 없었던 시르 씨의 글씨는 조금 비현실적인 느낌마저 들었다.

　편지에는 데이트라고 적혀 있었지만, '사실은 주점 심부름으로 장을 보러 가는 거랍니다'라고 하는 건 아닐까. 짐을 들어 달라거나, 그런 의미에서.

　늘 다정하고 조금 짓궂은 그 사람이라면, 이번에도 날 놀리려고 이런 편지를 보내지 않았을까…….

　'……아니야, 그건 아닌 것 같아.'

　나를 놀리고 싶다면 내가 주점에 들렀을 때 했을 것이다. 그야말로 평소대로.

　편지지에 적힌 얼마 안 되는 문장은, 온갖 미사여구를 다하는 것보다도 그 사람의 마음이 잘 전해지는 것 같았다.

　왜【프레이야 파밀리아】사람이 전해주었는지 의문은 끊이지 않지만…… 단순한 농담으로 넘길 수는 없다는 생각이 들었다.

　"으, 으음……."

　뺨에 열기가 모여드는 것이 느껴졌다.

　나는 새빨개진 얼굴로 끙끙 신음소리를 냈다.

　'──으아아아아아아아아아아아아! 벨의 얼굴이 빨개졌어어어어어어어어어어어?! 젠장, 나도 여신제에 대비해 얼른 말해놓을걸 그랬지이이이이이이이!!'

　소년의 얼굴을 응시하던 헤스티아는 마음속으로 절규했다.

엘레지아를 전후해 여러 가지 일이 있었으니까~ 데이트 제안은 좀 더 기다리는 게 나으려나~ 알바도 휴가를 받아 놔야 할 거고~ 등등 느긋하게 생각했던 자신의 실수를 한껏 욕하면서.

'벨 님이 고민하고 있어요오오오오오오오오?! 헤스티아 님만 방해하지 않으면 릴리가 여신제 예정을 밀어붙일 생각이었는데에에에에에에에에에!!'

소년의 모습을 훔쳐보던 릴리는 두 손으로 머리를 감싸 쥐며 하늘을 올려다보았다.

약삭빠르게 소년과의 데이트를 획책했던 책사는 자신의 어수룩한 판단과 주신의 방해 공작을 저주했다.

'축제에서의 밀회, 낮부터 밤까지 함께 다니며 사랑을 속삭이고, 마지막에는 잠자리를 함께—— 후, 후아아아아아아아아아아아아아아아!! 벨 님과 시르 님의 아이가 일곱이나 아아?!'

흘끔흘끔 소년의 얼굴을 쳐다보는 하루히메도 얼굴이 새빨갛게 물들었다.

아이샤에게 쓸데없는 지식을 주입받은 탓에 배역을 시르로 바꿔놓고 생각을 핑크색 차원 저 너머로 비약하던 창부 출신 여우는 자신의 망상에 시달렸다.

'나도 시르 공을 본받아 타케미카즈치 님을 불러서……!'

'나도 헤파이스토스 님에게…… 아니, 지고의 정점은 아직 멀었으니까. 연애에 한눈을 팔 틈은…….'

미코토와 벨프는 눈을 감은 채 팔짱을 끼고 있었다.

시르에게 촉발된 것처럼 저마다 마음에 둔 사람(신)과의 밀회를 생각하는 두 사람은 끄아아아아, 라든가 으어어어어, 라든가 후아아아아, 하는 괴성과 함께 몸부림치는 어린 여신과 소녀들을 깔끔하게 무시하고 있었다.

편지만 노려보던 벨 또한 주위의 상황을 알아차리지 못했다.

주점의 간판 아가씨가 가져온 한 통의 편지는 【헤스티아 파밀리아】를 혼돈의 소용돌이에 밀어넣었다.

"……아무튼, 내일 시르 씨를 만나러 가서 물어볼게요."

열기가 가시지 않은 뺨을 긁은 벨은 일단 그렇게 결론을 내렸다.

"뭐어~?! 시르, 여신제에 모험자군을 불렀어?!"

어둠의 장막이 드리워진 한밤.

서쪽 메인 스트리트에 세워진 주점 『풍요의 여주인』의 빈방에서 경악의 목소리가 울려 퍼졌다.

"쉿~! 루노아, 목소리가 커! 다른 애들 깨겠어."

깜짝 놀란 휴먼 점원에게, 옷을 벗으려던 시르가 입 앞에 손가락 하나를 세웠다.

가게 영업을 마친 소녀들은 옷을 갈아입는 중이었다.

시르와 루노아 외에도 캣 피플 아냐와 클로에, 그리고 엘프 류도 저마다의 자세로 떡잎색 제복에 손을 대고 있었다. 그녀들 이외의 종업원은 이미 별채의 자기 방으로 돌아가, 중노동의 피로에 영혼이 빠져나간 것처럼 잠든 후였다.

"냐?! 그게 무슨 소리냐? 무슨 소리야냐?!"

"시르가 모험자군이랑 데이트한다는 소리잖아, 바보 고양이!"

"후오오오오—?! 시르가 마침내 소년 공략에 나섰다옹! 심지어 여신제에서 데이트라니 덮치려고 작정했다옹!! 아아, 내 소년의 엉덩이가아!!"

이제까지 해쓱하니 피곤한 표정이었던 아냐가, 루노아가, 클로에가 물을 만난 고기처럼 소란을 떨어댔다. 특히 클로에의 흥분은 보통이 아니었다. 옷을 벗어 던진 슬립 차림으로 살집이 적은 팔다리와 가느다란 꼬리를 춤추듯이 굼실거리며 거친 호흡을 되풀이했다.

"……."

벗은 에이프런으로 가슴을 가린 시르는 클로에를 노려보며 그녀의 꼬리를 찰싹 후려쳤다.

"아우치?!"

클로에가 꼬리를 움켜쥐고 방 한구석에서 폴짝폴짝 뛰는 가운데, 류는 가슴께의 단추를 풀던 자세 그대로 굳어 버린 상태였다.

흥분한 동료들 속에서 그녀만이 달랐다.

크게 뜨인 하늘색 눈으로 회색 머리카락의 소녀를 바라보았다.

"……시, 시르……. 어느 새 그런 일을?"

"음, 아는 분에게 편지를 맡겨서…… 【파밀리아】의 홈에, 보내달라고 했어."

간신히 입술을 움직인 류의 물음에, 시르는 부끄러움을 얼버무리듯 웃으며 대답했다.

류는 말을 잇지 못했다.

시르 본인이 사전에 선언해 알고는 있었지만, 막상 상황이 닥치자 동요로 아무것도 할 수 없었다.

"남에게 맡겼어냐? 어쩐지 시르답지 않다냐!"

"왜 직접 전하러 가지 않고?"

단추를 풀어 제복 앞섶을 연 아냐는 의외로 풍만한 가슴과 함께 몸을 내밀었으며, 벗다 만 까만 스타킹을 아무렇게나 떨어뜨린 루노아는 시르에게 물었다.

"음…… 그건."

회색 머리를 찰랑거리며, 시르는 처음으로 애매한 반응을 보였다.

그리고 살짝 웃었다.

"지금 만나면, 평소처럼 놀려서…… 벨 씨도, 에이 뭐야~ 하고, 안심했다는 듯이 웃고………… 진짜 데이트는, 못 할 것 같았으니까."

그 말은 틀림없는 소녀의 본심이었다.

그 표정은 점원들도 이제까지 본 적이 없을 정도로 달콤했으며 풋풋했다.

부끄러워하는 시르의 모습에, 그녀가 진심임을 깨달은 아냐와 루노아는 서로 얼굴을 마주 보았다.

그 직후 두 사람은 나란히 웃음을 터뜨렸다.

"우냐~! 시르의 마음 잘 알았다냐!"

"드디어 행동에 나섰구나! 그럼 나도 응원할게!"

"고마워, 아냐, 루노아. 그럼 당장 부탁할 게 있는데, 만약 벨 씨가 주점에 오면 나는 없다고 해줄 수 있을까? 지금 만나면, 그……."

"맡겨만 줘라냐! 내가 백발 쫓아내 준다냐! 지금 주점은 남자 금지라고 소금 뿌릴 거다냐!"

"넌 무슨 소릴 하는 거야, 바보 고양이."

가슴을 주먹으로 두드리는 아냐를 중심으로 시끌벅적한 목소리가 울려 퍼진다.

어깨를 두드려주는 아냐와 루노아에게 시르도 활짝 웃고 있었다.

"……."

그런 광경을, 류는 움직임을 멈춘 채 바라보고 있었다.

정확하게는 뺨을 발그레하게 물들인 시르의 옆얼굴을, 멍하니.

"……괜찮아옹? 이대로 놔둬도."

그런 류의 분위기를 눈치챈 것은 클로에뿐이었다.

평소의 장난스러운 태도를 감추고 조용히 묻는 목소리에 류는 어깨를 흠칫 떨었다.

"나, 나는……."

무언가 말을 잇고자 입을 몇 번이나 열었다 다물고.

시선을 바닥에 떨군 후, 겨우 목을 떨었다.

"……우문입니다. 시르는 계속 벨을 좋아했지요. 저도 그 사실을 알고, 응원했습니다. 시르에게 어울리는 사람은 벨이고………… 벨에게 어울리는 사람은, 시르입니다."

평소보다도 많아진 말수로, 자칫하면 목소리가 끊어질 듯해 고심하면서, 단숨에 주워섬겨댔다.

그 말 한마디 한마디에 온갖 감정이 배어 나오는 것을 잘 숨기지 못했다.

"'벨'이라……."

클로에가 중얼거렸다.

예전과는 달라진, 소년에 대한 호칭을.

눈을 살짝 가늘게 뜬 후, 여느 때와 같은 분위기로 돌아왔다.

"뭐, 후회하지 않게 잘 해라옹."

파닥파닥 손을 흔들며, 클로에는 혼자 옷을 다 갈아입고 방을 나갔다.

그 자리에 남은 류는 시선을 바닥에 떨구고만 있었다.

"……."

회색 눈동자는 그런 엘프의 모습을 알아차리고 있었다.

하지만 가만히 시선을 돌린 채, 아무 말도 하지 않았다.

🔥

오라리오는 한밤의 어둠에 뒤덮인 후에도 잠들지 않는 도시라고 하지만, 지금은 분위기가 달랐다.

엘레지아 때문이다.

영웅과 모험자를 추도하는 제전이 끝난 직후에 먹고 마시고 떠들면 주민들도 민망할 수밖에 없다. 신들은 신경 쓰지 않겠지만 하계 사람들에게 죽음과 상실은 무겁게 받아들여져야 하는 것이었다.

그러므로 엘레지아가 끝나고 한동안—— 구체적으로는 『2대 축제』의 후반에 열리는 여신제까지는 도시의 소란은 자취를 감추게 된다. 결코 길드나 누군가가 시킨 것은 아니지만, 이것은 이미 미궁도시 특유의 관습이라 해도 과언이 아니었다.

주점을 찾은 모험자들도 시내의 분위기를 신경 쓰는지, 혹은 거친 그들에게도 이런 시간은 소중한지, 어울리지 않을 정도로 조용히 술을 마시며 시간을 보냈다. 하늘로 떠나간 동료들과 누구보다도 많은 시간을 보냈던 것은 틀림없는 그들일 테니까.

물론 예외는 있지만, 『도시의 헌병』이라 불리는 【가네샤 파밀리아)도 이 기간만은 평화롭게 보낼 수 있을 정도였다.

평소에는 범람하는 마석등의 불빛에 밀리는 별들의 광채도 오늘은 선명하게 보였다.

밤하늘에 뜬 달이 잔잔한 바다처럼 고요해진 도시를 내려다보고 있다.

──그러나.

"긴급회의다."

그런 도시의 분위기는 알 바 아니라는 양, 엄숙하고 무거운 목소리로, 진지하기 그지없는 표정을 지은 자들이 있었다.

장소는 도시의 제5구역.

번화가의 거의 중심지.

바깥세상과 단절된 높은 네 개의 벽에 에워싸였으며, 오라리오 내에 넓은 들판을 가진 그 영역의 이름은 『폴크방』.

도시 최강이라 불리는 【프레이야 파밀리아】의 홈이었다.

들판 중심에 세워진 거대한 저택 내에 존재하는 『원탁의 방』에서, 단장 오탈은 파벌의 『최강전력』을 긴급히 소집했다.

"할 말이란 게 뭐야, 오탈. 또 전처럼 시시한 얘기는 아니겠지."

원탁 앞에 나란히 앉은 제1급 모험자들 속에서 캣 피플 사내가 오탈에게 날카로운 두 눈을 돌렸다.

키는 160C 정도. 하지만 그 작은 몸집과는 달리 그의 어조는, 그리고 눈빛은 중견 모험자라면 벌벌 떨 정도의 위압감을 담고 있다. 동작 하나하나가 공격적인 그의 이름은 아렌 프로멜. 별명은 여신의 전차, 【바나 프레이아】.

파벌의 부단장이기도 한 그는 단장을 상대로도 험악한 언동을 감추려 하지 않았다.

"평소보다 더 심각한 표정이네, 오탈."

"그러니까 우리를 소집할 만한 이유가 있다는 뜻이겠지?"

"마침내 【로키 파밀리아】하고 자웅을 가를 생각?"

"아니면 또 여신의 변덕?"

똑같은 네 개의 목소리를 낸 것은 똑같은 얼굴을 가진 네쌍둥이 파룸이었다.

최약종족이라 불리는 파룸이면서도 Lv.5에 이른 그들은, 걸리버 형제.

장남부터 알프릭, 드바린, 베링, 그레르란 이름을 가졌으며 【브링갈】이라는 별명으로 모험자들 사이에서 두려움의 대상이 되고 있다.

"후후…… 다가올 여신의 제전, 시작될 풍요의 연회. 그렇다면 이번 회합은 바로 결전의 전야를 장식할 피의 갈채…… 하늘이여 통곡하라, 땅이여 전율하라, 이 몸이 바로 주의 수호자. 큭, 큭큭큭……!"

걸리버 형제의 맞은편에서, 마치 신화의 한 구절과도 같은 사기(邪氣)를 풍기는 문구가 흘러나왔다.

그 인물은 오라리오에서도 보기 드문 다크엘프였다.

피부는 갈색이며, 은색 머리카락은 연보라색으로도 보인다. 앞머리로 오른쪽 눈을 슬쩍 가린 채 으스스한 미소로 입가를 틀어 올린 모습은 신들에게서 『중2병 즐』이라고 칭송을 받을 만한 관록을 풍겼다.

"넌 말하지 마라, 회그니. 시간 낭비니까."

그런 다크엘프에 비해 **일반적**이라고 할 수 있는 엘프——화이트엘프 사내가 신랄하게 말했다.

다크엘프 동족과 마찬가지로 그의 용모는 매우 빼어났다. 금색 머리카락은 여성처럼 길며 피부는 뽀얗고 깨끗하다. 눈은 마치 보석처럼 선명한 산호색이다. 신들에게 사랑받았다고 해도 과언이 아닌 미모에 안경을 낀 그의 모습은 그저 이지적이었다.

회그니 라그날과 헤딘 셀랜드.

두 사람에게는 언짢은 말이 되겠지만 콤비로 여겨지는 경우가 많으며, 둘 다 압도적인 실력을 갖춘 『마법검사』였다.

"너희를 소집한 이유는 다름이 아니라."

개성이 지나치게 뚜렷한 파벌의 제1급 모험자들을 둘러본 오탈은, 거두절미하고 단도직입적으로 말을 꺼냈다.

상당히, 아주, 무겁게.

"그분이········· **시르 님 쪽이**, 벨 크라넬과 데이트를 하게 되었다."

무뚝뚝한 무인의 입에서 『데이트』라는 단어가 나왔음에

도 이를 지적하는 이는 아무도 없었다.

그뿐이랴, 덜컹! 소리와 함께 의자에서 몸을 일으키는 자가 속출했다.

심지어 키가 작은 파룸 4형제는 의자 위에 서 있었다.

"그게 무슨 소리야, 오탈."

"시르 님이 그『토끼』하고?"

"무슨 일인지 전혀 모르겠어."

"자세히 말해!"

"시종장 회른이 보고했다. 다음 여신제에서 단둘만의 밀회를 제안했다고. 심지어 장난이 아니라, **진심이다.**"

걸리버 형제의 막힘없는 물음에 오탈은 마치 작업과도 같이 설명했다.

그리고 이를 들은 네쌍둥이 파룸이 다시 충격을 받은 표정을 지었다.

"뭐, 라고……."

"장난이 아니라, 진심?"

"심지어, 여신제에서?"

"잠깐만. 이 경우『호위』는 어떻게 되는 거야?"

형제의 네 마디 목소리에 오탈이 다시 대답했다.

"당연히 **둘로 갈라진다.**"

그 말을 듣고, 자리에 모인 일동은 오늘 밤 왜 호출되었는지를 이해했다.

"여신제에서의 역할을 이곳에서 결정한다."

──『여신』과『소녀』의 호위를 분담하기 위해서다.

오탈은 엄숙한 목소리로 그렇게 말을 이었다.

원탁의 방에 모인 이들의 얼굴에 이해의 빛이 떠오르는 가운데, 가장 먼저 입을 연 사람은 회그니였다.

"우리의 주는 풍요 또한 관장하시니, 위대한 도시의 중심에 진좌(鎭座)하실 것은 필시…… 그렇기에 운명의 소녀와 천칭에 오르는 일 또한 피해갈 수 없을 터. ……허나 나에게는 갈등을 물리칠 필승의 비책이 있으니…… 큭, 큭큭큭."

"뭔 소리야, 바보야."

"우리가 알아먹게 말해, 바보야."

"음침 엘프가 긴장해가지고는."

"헤딘, 통역해. 바보 통역은 네 역할이잖아."

"난 이 바보의 보모가 아니야."

네쌍둥이의 매도에 금발의 화이트엘프는 담담하게 대꾸했다.

""""됐으니까 해.""""

헤딘은 한숨과 함께 옆에 앉은 다크엘프를 쳐다보았다.

"기나긴 방황을 끊고 제물 토끼를 처분한다……!"

"『그냥 간단히 벨 크라넬을 암살하지 않을래?』라고 하는군."

""""장난하냐 바보야 죽는다.""""

헤딘의 통역에 걸리버 형제가 목소리를 모아 말했다.

"벨 크라넬은 프레이야 님이 바라는 사냥감이야! 우리 마음대로 어떻게 할 수 있겠냐!"

"솔직히 마음은 이해 못 할 것도 없지만!"

"비밀리에 해치워버릴까 생각한 적도 있지만!"

"그래도 죽으면 프레이야 님이 슬퍼하시잖아!"

주신에게 목숨을 건 파룸 4형제의 격렬한 비난.

꽥꽥 떠들어대는 형제 사이에서, 눈썹을 곤두세운 장남 알프릭이 결정적인 사실을 고했다.

"게다가 벨 크라넬이 죽으면 프레이야 님은 아마 영혼을 따라 천계로 돌아가실걸!"

"에엑?! 그, 그럴 수가, 안 돼…… 어어어어어어떡하지, 얘들아?!"

""""갑자기 말투 바꾸지 마! 유리멘탈 엘프! 나가 죽어!!""""

논파 당하자 어조까지 홱 뒤집혀 갈팡질팡하는 회그니에게 걸리버 4형제가 매도를 퍼부어댔다.

온 오라리오에서 두려움의 대상이 되는 도시 최대 파벌 【프레이야 파밀리아】.

그들은 충성을 맹세한 나머지, 주신이 얽힌 일이 되면 냉정함도 진지함도 잃어버리는 경향이 있었다.

소란스럽게 울려 퍼지는 노성, 엄숙함이라고는 조금도 없는 회의.

아무 진전도 없는 대화에 ——어느 정도 예상했던 동료

들의 모습에── 오탈은 입을 다물고 있었다.

헤딘 또한 원탁 위로 장탄식을 떨어뜨렸다.

"──시시하긴."

그렇게 내뱉으며 자리에서 일어난 것은 아렌이었다.

대화에도, 한『소녀』의『민폐』에도 진저리가 난다는 것처럼 원탁의 방을 나가려 했다.

"아렌, 기다려. 이야기는 아직……"

"원래 내 호위는『소녀』쪽이었어. 나머지 배치는 너희가 알아서 해."

귀찮아서 못 해 먹겠네.

그런 말을 남기고, 아렌은 이번에야말로 쌍여닫이문을 통해 나가버렸다.

제멋대로인 캣 피플의 뒷모습에 걸리버 형제가 혀를 차고, 회그니가 불안한 시선을 좌우로 이리저리 보냈다.

오탈은 이번에야말로 침통한 심정을 참듯 조용히 눈을 감았다.

"……."

그런 가운데 한 사람.

화이트엘프 사내만은 주위와 다른 생각의 숲으로 의식을 떠나보내고 있었다.

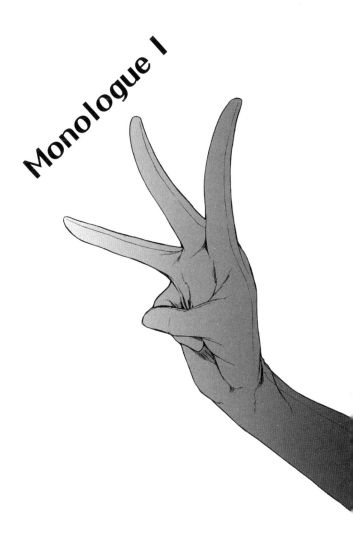

Monologue 1

오직 혼자서, 그 누구에게도 알리지 않은 채 여신을 배알한 그 날, 나는『교섭』을 했다.

그것은『밀약』이자『계약』이었으며,『승부』이기도 했다.

나는 여신에게 숨김없는 속내를 털어놓았다.

──나도『그』를 좋아하게 되고 말았어요.

──당신의 마음 때문에『그 소년』을 좋아하게 되고 만 거예요.

나의 고백에, 여신은 평소 보인 적이 없는 놀라움의 표정을 띠었다.

『의외였어.』

『그렇게 되는구나..』

그렇게 중얼거리며, 수긍했다.

그녀의 이해를 얻은 나는『교섭』을 청했다.

어차피 나는『가짜』.

그녀의『도구』로서 분수를 알고 있다.

하지만, 부디,『풍요의 연회』중에서 하루를 나에게 나누어달라고.

──그를 두고, 누가 그의 마음을 차지할지, 당신과 공평한 승부를 하고 싶어요.

──부디 저에게도 기회를.

후안무치. 오만불손.

이 모든 것을 알면서도, 나는 양보할 수 없었다.

시계의 바늘은 되돌릴 수 없다. 이 기회를 놓치면 나는 평생 후회한다.

한 줄기 땀이 뺨을 타고 흘러내리는 가운데, 나는 신의 눈동자에서 시선을 돌리지 않았다.

나의 애원에, 그녀는 입을 다문 채 옥좌 위에서 깊은 생각에 잠겼다.

여신은 모른다.

나의 『계획』을.

배신과도 같은 그 행위를.

하지만. 그래도.

어리석은 나에게는 과분한 선망이라 할지라도.

나는, 이 미칠 듯한 『갈망』을 이루고 싶다──.

과연 나의 바람이 전해졌는지.

그녀는 『조건』을 제시하여 나의 『교섭』을 받아들여 주었다.

──만일 너의 『거짓말』이 간파되면 너의 패배를 인정할 것.

──그 시점에서 너는 그 아이에게 아무것도 해서는 안 돼.

──그 아이의 앞에, **너는 두 번 다시 나타나서는 안 돼**.

거부권은 없었다. 애초에 나에게 선택할 권리 따위 존재하지 않는다.

그녀가 내민 세 개의 손가락에, 나는 승낙의 뜻을 보였다.

『열심히 해봐.』

여신은 웃음을 지었다.

그리고 도발하듯 눈을 가늘게 뜬다.

『나도 마음껏 연회를 즐길 테니.』

나는 역시, 깊이 고개를 끄덕일 수밖에 없었다.

이것은 공평한 게임.

거역할 수 없는 여신이 조건을 덧붙였다 하더라도, 내가
청했던 『교섭』이니, 내가 어길 수는 없다.

이미 시계의 바늘은 움직이기 시작했다.

가슴에 품은 마음은 하나.

부디, 나의 『갈망』이 이루어지기를————.

2장
눈물과 비명의
전야제

© Suzuhito Yasuda

해가 뜨는 시간대가 조금 늦어진 듯한 가을 아침.

나는 홈을 나와 『풍요의 여주인』으로 향하고 있었다.

어제 받은 편지에 대해 시르 씨와 이야기하기 위해서다.

"그렇다고는 해도 무슨 이야기를 해야 좋을지 모르겠지만……."

아직 왕래도 뜸한 대로를 따라 걸으며 혼잣말을 했다.

데이트라니 무슨 말이에요?

장난이 아니고, 말 그대로의 의미인가요?

제가 착각하게 만드시려는 거예요?

……그런 이상한 소리를 어떻게 해.

애초에, 이런 질문은 해서는 안 된다는 생각이 들었다.

뭐, 착각이라면 그건 그거대로,

『네? 벨 씨도 참. 데이트란 소리만 듣고 그렇게 풍성한 망상을 하신 거예요? 미안해요, 착각하게 만들어서. 벨 씨가 그렇게 어린애인 줄은 생각도 못 했지 뭐예요. 벨 씨는 정말 귀엽다니깐~.』

그런 말을 듣는 편이 마음 편하겠지만. ……아니, 거짓말이다. 역시 엄청 상처 입을 거야.

당혹감을 주체하지 못하며 오른손에 든 편지를 보았다.

공연히 편지 같은 방법을 동원하는 바람에 의식하지 않을 수가 없는 데다, 묘하게 긴장이 된다. 시르 씨가 이걸 노렸다고 한다면…… 역시 그 사람에게는 못 이길 것 같다.

여느 때처럼 주점에 들러, 잡담이라도 나누다 들은 이야기라면 그나마 이런 기분은 느끼지 않았을 텐데.

그녀를 처음 만났을 때, 억지로 가게에 오라는 약속을 잡아버렸을 때처럼, 그건 반칙이에요, 하고 웃으면서 받아들였을 텐데.

"……그 후로 벌써 6개월이나 지났구나……."

길 한복판에 멈춰 선 채, 하늘을 찌르는 거탑을 올려다보았다.

시르 씨와 처음 만났던 것도 이런 아침이었다.

그때는 더 이른 시간이었고, 봄철의 햇살이 시벽 너머에서 비치고 있었다.

지금 나를 비추는 것은 어딘가 서늘한 가을 햇살.

그리고 조금 쌀쌀한 바람.

그때로부터, 지금까지.

우리는 무엇이 바뀌었을까.

"……아무튼 시르 씨를 만나보자. 이대로 생각만 한다고 달라질 건 없으니까!"

어울리지도 않게 생각에 잠겼던 나는 고개를 붕붕 가로 젓고 주먹을 불끈 쥐었다.

그렇다. 뒤로 미루기만 한다고 해서 좋을 일은 없다. 그렇다면 조금쯤 모험자답게, 용감하게 앞으로 나아가자. 나도 그때보다는 조금 성장했을 테니까.

좋았어.

고개를 끄덕이고, 조금 전까지 무거웠던 걸음도 잊은 채

길을 따라 달려 나갔다.

그리고 『풍요의 여주인』이 세워진 서쪽 메인 스트리트로 뛰어들려던,

"——어웁?!"

그 직전이었다.

누군가에게 붙들렸다.

좁은 골목에서 갑자기 튀어나온 손에 입을 막혀, 그대로 끌려 들어갔다.

심지어—— 뿌리칠 수가 없어!

Lv.4의 【스테이터스】로도 가느다란 팔의 구속을 뿌리칠 수 없다는 사실에 극심한 혼란을 느꼈다. 갑자기 사라져버린 모험자를 아무도 알아차리지 못한 채 어두운 골목 안쪽으로.

시야 너머에서 고속으로 흘러가는 경치, 지면에서 떨어져 허공에 떠 있는 두 다리, 그리고 얼굴을 붙들린 상태로—— 잠깐아파아파아파?! 얼굴도 아프고 목도 빠질 것처럼 아파!!

입을 막히는 바람에 비명조차 지를 수 없다. 마음속으로 울부짖기를 수십 차례, 나는 인기척 없는 후미진 뒷골목에 획 내팽개쳐졌다.

"허그윽! 무, 무슨 일이…………?!"

엉덩방아를 찧고 눈을 깜빡이며 고개를 든 나는 말을 잃었다.

눈앞에 서 있던 것은 나를 납치(?)한 장본인.

피부를 전혀 드러내지 않은 새까만 배틀클로스. 결벽성을 나타내는 듯한 옷 위에는 흰 허리띠와 흰 케이프를 착용했으며 양쪽 모두 금색 자수가 들어가 있었다. 그 모습은 모험자가 아니라 마도사, 아니, 숫제 사제복을 입은 신관이 연상되었다.

나를 팔 하나로 끌고 왔다고는 여겨지지 않을 정도로 가느다란 팔다리.

가장 눈길을 끄는 금색 장발 사이에서 엿보이는 것은 가늘고 뾰족한, 순수한 요정의 귀.

매우 단아하고 이지적인 미모는 틀림없는 엘프의 것이었다.

"다, 당신은……?!"

바보처럼 입을 뻐끔거렸다.

당장이라도 고함을 지를 것 같은 나에게, 그 모험자는 안경을 손으로 밀어 올리며 말했다.

"소란 떨지 마라. 큰 소리 내면 목을 짓이겨버린다."

목을?!

창백해진 나는 그것이 상대에게 『불가능하지 않다』는 사실을 잘 안다.

겁을 먹은 산토끼처럼 바들바들 떠는 나를 내려다보며 그는 담담히 용건을 말했다.

"지금부터 너를 연행한다. 거부권은 없다."

너무나도 너무한 요구에 한마디도 받아치지 못했다.

당연하다. 왜냐하면 눈앞의 인물은 온 도시를 통틀어도 최상위에 군림하는 실력의 소유자였으므로.

그 얼굴은 나도 알고 있다.

"헤, 헤딘 셀랜드……."

별명은 『힐드 슬레이브』.

【프레이야 파밀리아】의 제1급 모험자!

내가 남의 눈에 들어오지도 않을 만큼 빠르고도 거칠게 납치된—— 아니아니, 안내받은 곳은 의외로 우리 【헤스티아 파밀리아】의 홈 근처였다.

도시 남서쪽 제6구역.

복잡한 골목길 중 한 곳에 세워진 『위세』라는 이름의 아담한 찻집이었다.

"이 가게의 홍차는 맛있지. 나는 시간을 내 곧잘 찾아오곤 한다."

가게 내의 자리 중 하나.

나를 끌고 온 제1급 모험자…… 헤딘 씨는 아무 일도 없었다는 듯 찻잔을 들고 따뜻한 홍차를 기품 있게 마셨다.

"무엇보다 이곳의 주인과는 막역한 사이거든. 시끄럽기만 하고 저속한 가게보다는 훨씬 융통성이 있지. 보다시피."

그 말대로, 아무렇지도 않다는 듯이 사람들의 출입을 막은 가게 안에는 나와 헤딘 씨, 그리고 카운터 너머에 있는 엘프 마스터밖에 없었다. 헤딘 씨와 마찬가지로 안경을 낀 그는 상관하지 않겠다는 태도로 태연하게 책을 읽고 있었다. 입점하기 전부터 『영업 종료』 간판이 문에 걸려 있었던 걸 감안하면, 미리 이야기가 됐던 것이겠지.

가게는 작긴 하지만 청량감이 감돌았으며 여기저기 꽃과 식물이 놓여 있다. 벽에 붙은 선반에는 어려워 보이는 두툼한 책이 가득하다. 거기에 가게 그 자체가 목조이기도 해서 엘프가 선호할 것 같다는 감상이 가장 먼저 떠올랐다.

사실은 한 번, 아니, 두 번 정도 이 가게에 온 적이 있다.

첫 번째는 하루히메 씨의 『낙적』 이야기를 미코토 씨와 함께 헤르메스 님과 이야기했을 때.

두 번째는 핀 씨가 릴리에게 청혼하고 싶다고 타진했을 때였다.

하지만 나는 과거에 방문했던 어떤 순간보다도 더 큰 긴장감에 사로잡혀 있었다.

그야 그렇지.

면식도 없는 최강격의 모험자 중 한 사람에게, 거의 협박당하다시피 끌려왔으니.

"저, 저기…… 그런데…… 저에게 무언가, 볼일이 있으신가요……?"

꼬일 것 같은 혀를 간신히 움직여 조심스레 물었다.

세련된 테이블을 끼고 맞은편에 앉은 헤딘 씨는 컵을 받침에 내려놓고는 산호색 눈으로 나를 쏘아보았다.

"뻔한 소릴. 당연히 시르 님 때문이다."

꼴깍, 목이 저절로 소리를 냈다.

막연한 예감이었지만, 그렇지 않을까 생각했다.

회른 씨가 편지를 가져왔던 것이 바로 어제였으니.

하지만『시르 님』이라니…….

"저, 저기, 시르 씨는…… 【프레이야 파밀리아】하고 뭔가, 관련이 있나요?"

눈앞의 헤딘 씨는 물론이고, 【바나 프레이야】건도 포함해 파벌 간부급 인물들이 하나같이 시르 씨와 연관을 보이고 있다. 호위, 존칭…… 마치 공주님을 다루는 것처럼.

시르 씨의 정체는 대체 뭐지?

이제까지 생각해보지도 못했던 그녀의 배경을 물어보지 않을 수 없었지만.

"네가 알 필요는 없다."

인정사정없이.

단칼에 내쳐버리는 듯한 말에, 눈앞의 날카로운 두 눈에 압도되고 말았다.

"애초에 알아서 어쩌겠다는 거냐. 그녀가 무언가 비밀을 품고 있었다면, 넌 이제까지와 다른 태도를 보일 텐가?"

흠칫했다. 그럴 수밖에 없었다.

그 말이 맞아……. 만약 시르 씨가 【프레이야 파밀리아】

의 관계자라 해도.

이제까지 있었던 일이 무언가 달라질까?

——아니, 전혀 달라지지 않는다.

그 사람이 나에게 해주었던 일. 그 사람이 나를 구해주었던 사실은 변함이 없다.

"아뇨…… 그런 일은, 없어요."

그러므로 또박또박 말할 수 있었다.

입술은 저절로 움직여 솔직한 심정을 토로하고 있었다.

그것이 만족스러운 대답이었는지.

헤딘 씨는 흥, 하고 코웃음을 치기는 했지만, 그 이상 나무라지는 않았다.

"네가 그분께 편지를 받았다는 사실은 알고 있다. 하필이면 여신제에서 밀회 상대로 선택하셨다는 것도. 나는 너를 가늠해보고자 왔다."

시간 낭비라는 양, 헤딘 씨는 본론으로 여겨지는 말을 불쑥 꺼냈다.

말 한마디 한마디에 가시가 있어 흠칫거리기는 했지만…… 나를 가늠한다니?

대, 대체 무슨 말이지?

"…………."

"어, 왜, 왜 그러시나요?"

그대로 빤히 바라보는 바람에 당황했다.

구멍이 뚫릴 정도로 응시하는 상황이 이어져 바늘방석

에 앉은 기분을 느끼고 있으려니,

"품성은 부족하고, 예의 작법은 허술하고. 세련미와는 정반대의 위치에 있는 풋내기 그 자체."

"헥?!"

"말씨조차 듣기 거북할 지경이군. 부족한 교양이 뻔히 들여다보인다."

"허그윽?!"

"무엇보다 그 얼빠진 낯짝. 이렇게 마주하고 있기만 해도 짜증이 솟는다. 내가 여자였다면 너와의 밀회 따위, 천박하더라도 침을 뱉으며 거부의 뜻을 보였을 거다."

"커허억?!"

느닷없는 멸시의 폭풍!!

배에 멋진 펀치를 맞은 것처럼 몸을 몇 번이나 꺾었다. 미목수려한 엘프가 직설적으로 말하니 도저히 견딜 수가 없어!

헤딘 씨는 팔걸이에 팔꿈치를 짚고 얼굴을 받치며 긴 다리를 꼰 자세로, 마치 임금님처럼 나를 『품평』하고 있었다. 실망밖에 느껴지지 않는 눈빛을 더해가며.

아, 괴로워, 진짜로 죽고 싶을 만큼 괴로워괴로워!

"……하지만 선택하신 것은 그분 자신. 내가 이의를 제기할 수는 없지."

그리고 혼잣말처럼 중얼거린다.

안경의 위치를 고친 헤딘 씨는 목소리를 심문조로 바꾸

었다.

"밀회 당일 무슨 옷을 입고 갈 생각이냐? 예정은? 돌아볼 장소는 정해놨나?"

"네, 네에?!"

"시르 님을 기쁘게 해드릴 계획을 말하라는 거다, 우둔한 놈. 그 머리는 짐승만도 못한 거냐."

잇달아 던져대는 가차 없는 매도.

너무 신랄해! 릴리의 잔소리하곤 비교도 안 돼!! 아까부터 대체 뭐지?!

아, 아니, 그보다도……!!

"잠시만요! 전 아직 시르 씨와 데이트하겠다고 결정한 것도 아닌……?!"

"멍청한 놈이. 거부권 따위 있을 줄 아나? 네게 허락된 것은 그 영광에 흐느껴 우는 것뿐이다."

"흐느껴 울어요?!"

"선택지가 있다고 한다면 네가 시르 님을 이 하계 최대의 행복으로 가득 채워드리는 것, 혹은 그녀에게 영원한 기쁨을 안겨드리는 것, 둘 중 하나뿐이다."

"똑같은 말이잖아요?!"

부조리한 양자택일!

터무니없는 사태에 내가 혼란의 극치에 빠져 있으려니—— 헤딘 씨는 표정을 거두었다.

"만약에. 만약에 말이다. 어리석게도 네가 그분의 제안을 거절한다면—— 너와 함께 【헤스티아 파밀리아】를 소멸시켜버리겠다.”

“네에에에에에에에에에에에?!”

온몸이 싸늘해지는 듯한 선언, 가게를 뒤흔드는 비명, 변함없이 책만 읽고 있는 엘프 마스터.

옥좌 앞에서 사형선고를 받은 마을 사람이 바로 이런 심경이겠지. 나는 세상에 종말이 온 것처럼 낯을 창백하게 물들였다.

의자에 여유 있게 앉은 채 선언한 화이트엘프의 모습은 그야말로 폭군과도 같았다.

진심이다. 진심이야, 이 사람!

도시 최강인 【프레이야 파밀리아】의 전군을 동원해 나(+【파밀리아】)를 지상에서 없애버릴 생각이야!

거절할 수 없어!!

아직 시르 씨 본인에게는 아무 말도 못 들었는데, 데이트 집행이 강제적으로 결정되고 말았어!

“그분의 바람은 여신의 뜻과 같다.”

낯빛과 표정을 이리저리 바꾸는 나에게 헤딘 씨가 말했다.

“그렇기에 그녀가 바라는 것이라면 우리는 수족이 되어 움직인다. 설령 원성을 산들, 멀리서나마.”

마치 맹세와도 같이. 내 도주로를 차단하듯.

땀이 멈추질 않았다.

맹렬한 위기감이 솟아났다.

나에게는 『동경』하는 이가 있다. 따라잡고 싶은 사람이 있다.

그 말을 꺼내지 않은 채 어물쩍 데이트를 하게 된다면——그, 그건 안 될 것 같아!

분명 돌이킬 수 없는 일이 일어날 것 같아……!

"저, 저기요?! 저에게는 동경하는 사람이——!!"

그 순간.

번개처럼 번뜩인 오른팔이 다시 내 머리를 움켜쥐었다.

"?!"

"몇 번이나 말하게 만들지 마라, 우둔한 토끼. 너는 밀회 당일, 시르 님만을 보고 있으면 된다. 다른 여자에게 마음을 두는 것은 물론이고 시르 님 이외의 얼굴을 떠올리는 것도 용납하지 않겠다. 사념은 필요 없다. 그녀만을 생각해라. 그녀만을 즐겁게 해드려라. 그녀가 네 세상의 중심이다."

그에게 붙들린 채, 몸이 의자에서 떨어지고 다리가 바닥에서 떠올랐다.

두 귀를 붙들린 토끼처럼 바둥거리며 저항하지만——완전히 무의미!!

자신도 몸을 일으킨 채 슬쩍 고개를 숙인 헤딘 씨는 병적으로까지 들리는 말을 늘어놓았다.

그리고는 팔을 휘두르는 바람에, "흐그악?!" 비명을 지르며 바닥에 나뒹굴었다.

고개를 들어보니, 거기에는 극한의 두 눈으로 내려다보는, 몬스터보다도 훨씬 무서운 요정이 있었다.

"도저히 안 되겠군. 역시 가늠해보는 정도로는 부족하다. 마음가짐부터 비롯해 숙녀를 리드하는 법, 하나에서 열까지 너에게는 『개조』가 필요하다."

"개조?!"

"오늘부터 여신제까지 닷새 동안, 잘 시간도 없을 줄 알아라."

"저, 전【파밀리아】사람들하고 할 일이 있는데요……?!"

"우둔한 놈. 【파밀리아】와 시르 님 중 어느 쪽이 더 소중하냐."

아, 틀렸어, 말이 안 통해!

류 씨하고 마찬가지로 이 사람도 자기 갈 길을 가는 엘프야!!

여자애처럼 쓰러져 있는 나를 그림자가 뒤덮었다.

눈꼬리에 눈물을 머금은 채, 얼굴에서 핏기가 가신 나를 내버려 둔 채 그는 선언했다.

"나는 나의 충성을 다할 뿐. 각오해라."

아아악──────────────?!

"벨은 아직도 돌아오지 않았느냐?! 이미 밤이 되었거늘!"

"아침에 주점으로 간다고 하고 소식이 없네요. 우리도 찾아보곤 있는데……."

"릴리도 아까 『풍요의 여주인』에 다녀왔어요! 하지만 벨 님은 오늘 안 오셨다고……! 시르 님도 정말로 아무것도 모르는 눈치였고요!"

"소녀도 아이샤 씨에게 부탁해보았사오나 전혀 찾을 수가 없다 하옵니다……!"

"대체 어디로 간 게냐, 벨~!"

"헤스티아 님! 벨 공의 이름으로 편지가 도착했습니다!"

"정말이냐, 미코토 군?! 어디 보자!"

『파밀리아를 구하기 위해

　시르 씨랑 데이트하게 됐어요

　저를 찾지 마세요

　살려줘요』

"찾지 말라는 게냐 살려달라는 게냐?!"

"그보다 파밀리아를 구하는 것하고 시르 공과의 데이트 사이에 무슨 인과관계가 있는지?!"

"또 성가신 일에 말려든 예감……! 하루히메 님, 미아흐

님이랑 타케미카즈치 님께 요청해서 토끼 수색원을 내주세요! 서둘러서요!!"

"네, 네에엣!"

"이거 뭔가 불길한 예감이 드는구만……."

달빛 아래, 애완토끼가 돌아오지 않는【헤스티아 파밀리아】의 저택이 소란에 휩싸였다.

결국 여신제 날까지 벨 크라넬의 모습은 찾을 수 없었다.

할아버지에게

저는 옛날에 예쁜 엘프 사람 좋아했어요

근데 지금은 엘프 무서운 것 같아요

엘프   무서워

이처럼 지능지수가 극한까지 떨어진 말이 뇌리에 떠올랐다가는 사라질 정도로, 나는『궁지에 몰렸다』는 말의 의미를 깨달았다. 현재 직면한 이『지옥』에 비하면 에이나 누나와의 공부도 아이즈 씨와의 단련도 류 씨와의 아침 수련도 귀엽게만 여겨진다.

『개조』라는 이름의 수업은 가혹하기 그지없었다.

"자세가 나쁘다. 복근을 조여라. 그대로 거울 앞에서 발성 훈련. 발음과 표정근도 단련해라."

"좋은아침이에요시르씨안녕하세요시르씨평안하셨나요시르씨예쁘시네요시르씨귀여우시네요시르씨아름다우시네요시르씨시르씨시르씨살려줘요시르씨."

"그 못난 웃음은 뭐냐."

"어거붑?!"

선 채로 거울 앞에서 하염없이 말하며 웃음과 자세를 항상 확인하고 10초에 한 번은 제1급 모험자의 발차기를 맞는 훈련. 마모되어가는 거울 속의 자신과 현실의 자신이 분간이 가지 않는 정신 붕괴를 일으키려 했다.

"엘프 성서 10권 전체를 머릿속에 집어넣어라. 2시간 안으로. 영웅에게 흥미와 관심을 가져라. 등장인물을 자신에게 투영하면 너의 이해가 빠를 거다."

"예 마스터! 알겠습니다, 마스터!"

"목소리가 크다, 닥쳐라."

"쿨럭?! ……알겠습니다, 마스터!!"

헤딘 씨의 명령에는 절대 거역하지 않는 훈련. 나에게 허락된 말은 "예!" 아니면 "알겠습니다!"밖에 남지 않았다. 강요한 것도 아닌데 나는 이 사람을 마스터라고 부르게 되었다.

"남은 사흘은 던전에 들어간다. 몬스터와 여자를 **하염없이 사냥한다.**"

"네?!"

"너 지금 무슨 망상을 했나, 쓰레기."

"떠흑?! 죄, 죄송하붑?!"

데이트의 지식을 익히는 훈련. 여성이란 돈이 드는 법이며 당연히 데이트에서도 지출은 거듭된다. 돈을 들이지 않는 데이트를 준비하는 것은 어리석고도 어리석은 생각. 『성의는 돈으로 보이는 것이 가장 확실하다』라는 눈물 나는 가르침을 얻어, 데이트 초심자인 나는 자금력을 높이기 위해 가는 길에 있는 몬스터를 사냥하고 사냥하고 사냥하고 마구 사냥했다(미안해, 제노스가 될지도 모르는 몬스터……). 그리고 도중에 여성 모험자를 **노렸다.**

"내가 저 여자들의 파티에『괴물증정』을 하겠다. 멋지게 나타나 구해줘라. 흔들다리 효과라는 거다."

"아무리 그래도 그건 악마의 소행이에요, 마스터?!"

"악마의 소행에 손을 대든 말든 시르 님을 기쁘게 해드릴 각오를 하라는 거다, 우둔한 토끼."

"허흑?!"

"너는 여자에게 지나치게 면역이 없다. 접해라. 웃음을 나누어라. 리드의 기술을 익혀라. 처음부터 호감도가 일정치 이상 높으면 경계를 사는 일도 없다."

여성 모험자를 리드하는 실전훈련. 양심의 가책에 시달리면서도, 나는 자연발생을 가장한 마스터의 괴물증정 피해를 입은 여성 모험자를 구해주고 또 구해주었다. 시키는 대로 멋들어지게 나타나 도와주고, 죄책감으로 가득한 정신력을 총동원해 그동안 주입받은 신사적인 태도를 보이니 처음엔 비명을 지르던 여성 모험자들은 금세 얼굴을 붉혔다.

"괜찮으신가요, 누나들? 다치신 데는 없어요?"

"래, 【래빗 풋】?!" "우와, 세상에! 레코드 홀더?!"

"『장래 유망』 랭킹 1위, 『팔자를 고치려면 지금을 노려라!』 랭킹 3위, 《누나!》라고 불리고 싶은 남성 모험자』 랭킹 7위의 그 벨 크라넬?!"

'이분들은 대체 무슨 말을 하는 거람……'

여성의 어떤 반응에도 대응할 수 있는 훈련. 감성의 차이, 부조리, 이상 사태, 그러한 것들을 모조리 소화해냈다. 마스터에게 배운 모든 것들을 이 실전에 쏟아부었다. 몇 명이고 몇 명이고 몇 명이고 상대하며. 『당신의 미소가 보고 싶어요』라는 헌신과 봉사의 정신을 그녀들에게서 철저히 배웠다. 마스터의 주먹질, 아니, 가르침보다도 이 실전이 훨씬 창피하고 조바심이 나서 힘들었다.

"나 【래빗 풋】에 대한 인상이 바뀌었어! 이렇게 멋진 남자였다니!"

"그것도 간사한 게 아니라 가끔 풋풋한 면이 보이잖아! 부끄러워하긴, 그렇게 우릴 두근거리게 만들고 싶니? 요 녀석, 요 녀석~!"

"저기…… 딱 한 번만 『누나』라고 불러보지 않을래? 하아, 하아……."

"아, 아하하하…… 그, 그러면 12계층에 도착했으니, 여기서부터는 괜찮겠죠?"

"응! 바래다줘서 고마워. 【래빗 풋】!"

"『상층』에선 우리끼리도 돌아갈 수 있어!"

여성을 마지막까지 바래다주는 훈련. 상대의 안전을 마지막까지 지켜봐야 비로소 데이트는이하생략.

"……저기, 잠깐만. 오늘 밤에 혹시 시간 있니?"

"네?"

"……! 구해줬으니까 말야, 빚을 갚고 싶어서!" "맞아맞아! 그러니까――."

"""우리하고 밥이라도 먹으러 가지 않을래?"""

"아, 죄송해요. 저희 집(파밀리아)은 외출 시간이랑 규율이 엄격해서 주신님께 야단맞거든요."

"――【영쟁하라, 불멸의 뇌병】."

"삐갸악?!"

여성을 실망시키지 않기 위한 훈련. 여성의 평가가 땅바닥까지 떨어질 때마다 마스터의 초단문영창 고속사격이 나만을 꿰뚫어 태워버렸다.

훈련, 훈련, 훈련…… 모든 것이 훈련. 한 치의 군더더기도 없이, 1분도 재우지 않고.

욱여넣고 주입하고, 실수를 저지르면 발차기와 번개와 꾸지람이 날아들어 나를 하염없이 『개조』한다. 농밀하게 압축된 시간은 토할 틈도 없을 정도여서, 이제까지 살아온 인생 중에서 가장 가혹한 것이었다고 말할 수 있다.

그리고 마침내 최종훈련.

"마지막으로 타깃을 좁혀 밀회의 예행 연습을 하겠다. 장소는 『리빌라 마을』. 어중이떠중이 여자들이 상대라 아니꼽지만…… 가상의 시르 님이다."

"네, 네에, 마스터…… 알겠습니다……."

제18계층의 『언더 리조트』.

실전훈련을 하던 『중층』에서 세이프티 포인트로 이동한 우리를 눈부신 수정의 빛이 비추었다. 지상의 빛과도 흡사한 광채가 눈에 스며들어 조금 눈물이 날 것 같았다.

정말로 닷새 동안 한숨도 못 잔 나의 몸은 이미 비실거렸으며 너덜너덜했다. 상급 모험자의 육체가 비명을 질렀다기보다는 정신적인 피로가 강했다. 익숙하지 않은 일의 연속이라 정신과 마음을 붕괴 일보 직전까지 잠식당하고 있었다. 이제는 시간 감각조차 없었다.

"너, 냄새난다."

그 말과 함께 숲속의 샘에 처박혀 몸을 씻고 ——새삼스럽지만 헤딘 씨는 정말 봐줄 줄을 모른다—— 마스터가 가져온 엘프 향수를 뿌린 후, 계층 서쪽 『섬』의 단애절벽 위에 세워진 『리빌라 마을』로 향했다.

"요즘 리빌라에서만 판매하는 『하이퍼 던전 샌드위치 버블 디럭스』라는 음식이 있다."

"하, 하이퍼……? 버블……? 디럭스……?"

"참고로 커플 손님이 아니면 구입할 수 없다는 머저리

같은 장사다."

"왜요?!"

"심지어 남자끼리든 여자끼리든 괜찮다는군."

"그러니까 왜요?!"

"주인이 『던전에서 힐링을 추구하면 안 되는 걸까』라는 헛소리를 지껄이고 있다고 한다."

지적할 곳이 한두 군데가 아니어서 뭐라고 해야 좋을지 모르겠다.

사전에 조사해두었는지, 마스터는 메모도 없이 막힘없는 지시를 내려주었다.

"가장 먼저 마주친 여성에게 말을 걸어 그것을 사와라. 그리고 둘이 나누어 먹도록."

"네에?!"

"가상의 시르 님이라고 했을 텐데. 밀회 도중에는 틀림없이 길에서 무언가를 먹을 기회가 발생한다. 내성을 갖추어라. 덧붙이자면 서로에게 먹여준 시점에서 여성은 네게 마음을 허락한 것이다. 그것으로 밀회의 예행 연습을 한다. 이 마을 안에서."

생각지도 못한 과제에 경악했다. 애초에 저는 단 음식을 잘 못 먹는데요……라고 말해봤자 소용없겠지. 마스터에게는 거역할 수 없고, 거역하게 내버려두지도 않을 것이다. 고개를 푹 숙이고 체념했다.

"가라."

마음을 굳게 먹고 혼자 걸어 나갔다. 목적지인 가게는 중심지에 위치한 『수정광장』에 있었다. 엄청나게 화려한 데다 다채로운 색상으로 간판을 장식한 것을 보니 틀림없을 것 같은데…….

"어라……? 베, 벨 씨?!"

"어? 카산드라 씨?"

그리고 그곳에서 나도 모르게 눈을 동그랗게 떴다.

【미아흐 파밀리아】의 카산드라 씨, 그리고 다프네 씨와 딱 맞닥뜨린 것이다.

"너 이런 데서 뭐 하고 있어? 릴리루카랑 애들이 엄청 걱정하던데?"

"아, 아하하하…… 그게 좀, 퀘스트 비슷한 걸 강제로 맡아버려서…….

단발머리를 찰랑거리는 다프네 씨의 물음에 매우 어중간하게 대답했다. 시르 씨에게 데이트 훈련을 들키지 않도록 던전에서 별별 일을 다 했다고는 말할 수 없으니…….

다프네 씨와 카산드라 씨가 고개를 갸웃거리는 가운데, 나는 황급히 화제를 바꾸었다.

"다, 다프네 씨와 카산드라 씨는 무슨 일로 오셨나요?"

"그게 말이야, 카산드라가 꼭 먹어보고 싶은 달달한 음식이 있다고 야단이어서. 하이퍼 어쩌고 디럭스 저쩌고…… 그래서 탐색 겸 와봤지 뭐. 내일이 벌써 여신제인데."

"아, 아니에요, 아니에요!! 저 그렇게 먹보 같은 소리는 안 했어요, 벨 씨!!"

"크림 듬뿍듬뿍 얹어서 먹고 싶다고 기세등등했으면서."

"다프네에~~~~~~!"

얼굴을 새빨갛게 물들인 카산드라 씨는 눈물을 머금고 곁의 다프네 씨를 투닥투닥 때렸다.

사정을 이해한 나는 쓴웃음을 짓다가 아, 하고 무언가를 떠올렸다.

"그럼 저하고 같이 사러 가지 않으시겠어요?"

"……네? 네에에?!"

마스터는 가장 먼저 마주친 여성에게 말을 걸라고 했고, 목적도 같으니까.

그나마 낯이 익은 사람이 마음 편하지 않을까 하는 타산도 있어서 얼른 제안했다.

반면 카산드라 씨는 이상할 정도로 경악하고 있었다.

"그, 그 던전 샌드위치는…… 커, 커플이 아니면 살 수 없다고 해서…… 그, 그래서 저, 다프네한테 부탁하려고 했던 건데…… 베, 벨 씨랑, 커플?"

"사실은 저도 먹어보고 싶었거든요. ……안 될까요?"

마스터께 주입받은 신사적인 웃음을 조건반사적으로 짓고 말았다.

그러자 카산드라 씨는 펑! 소리가 날 정도로 얼굴을 새빨갛게 물들였다.

내가 깜짝 놀란 것도 찰나, 끄덕끄덕끄덕! 하며 엄청난

기세로 몇 번이고 고개를 끄덕였다.

"가, 갈래요! 가게 해주세요! 가고 싶어요!"

"그, 그럼……."

눈을 껌뻑거리며, 카산드라 씨와 둘이 가게로 향했다. 어째서인지 어이없어하는 다프네 씨가 지켜보는 가운데.

가게는 목조였으며 주인은 보르스 씨보다도 몸집이 큰 거구의 휴먼이었다. 하이퍼 어쩌고 하는 달달한 음식을 파는 사람처럼은 보이지 않을 정도로 우락부락하게 생겨, 다가오는 우리를 부릅 노려보고는 ——"아우아우" 하며 붉어진 뺨을 두 손으로 감싸 쥔 카산드라 씨를 관찰하고는—— "합격이다"라며 눈을 가늘게 뜨고 웃었다. 대체 뭐지…….

파밀리아의 증명서를 사용해 특대 던전 샌드위치를 2개 샀다.

'윽……! 이름만 들었을 때도 그럴 거라고는 생각했지만, 상상했던 것보다……!'

두 장의 빵 사이에는 허니클라우드며 고드베리 같은 미궁산 과일, 여기에 몇 종류나 되는 크림 등등 수많은 재료가 들어가 있었다. 종이 포장이 없으면 줄줄 흘러내릴 것 같다. 크림 트리플 토핑 + 단팥 앙금까지 추가하는 카산드라 씨를 나도 모르게 쳐다보니, 그녀는 어린아이처럼 눈을 빛내고 있었다.

그리고 아연실색한 내 시선을 알아차렸는지 ——아니, 뭔가를 착각했는지—— 자신의 던전 샌드위치와 나를 번

갈아 바라보더니, 뺨을 붉히며 내밀었다.

"제, 제 것도…… 드, 드시겠어요?"

귀엽다. 부끄러워하는 카산드라 씨가 엄청나게 귀엽지만…… 뺨이 경련을 일으켰다.

달아서 죽어버릴 거야.

나는 부드럽게 거절하고자 했다. 하지만 그럴 수 없었다.

시야 한구석에서 『먹어』라고 말하는 마스터의 무자비한 시선이 날아와 꽂혔기 때문이다.

조금 눈물이 날 것 같았지만 마음을 굳게 먹었다.

용기를 쥐어짜네, 나를 향해 내민 그녀의 손을 부드럽게 잡아 빵을 입으로 가져갔다.

"흐에?!"

한 손으로 카산드라 씨의 손을 잡은 채 한 입을 먹었다.

얼굴이 뜨겁다. 부끄러워 귀까지 새빨갛게 물들었다. 카산드라 씨도.

하지만 덕분에 단맛은 잘 느껴지지 않았다. 나는 어떻게든 목으로 삼킬 수 있었다.

카산드라 씨는 눈을 크게 뜬 채 당장이라도 연기를 내뿜을 것 같았다.

"……드실래요?"

"네?"

"제 것도…….."

뭐라 말할 수 없을 만큼 창피했지만, 마스터의 시선이

등에 날아와 꽂혀 추가 공격을 명령하고 있었다.

나도 완전히 새빨갛게 물들어, 자신의 던전 샌드위치를 내밀었다.

카산드라 씨는 한동안 돌이 되었다가, 입술을 꾹 다무는가 싶더니 살짝 벌렸다.

"아……아~앙."

텁.

조그만 입술이 크림을 먹는다.

오물오물 먹는 동안, 카산드라 씨는 말이 없었다. 그리고 새빨갛다.

뺨에는 크림이 묻어 있다.

──몬스터 필리아 때는 주신님하고도 이런 걸 했더랬지.

기시감을 느끼며, 나는 자연스러운 동작으로 뺨에 묻은 크림을 손가락으로 닦아주었다.

상대 여성에게 부끄러움을 주어서는 안 된다. 그런 헤딘 씨의 가르침에 따라.

"──토끼가 뺨을 핥을지니 ── 계시대로야아아~~~~~~…………."

"어, 어어어어어어어?! 카산드라 씨─?!"

그 직후 카산드라 씨가 의식을 잃었다.

쓰러지는 그녀를 얼른 받아 부드러운 몸을 안아 들었다.

부끄러움이 한계 돌파해버렸지만, 카산드라 씨는 내 품 안에서 정신을 놓아버렸다.

"보는 내가 메슥거리네……."

"풋풋하군. 하지만 그게 또 좋은 거지."

"이래선 연습이 되질 않아."

소년의 비명 같은 목소리가 울려 퍼지는 가운데.

존재가 의식 저편으로 밀려난 다프네는 진저리를 치고, 가게 주인은 눈을 가늘게 뜨며 멋진 미소를 지었으며, 헤딘은 냉정하게 다음 플랜을 준비하고 있었다.

지상은 새하얀 달빛을 받고 있었다.

엘레지아의 분위기가 이어진 오라리오는 오늘도 숙연한 분위기가 감돌지만, 속으로는 기대와 흥분을 조용히 담아나가고 있었다.

『여신제』가 내일로 다가온, 전날 밤이었다.

"……."

제복의 소매를 걷은 류는 『풍요의 여주인』에서 묵묵히 접시를 닦고 있었다.

몇 장이고, 몇 장이고, 몇 장이고…… 하염없이.

"언제까지 접시만 닦고 있을 거냐, 멍청아."

"으국?!"

그런 그녀의 정수리에 바위 같은 주먹이 떨어졌다.

신음소리를 흘린 류가 뒤를 돌아보니, 그곳에 서 있던 것은 드워프에게 어울리지 않을 정도의 거구를 가진 여주인이었다.

"미, 미아 어머님……?"

"가게 문은 옛날에 닫았어. 다 닦은 접시를 몇 번이나 헹궈야 직성이 풀릴 거냐, 너는."

"네……?"

지적을 받은 류는 아연실색했다.

가게 안은 이미 조명이 꺼졌고 주방에 있는 것도 자신 한 사람뿐. 산더미처럼 쌓인 접시는 이미 사라지고 없었으며, 정신이 들고 보니 류는 설거지가 다 끝난 식기를 왼쪽에서 오른쪽으로, 왼쪽에서 오른쪽으로 헹구는 무한 세정의 루프에 빠져 있었다. 자신의 손을 보고 그녀는 다시 아연실색했다.

"무슨 생각을 하길래 그렇게 얼간이가 된 게야? 나 원…… 처음 고용했을 때의 못난이로 돌아갔구만."

"윽……?!"

미아의 커다란 한숨에, 추태를 보인 류는 아무 대꾸도 하지 못했다.

하얀 뺨을 새빨갛게 물들이고, 벨이나 시르 앞에서는 결코 보이지 않겠노라고 결심했던 수치의 표정을 드러냈다.

류는 오늘 하루 종일, 아니, 정확하게는 닷새 전부터 마음이 다른 곳에 가 있는 상태였다. 그 증상은 『여신제』가

다가오면서 점점 심해졌다.

무엇이 원인인지는 누가 지적할 것도 없이 류 자신이 가장 잘 알고 있다.

"너까지 이래서야 내일 『여신제』는 불안해서 못 견디겠다. 나 원, 그 바보 딸내미는 하필이면 놀러 나가겠다는 소릴 하고……."

푸념 섞인 미아의 한숨에 흠칫 정신이 들었다.

화제에 오른 회색 머리의 동료를 떠올린 류는 어느샌가 입을 열고 있었다.

"……미아 어머님은, 말리지 않으시나요?"

그 물음에 미아가 흘끔 돌아보았다.

"말렸으면 좋겠나?"

되돌아온 한 마디에 류는 심장을 꽉 붙들린 기분을 느꼈다.

"아, 아닙니다! 시르를 방해할 수는 없어요! 그것만은 안 됩니다! ……다만."

다만…… 뭘까.

자신의 가슴 깊은 곳의 마음을 말로 표현할 수가 없었다. 마치 숲속에 어렴풋이 밝혀져, 쫓아가면 사라지곤 하는 요정의 흔적을 따라가듯.

다만 자신이 무언가의 사이에서 방황한다는 것만은 알 수 있다.

시르의 미소도, 그리고 벨의 존재도 잃고 싶지 않은 자신이 있다는 것만은 알고 있다.

'나는, 정말로 벗을 배신하고……'

며칠 전, 시르가 물었던 말을 떠올렸다.

'그를…… 벨을, 좋아하고 말았던 것일까.'

그리고 겨우 자신의 마음을 이해했다.

던전의 심층에서 생환한 후로, 계속 자신을 이상하게 만들었던 감정의 정체를.

인정하고 싶지 않았다. 적어도 이런 때에는.

가슴을 두근거리게 만들어야 할 달콤하고도 따뜻한 마음은, 지금의 류에게는 심해의 물을 굳힌 얼음덩어리로밖에 여겨지지 않았다. 지금은 시르를, 벨을 무슨 표정으로 대해야 좋을지 알 수 없었다.

류는 차디차게 얼어붙은 자신의 가슴을 꽉 움켜쥐었다.

"……넌 정말 머리 굳은 엘프의 표본이구나. 5년 전부터 하나도 변한 게 없어."

그런 류의 갈등을 아는지 모르는지, 미아는 어이가 없다는 목소리로 말했다.

"예……?"

"가끔은 우리 드워프를 좀 본받아보라는 소리다."

그렇게 말하고, 찬장에서 꺼낸 술병을 류의 가슴에 떠밀었다.

미아가 소중히 담가놓았던 과일주임을 깨닫기까지는 시간이 걸렸다.

"미, 미아 어머님! 이건?"

"그거 마시고 냉큼 자. 그런 얼굴로 끙끙 앓고만 있어봤자 시간 낭비야."

소위 나이트캡이라는 걸까.

미아 나름의 배려임을 깨닫고, 류는 뭐라 말할 수 없는 기분에 사로잡혔다.

오랫동안 잊고 있던 『어머니』의 마음에, 하늘색 눈이 떨려오고 마음이 조금 가벼워졌다.

"……말릴 수 있다면야 꽁꽁 묶어서라도 붙잡아놓고 싶었다만. 그 바보 딸내미가 떼를 쓸 게 눈에 선하니."

"……?"

"아까 하던 얘기 말이다."

그리고 미아는 조금 전의 물음에 대답해주듯 투덜거렸다.

"무엇보다 성가신 건 본인이 아니라 『주위 놈들』 쪽이니까."

그리고 진저리난다는 듯한 표정을 지었다.

"예?"

"바보 딸내미를 과보호하는 바보 놈들이 무슨 짓을 저지를지 모른단 소리야. 가게 영업을 방해하면 두들겨 패기라도 할 텐데…… 그랬다간 본전도 못 찾지. 속이 부글부글 끓을 정도로."

거의 혼잣말처럼 말한 미아는 미간에 주름을 지으며 창밖, 『바벨』 방향을 노려보았다.

고개를 든 류가 당혹감을 품고 있으려니 드워프 여주인이 돌아보았다.

"아무튼 그 바보 딸내미는 없어."

그 굵은 손가락으로 류의 가슴을 쿡 찌른다.

"농땡이 피우면 가만 안 둔다."

"내일은 가게에서 농땡이 못 피우는 거야냐?!"

캣 피플 아냐의 목소리가 울려 퍼졌다.

오늘도 하루 종일 일하고 가게 문을 닫은 심야.

가게 쪽에서 미아를 상대하는 류의 고뇌도 모르고 아냐, 클로에, 루노아는 별채에서 밀담을 나누고 있었다.

"시르랑 백발이 어떻게 될지 궁금해서 못 견디겠어냐~! 그리고 냐도 축제 가서 감자랑 과일이랑 잔뜩 먹고 싶어냐~!!"

"넌 그게 본심이겠지."

후냐―! 고함을 지르는 아냐에게 루노아가 싸늘한 시선을 보냈다.

하지만 그런 루노아도 탄식과 함께 푸념하듯 중얼거렸다.

"축제니까 한창 벌 때라는 건 알겠는데…… 여신제 3일 동안 전부 일만 해야 한다는 건 확실히 끝장이야. 쉴 틈도 없을 거고……."

『여신제』는 오라리오의 수많은 축제 중에서도 특히 화려하고 시끌벅적하다.

암피테아트룸(원형투기장)이 존재하는 제2구역 —— 오라리오 동부를 중심으로 열리는 몬스터 필리아와는 달리 도시 전체에서 수확을 축하하는 것이다. 노점만이 아니라 『풍요의 여주인』을 비롯한 여러 주점도 정신을 바짝 차리고 장사를 한다.

"미아 어머님은 우릴 과로사시킬 생각인 거야냐—! 후냐앙—!!"

"자유를 사랑하는 고양이를 속박하다니, 아아, 신도 두려워하지 않는 소행! 드워프 무섭다옹! 고양이 아닌 루노아만 혹사해줘라옹!"

"너 맞을래?"

그리고 그 여파를 맞은 것이 지금도 불평불만을 늘어놓고 있는 세 아가씨였다.

아냐가 우는 소리를 하는 옆에서 클로에가 연극적인 몸짓으로 하늘을 우러러보고, 루노아는 주먹을 부르쥐었다.

개성적인 주점 점원 중에서도 특히 문제아인 그녀들에게 미아가 벌을 내리겠다는 양 일을 떠넘긴 것은 당연하다면 당연하지만, 유감스럽게도 당사자들에게는 자각이 없다.

어떻게든 주점을 빠져나가 시르와 벨의 데이트를 미행할 수는 없을까.

두 명의 캣 피플과 한 명의 휴먼은 없는 머리를 쥐어 짜내려 했다.

"아무튼 시르와 소년의 뒤를 밟는다고 해도 노동력은 필요하잖아. 일손이 부족하면 가게가 돌아가지 않고, 우리가 사라지면 금방 들킬 거야. 분명히. 틀림없이. 임시 알바 같은 걸 고용하면 휴식 시간에 슬쩍 빠져나갈 수도……."

"알바 부를 돈이 어딨어냐~. 미아 엄마도 그런 돈은 안 내줄 거야냐! 루노아는 바보다냐!"

"너 진짜 날려버린다?! 그걸 어떻게든 해보자고 지금 얘기를 나누는 중이잖아!"

그녀들은 여러 사정으로 인해 미아에게 빚을 져, 어떤 알바 여신과 맞먹을 정도로 월급이 적다. 주점 내에서도 『바보 고양이』로 명성이 자자한 아냐가 바보를 대하는 것처럼 쳐다보는 바람에 얼굴을 시뻘겋게 물들인 루노아가 마침내 주먹을 쳐들었다.

"──요컨대 우리 말을 들어줄 『제물』이 있으면 된다옹."

그때.

악독한 웃음을 짓는 검은 고양이 한 마리.

"……뭐 좋은 생각이라도 있어?"

"분~명 야비한 생각하고 있을 거다냐……."

어딘가 신들 같은 언동을 보이는 음험한 동료.

루노아와 아냐는 수상쩍다는 눈으로 그녀를 바라보았다.

클로에는 입술 앞에 손가락을 세우며 요염하고도 사악

한 미소를 지었다.

"냐한테 필승의 비책이 있다옹~."

"괜찮으시겠습니까, 프레이야 님?"

오탈이 물었다.

도시 중앙에 우뚝 솟은 『바벨』 최상층의 신실에서 편히 쉬고 있던 주신을 향해.

밤하늘은 검푸르다. 도시의 랜드마크이기도 한 거탑의 꼭대기에서는 오늘도 찬연한 달이 잘 보였다.

호화로운 팔걸이의자에 앉아 와인을 즐기던 프레이야는 시선을 창밖으로 향한 채 되물었다.

"뭐가?"

"『여신제』 말입니다."

"……회른한테 들었어?"

"예."

오탈은 긍정했다.

주신을 숭배하는 시종장 소녀는 이 자리에 없다. 그녀의 주된 역할은 프레이야를 보필하는 것이며, 결코 말 상대가 아니다. 오탈 같은 이들에게는 불가능한, 동성이 아니면 무례한 행위를 솔선해 도맡는다. 종을 울리면 다른 시종과 함께 대령할 수 있는 위치에는 있을 것이다.

이렇게 『바벨』의 최상층에서 와인을 즐기거나 오라리오를 마음껏 바라볼 때, 프레이야의 곁에 서 있는 것은 오탈의 일이었다. 그녀의 변덕에 어울려주고, 짧으나마 진솔한 대답을 하고, 때로는 진언도 충언도 한다. 이는 단장인 그에게만 허락된 역할이며 영광이었다.

　평소에는 스스로 화제를 제공하는 일이 없는 오탈이, 오늘만은 보기 드물게 여신의 품으로 파고들려 했다.

　"**어느 쪽**이 벨 크라넬을 손에 넣을지 『승부』하신다고…… 그렇게 들었습니다."

　"『승부』라. 꽤나 호전적이지 않아? 지금 그 아이는."

　"……정말로 받아들이신 겁니까?"

　"그래. 그 아이도 벨에게 끌리고 말았다고, 그렇게 말하던걸. 놀랐어."

　프레이야는 무엇이 그렇게 재미있는지 웃음소리를 냈다.

　오탈은 그 모습에 입을 다물고만 있었다. 이음매가 없는 거대한 통유리창에 반사되는 그의 얼굴은 정말로 그래도 괜찮으시겠습니까, 하고 묻고 싶은 듯한 표정이었다.

　"반영? 공유? 아니면 링크? 그 아이의 마음도 나에게 이끌려오는 걸까?"

　"……저는 알 수 없는 일입니다."

　"그것도 그러네."

　언짢아하는 기색도 없이 프레이야는 잔을 기울여 입술을 축였다.

오탈은 대화를 이어나가고자 노력했다.

"아렌과 단원들이, 여신제 건으로 불평을 품고 있습니다."

"아렌이야 평소랑 다를 거 없잖아? 시르의 소꿉장난에 어울려달라고, 그렇게 전해줘."

"예."

"호위는 준비하지 않아도 된다고 해봤자 소용없으려나?"

"예. 그것만은 눈을 감아주셨으면 합니다."

"알았어. 그러면 얼마나 투입할 생각인지는 몰라도 호위에 가담할 아이들은 제2급 이상으로 해줘. 지휘는 헤딘에게 맡기면 되겠지?"

"그러면 문제가 없으리라 생각합니다."

사무적인 확인 사항. 본론을 꺼낼 때까지의 유예.

속내를 드러낼지를 한껏 망설이던 오탈은, 마음을 굳게 먹고 신의를 물었다.

"프레이야 님은 무엇을 바라십니까?"

그 물음에.

프레이야는 곧바로는 대답하지 않았다.

싸늘한 달빛이 유리창을 지나 절세의 미모에 쏟아져 내린다.

"나의 『갈망』은 변하지 않아."

그녀는 침묵을 거쳐, 잠시 후 입을 열었다.

"무슨 일이 있다 해도, 벨을 내 것으로 만들겠어. 그뿐이야."

그것이 여신의 신의. 그것이 그녀의 『갈망』.

그렇다면 오탈은 더 이상 끼어들지 않고, 그 자리에 의연히 서 있을 뿐이었다.

"오탈. 너는 누구 편이니?"

"……."

"협력해달라고 부탁받았지?"

여신의 눈은 모든 것을 꿰뚫어 보고 있었다.

신의 앞에서는 거짓말을 할 수 없다. 오탈은 묵비를 관철하고자 했으나, 그만두었다.

여기서의 묵비는 긍정이나 다를 바 없으므로.

"저는 언제나 당신께 진력할 뿐입니다."

"그렇게 말하니, 나를 위한 일이라면 그 아이에게도 협력하겠다는 말처럼 들리는데?"

당해낼 수가 없다.

오탈은 이번에야말로 눈을 감았다. 긍정도 부정도 하지 않은 채, 그저 패배를 인정하듯.

쿡쿡 웃는 은발의 여신은 달빛을 향해 잔을 들었다.

"평소에는 지루한 풍요의 연회…… 올해는, 어떻게 될까?"

나도 모르겠는걸.

여신은 『미지』에 가슴을 두근거리듯, 그렇게 말했다.

Monologue

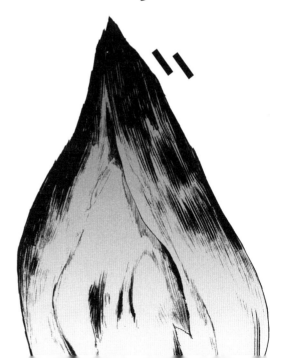

나는 면밀한 준비를 시작했다.

축제 당일, 주어진 시간은 아주 잠깐. 12시 종이 울리기 전에 나는 『갈망』을 이루어야만 한다. 그러기 위해서라도 『여신제』가 시작되기 전부터 움직여야 했다.

나는 일부의 사람, 그분의 권속에게 협력을 부탁했다.

우선 오탈 님…… 오탈 씨에게, 시종을 통해『여신제』건을 전달했다.

내가 직접 접촉하면 수상쩍게 생각할 것이다. 설령 간파당하고 있다 해도 여신의 눈인 다른 권속에게 쓸데없는 의심을 사게 해서는 안 된다.

편지를 받은 그는 몰래 나를 찾아와주었다.

적나라한 속내를 털어놓자, 그는 여느 때보다도 엄숙한 표정으로, 하지만 입을 꾹 다문 채 침묵해버렸다.

그것이 조금, 귀엽고도 우스웠다.

나는 웃음을 참으며 물었다.

——하루, 아니, 딱 한 번이라도 좋아요. 저를 도와주실 수 없을까요?

그가 고개를 끄덕여줄지는 도박이었다.

하지만 승산도 있었다.

내가 알아차린 것처럼, 그도 또한 여신의 진정한 『갈망』을 눈치채고 있다. 동시에 어떤 선택이 진정한 의미에서

여신을 위한 것인지, 그는 계속 생각하고 있다. 무의식적
으로라고 해도.

나라는 존재는 지금의 상황과 여신의 미래를 바꿔놓을지
도 모르는『폭탄』이 될 수 있다. 그가 한 번이라도 뇌리에 그
렸던『가능성』을 실현할 수 있을지도 모르는『열쇠』가.

바위 같은 무인이 그렇게 판단해주리라는 일말의 희망
에 나는 모든 것을 걸었다.

다른 협력자를 구하기는 어렵다.

특히 아렌 씨 같은 분은 안 된다. 그분들의 충성은 어디
까지나 여신만을 향한 것. 소위 말하는『과격파』에 속한 그
들에게 이번 건이 알려지면, 나의『계획』이 밝혀지든 말든
분명 저지하려 들 것이다.

내가 오랜 시간을 들여 기도하듯 바라본 끝에,

보어즈 종자는 고개를 끄덕여주었다.

──미안해요.

나는 속으로 사과했다.

여신도, 그리고 그도 속이려 하는 자신의 깊은 죄에 큰
혐오감을 느끼면서.

그래도 의지를 관철하고, 자신의『갈망』에 순수해지기로
하면서.

3장 Harvest Festival

© Suzuhito Yasuda

푸른 하늘이 펼쳐져 있다.

하얀 구름은 하나씩 둘씩, 마치 과일의 씨앗처럼 떠 있다. 여름과 비교해 구름의 위치가 높으며 크기도 훨씬 작다. 그런 높고 맑게 갠 가을 하늘에 한 줄기 바람이 분다.

산뜻하고 쾌청한 날씨.

누가 뭐라 해도 축제에는 딱 좋은 날이었다.

『보다시피 하늘은 맑고 날씨도 좋아. 변덕스러운 천공의 신도 오늘은 기분이 좋은가 보지.』

마석제품으로 확대된 여신의 부드러운 목소리가 오라리오 구석구석까지 전해진다.

목소리가 시작된 곳은 도시의 중심, 백색 거탑의 발밑에 있는 센트럴파크.

8개의 메인 스트리트가 집결되어, 수천수만의 사람들을 수용할 수 있는 광장은 평소와 양상이 달랐다. 『바벨』을 크게 에워싸듯, 탑의 형상을 그리는 석조 『제단』이 동서남북으로 설치되어 있는 것이다.

바로 신들을 기리는 장소였다.

『또 이 계절이 왔어. 어느샌가 겨울을 넘기고, 씨앗은 싹을 틔우고, 싹은 결실로, 그리고 결실은 수확으로. 정말 눈 깜짝할 사이에 일어나는 일만 같지. 너희는 어떻게 느꼈을까?』

모두 넷, 고개를 한참 들어야 할 정도로 높은 제단의 아래에 수많은 휴먼과 데미휴먼이 몰려들어 있다. 그들이 바라보는 곳에는 제단에 선 네 명의 여신이 있다.

다미아, 하토르, 프레이야, 그리고 데메테르.

오라리오에 머물며 풍요의 여신으로 여겨지는, 오늘 같은 날의 『상징』이다.

그중에서 목소리를 낭랑하게 퍼뜨리고 있던 데메테르는, 갑자기 눈을 내리깔았다.

『올해는 다른 해에 비해 무서운 일도, 슬픈 일도 많이 있었어. 1년이라는 시간은 우리 신들에게는 한순간…… 하지만 나는 이 얼마 안 되는 시간을 결코 잊지 못할 거야.』

쓸쓸함이 묻어나는 목소리가 울려 퍼졌다.

그것은 『엘레지아』를 포함한 여신의 애도였을까. 몬스터 필리아의 소동, 환락가의 궤멸, 『무장한 몬스터』의 지상 진출, 그 외에도 수많은 사건이 사람들의 뇌리에 떠올랐다.

도시가 한순간 정적에 잠긴 가운데, 여신은 이내 밝은 표정으로 돌아왔다.

제단 아래, 이쪽을 올려다보는 아이들의 얼굴을 둘러보며 웃음을 꽃피운다.

『그리고, 그렇기에, 오늘 이날을 축하해야겠지. 작별을 고한 아이들의 몫까지 가슴에 풍요의 마음을 안고.』

청중의 얼굴에도 웃음이 솟아났다.

벌꿀색 머리카락을 출렁이며, 하늘을 끌어안듯 두 팔을 벌리고 데메테르가 선언했다.

『대지의 은총에 감사를 바치며── 이 자리에서 여신제 개최를 선언합니다!』

와아아아!

온 도시에서 환성이 솟았다.

우레 같은 박수가 울려 퍼지고, 그와 함께 길드가 준비한 폭죽이 발사되었다. 어느 【파밀리아】의 마도사가 협력했는지 불꽃, 얼음, 번개로 이루어진 세 가지 색깔의 꽃이 함께 피어나고 터지는 큰 소리는 하얀 연기를 끌며 하늘로 솟는다. 어린아이들이 들떠 소란을 피우는 가운데, 식전을 마친 오라리오는 갈채에 싸였다. 교역소와 환락가, 복구가 끝난 슬럼가 『다이달로스 거리』에도 열기가 피어났다.

『여신제』는 풍요의 여신의 선언으로 시작하고, 풍요의 여신의 선언으로 막을 내린다.

그리고 매년, 개최사를 맡는 것은 도시 내에서도 가장 대규모의 농장을 경영하는 데메테르다.

수확제의 시작을 알리는 적임자는 그야말로 오라리오에 풍작을 가져다주는 그녀 말고는 있을 수 없다. 곡물이, 채소가, 과일이, 【데메테르 파밀리아】의 1년 성과가 도시 전체를 떠들썩하게 만들며 배를 채워준다.

오늘은 모두가 기쁨을 맺고 웃음을 꽃피우는 날.

풍요의 연회가 시작되었다.

✦

"굉장하다……."

귀를 기울이지 않아도 들려오는 온 도시의 환성에 나는 나도 모르게 중얼거렸다.

처음으로 맞는『여신제』. 처음으로 맞는 오라리오의 풍요.

『세계의 중심』이라고도 불리는 미궁도시의 축제에 가슴이 두근거리지 않는다면 거짓말일 것이다.

현악기와 관악기의 유쾌한 선율은 자유로운 음유시인들이 연주하는 것일까.

시간을 낭비해서는 안 된다는 양, 축제를 더욱 즐기고자 서두르는 것 같다.

'여신제를 즐기고 싶은 마음은 굴뚝 같지만…… 그만큼 중요한 일도 있어.'

두근두근 반, 긴장 반.

내 심경을 단적으로 표현한다면 이렇게 말해야 할 것이다.

여신님의 동상 앞에 선 채, 오늘 만나기로 한 사람을 기다린다.

"시르 씨는 아직인가 봐……."

지금 내가 있는 곳은『아모르 광장』.

부지 내에는 다양한 색깔의 보도블록이 깔려 있으며, 온갖 종류의 꽃 화분도 한몫해 화사한 분위기를 자아내고 있다. 나 외에도 수많은 사람이 있었으며, 대부분, 아니, 나 이외의 모두가 친근하게 몸을 기댄 2인조 커플이었다.

전에 주신님에게 식사를 대접해드리려고 약속장소로 정했던 곳이기도 하다(그때는 데메테르 님이나 다른 여신님들에게 쫓겨

결국 흐지부지됐지만). 사실은 지난번의 찻집 『위세』에서도 가까운 이 광장이 시르 씨의 두 번째 편지지에 지정되어 있었던 장소다.

"역시 너무 일찍 왔나······? 아니아니, 마스터의 가르침을 믿자!"

주위의 핑크색 분위기도 있고 해서 안절부절못하면서도 불안감을 꾹 억눌렀다.

이 짧은 지옥── 닷새 동안의 훈련 속에서 『마스터』라 섬기게 되었던 헤딘 씨의 얼굴을 떠올렸다.

『새삼스레 말로 하는 것도 어리석다만, 데이트라는 이름의 전쟁은 만나기 전부터 이미 시작된 것이다.』

에이나 누나보다도 한층 가차 없는 교편에 걸레짝처럼 너덜너덜해져 무릎을 꿇고 앉은 내 앞에서, 마스터는 부족한 제자를 멸시하듯 다그쳤다.

『약속 시간에 일찍 나갈지 늦게 나갈지, 혹은 정확한 시각에 나타날지, 그 선택에 따라 남녀의 역학관계가 변동된다. 이것은 위기에 직면한 모험자의 허허실실보다도 복잡하며 고도한 행위이다.』

『모, 모험자의 허허실실보다도······?! 저, 정답은 뭔가요?!』

『정답은 없다. 수많은 몬스터에 대한 대응이 천차만별이듯, 자신과 상대의 개성, 혹은 조합에 따라 선택지는 폭발적으로 증대한다. 그날 날씨와 약속장소의 지형마저 영향을 미칠 수 있다.』

『나, 날씨와, 지형효과까지……?!』

가미해야 할 요소의 방대함에, 나는 충격을 받아 낯이 새파랗게 물들었다.

모험자의 『허허실실』보다도 고도하다는 말 또한 수긍이 간다.

데이트는 그야말로 전쟁, 아니, 데이트는 던전!!

참고로 덧붙이자면 내가 남녀의 관계에 절망적으로 우둔한 데다 요령이라곤 조금도 없다는 사실을 깨달았는지, 마스터는 어떻게든 던전과 모험자에 빗대 설명을 해주셨던 것 같다. 그렇게 하니 어라 신기하네, 나도 왠지 잘 이해가 가니 놀라운 일이다.

마스터는 어째서인지 "이 던전 중독자 같으니"라고 쓰레기를 보는 듯한 눈으로 모멸했지만. 어라~?

『약속시간 하나만 해도 기술과 허허실실을 구사해야만 한다──만, 너는 쓸데없는 잔재주를 부려봤자 헛수고다.』

『네?』

『너에게는 어울리지 않는다. 무엇보다 상대는 시르 님. 어중간한 심리전 따위 간파당해 감점의 재료가 될 것이다. 따라서 그 우둔할 정도로 한결같은 면모를 밀어붙이는 거다.』

『요, 요약하자면요?』

『반드시 시르 님보다 먼저 약속장소에 나가라. 1시간이

든 3시간이든 상관없다. 너의 순수함을 인상적으로 남기는 것이 최우선이다.』

마스터는 영명한 군사와도 같이, 조용히 안경을 고쳐 쓰며 그『비책』을 들려주었다.

『여신제에서 네가 취할 전술은『항상 기선을 제압한다』. 이것뿐이다.』

그리고 오늘.

방침을 전수받은 나는 시킨 대로 5시간 전부터『아모르 광장』에 포진하고 있었다.

이제는 주위의『쟤 언제부터 저러고 있는 거야?』하는 기이한 시선이 따갑다.

그녀가 오기 전에 심호흡을 마쳐놓고 몸의 긴장을 풀어야 한다.

해내고 말 테다. 마스터와의 훈련은 헛수고가 아니었어.

무엇보다도, 이 데이트를 성공시키지 못하면 나에게 내일은 없다.

【헤스티아 파밀리아】는 내가 지키겠어⋯⋯!

"──벨 씨!"

그리고 시작을 알리는 방울을 흔드는 듯한 목소리가 울려 퍼졌다.

나는 그때가 왔음을 깨닫고 각오를 다지며 돌아보다가── 한순간 숨을 멈추었다.

이쪽으로 달려오는 것은 내가 이제까지 본 적이 없는 시르 씨였다.

　마치 데이트용으로 맞춘 것 같은 드레스. 스커트의 길이
는 무릎에 닿을까 말까 한 정도인데도, 그 가녀린 각선미
가 공연히 눈에 뜨였다. 벨트 대신인지 허리 위치에 감긴
리본 또한 날씬한 몸을 강조해주었다. 드레스 위에 걸친
볼레로도 귀엽다. 신발은 그녀의 발에 잘 어울리는 가련한
펌프스였다.

　화장을 한 것도 아닌데, 여느 때보다도 기품이 있고 아
름답게 보였다.

　문득, 찰랑거리는 회색 머리카락 속에서 평소에는 하지
않는 귀걸이가 보여 가슴이 두근거렸다.

　한 마디로, 나는 바보처럼 넋을 놓고 그녀를 바라보고
있었던 것이다.

　"엄청 빨리 오셨네요! 저도 약속 시간보다 일찍 오려고
했는데."

　조금 서둘러 왔는지 시르 씨는 약간 가쁜 숨을 몰아쉬며
뺨을 발그레 물들였다.

　조그만 핸드백에서 회중시계를 꺼내며 방긋 웃음을 짓
는다.

　귀엽고, 귀엽다.

　그런 바보 같은 감상밖에 떠오르지 않는 나는 굳어버린
채 대답도 하지 못했다.

　"⋯⋯그보다 벨 씨, 그 차림은⋯⋯."

그때 시르 씨는 새삼 내 모습을 보고 어리둥절했다.

지금 내가 입은 것은, 소위 데이트용『완전 장비』였다.

무늬 없는 셔츠와 앞을 여민 조끼.

그 위에 걸친 진홍색 재킷.

그리고 타이까지.

아래쪽도 바지와 구두까지 제대로 갖춰, 평소의 나를 아는 사람이라면 눈앞의 시르 씨처럼 눈을 동그랗게 떴을 것이 분명하다. 손에는 하얀 장갑까지 끼었다.

노출이 적은 차림은 신사나 집사를 방불케 할 것이다.

혹은,『엘프의 기호에 맞췄다』고도 할 수 있을지도.

그도 그럴 것이, 이 차림은 모두 마스터가 골라준 것이다.

평소에는 방어구나 배틀클로스 정도밖에 입지 않는 나에게 옷의 센스 따위 전혀 없었는지 ——이제까지 옷에 쓴 돈은【파밀리아】의 사정 때문에라도 전무했으니—— 마스터는 혀를 차며 "시르 님에게 실망과 환멸을 동시에 안겨드릴 생각이냐, 무능한 놈"이라고 야단을 치면서『여신제』까지 시간도 없으니 어쩔 수 없이 의상만은 완전히 주도해서 코디해주셨던 것이다.

얼굴에도 손을 봐, 앞머리 일부를 뒤로 넘겨놓았다.

평소의 차림과는 크게 다르다는 자각은 있었으므로, 나는 나도 모르게 되묻고 말았다.

"이, 이상한가요?"

"네? 아, 아뇨, 그렇지 않은걸요? 다만…… 이제까지 본 적이 없는 벨 씨라서, 뭐랄까, 좀 놀라서…….”

움찔한 시르 씨는 손을 파닥파닥 내저었다.

이쪽을 관찰하는 얼굴은 어쩐지 붉어진 것 같았다.

나는 그때까지 넋을 놓고만 있었지만, 그 모습을 보고 조금 침착함을 되찾았다.

『이제까지 본 적이 없다』니, 아까까지 내가 느꼈던 기분을 시르 씨도 똑같이 느꼈다는 뜻이다. 시르 씨도 나와 같은 생각이구나.

“음~ 평소하곤 다르지만, 이런 벨 씨도 꽤나…… 아니, 상당히 괜찮은 것 같……다기보다는, 저의 벨 씨에 대한 취향을 간파당한 기분인데요…….”

시르 씨는 턱에 손을 가져다 대고 무언가를 중얼거리는 것 같았지만, 나는 내 심장 소리와 싸우고 있었다.

마스터에게는 『반드시 해라』라고 지시를 받은 것이 있었다.

동시에 『첫 기회』를 놓쳐버리면 수치심에 붙들려, 모지리인 나는 아무것도 할 수 없게 된다는 말도 들었다.

『기선을 제압해라.』

그 가르침에 따라, 나는 용기를 쥐어 짜낸 손을 내밀었다.

“시르 씨, 갈까요.”

“네?”

“여신제에, 함께.”

눈앞에 내민 손에 시르 씨의 움직임이 우뚝 멈추었다.

나는 지금 제대로 웃고 있을까.

긴장 때문에 얼굴이 이상해지진 않았을까.

귀까지 태워버릴 것 같은 몸의 열기를 억누르고—— "손을 잡을까요"라고.

똑바로 바라보며, 그렇게 제안했다.

그런 말을 들을 줄은 몰랐는지, 시르 씨는 굳어버린 채였다.

그런 표정 또한 내가 이제까지 본 적이 없는 것.

"……………………네, 네에."

회색 눈동자가 내 얼굴과 손 사이에서 왕복하더니……잠시 후, 쭈뼛쭈뼛.

시르 씨는 자신의 손을 내 손에 겹쳤다.

그때 분명 시르 씨는 부끄러워하고 있었다.

이내 얼굴을 숙여 감추었지만, 하얀 피부에 꽃이 핀 듯한 홍조는 유독 눈에 뜨였다.

그런 나도 나대로 여유가 없었다. 부드러운 손가락과 손바닥의 감촉에 날뛰어대는 심장을 필사적으로 억누르고, 천천히 손을 이끌며 천천히 걸어 나갔다.

그때까지만 해도 소란스러웠던 세상은 멈춰버린 것만 같았다.

주위 사람들이 모두 우리를 보는 것만 같았다.

아니, 그런 건 착각이다. 당연하다. 그러니 가자.

힘내라, 나!

"아."

기선을 제압해라, 기선을 제압해라—— 마스터의 가르침을 필사적으로 곱씹던 나는 걸음을 멈춰버렸다.

가장 중요한 말을 안 했다.

갑자기 발을 멈춘 나에게 깜짝 놀란 시르 씨를 돌아보며, 회색 눈을 향해 말했다.

"오늘 시르 씨 엄청 예쁘고 귀여워요!"

더할 나위 없이 부끄러워하며.

얼버무리듯 웃음을 짓고, 머릿속에 떠오른 생각을 똑똑히 말로 했다.

시르 씨는 이번에야말로 확실히 뺨을 붉은색으로 물들였다.

🔥

도시의 분위기는 한 마디로 호황이었다.

여신 데메테르의 개최 선언을 시작으로, 오라리오의 열기는 그칠 줄을 몰랐다.

기다리고 기다리던 『여신제』. 평소보다도 소리의 소용돌이로 넘쳐나며, 그럼에도 귀에 거슬리지 않는다. 길을 가는 인파의 유쾌한 발소리, 대지의 은총에 대한 연극적인 열찬. 어디서랄 것도 없이 악단이 나타나 나팔과 피리를 불었으며, 큰북 소리가 터져 나오는가 하면 몸에 찰싹 달라붙는 까만 옷을 입은 드워프의 노랫소리가 울려 퍼졌다. 외견과는 달리 쭉쭉 뻗어나가는 음색에 군중은 박수를 치면서 웃음소리를 냈다.

투명할 정도로 푸른 하늘 아래, 모두가 오늘의 축제를 즐길 권리를 가지고 있었다.

이미 도시는 크게 들썩이고 있었다.

"——도시는 크게 들썩이건만 왜 우리는 일을 해야 한단 말이냐아아아!"

그러나 여기, 한 여신의 비통한 외침이 터져 나오고 있다.

출처는 서쪽 메인 스트리트.『풍요의 여주인』이었다.

"느닷없이 왜 불러냈나 했건만 주점 일을 시키다니, 이게 뭐냐?! 무슨 일이 일어난 게냐?! 그보다도 여기 업무량은 살인, 아니, 살신적이지 않으냐?! 감자돌이 알바는 물론이고 헤파이스토스네 가게보다도 힘들다!"

다른 가게와 마찬가지로 북적거리는 주점 한복판에서 헤스티아가 이리저리 뛰어다니며 주문을 받고 있었다.

차림은 떡잎색 웨이트리스 의상에 하얀 에이프런. 틀림없는『풍요의 여주인』의 제복이었다.

하나로 묶은 흑발이 디용디용 몇 번이나 뒤집히며 출렁이고, 제복 안에 꽉꽉 욱여넣은 큰 가슴이 노동의 가혹함을 말하듯 위아래로 출렁출렁 몇 번이나 흔들렸다.

너무나도 바빠 헤스티아는 눈이 팽팽 돌 지경이었다.

"이러쿵저러쿵하지 말고 일 해라옹!"

"백발을 구하러 가줬던 거 까먹었어냐?!"

"제, 젠장~! 도움을 받았던 건 사실이니 아무 말도 못 하겠다!"

클로에와 아냐, 캣 피플 콤비의 말에 약점을 붙들린 헤스티아는 울며 겨자 먹기로 뛰어다닐 수밖에 없었다.

모든 것은 클로에와 아냐가 홈에 쳐들어온 데서 시작되었다.

약 1개월 전의 『원정』에서, 그녀들은 헤스티아에게 구조를 나가달라는 퀘스트를 받았다. 그리고 그 보수, 가 아니라 빚을 갚으라고 요구했던 것이다.

두 사람은 그렇다 쳐도 루노아 같은 이는 사실 『심층』까지 바래다주고 데려오는 정도야 별일도 아닌데'라고 생각했지만.

아무튼 위험함을 알면서도 도움을 청했던 헤스티아의 입장에서는 거절할 수 없었다.

여신제 첫날, 다시 말해 오늘 이른 아침부터 짐말처럼 일하고 있었다.

"기껏 알바도 휴가를 얻었건만 이래서는 의미가 없지 않으냐~! 우와앙~ 벨~!"

"수다 떨지 말고 일이나 해!! 손도 발도 멈췄잖아!"

"으히익?! 죄송합니다 점장님—!"

카운터 안에서 터져 나온 드워프의 노성에 어린 여신의 발이 바닥에서 펄쩍 떠올랐다.

신이라고 해도 가차 없이 부려 먹고, 실수하면 하늘도 떨어뜨릴 기세로 고함을 질러대는 미아에게, 헤스티아는 이미 무력했다. 실수했다가 사과하기를 이미 수십 회, 이제는 거역하지 못하는 꼭두각시로 전락했다.

"신의 위엄이란 대체……. 저래놓고 릴리네 주신님이라니 울고 싶어지네요……."

"야, 너무 그러지 마라. 나도 저 드워프는 무서워……. 그보다도 이 제복, 정말 만들어야만 했던 거야……?"

꾸지람을 듣는 헤스티아를 흘끔거리며, 조그맣고 귀여운 제복을 입은 릴리도 피로를 감추지 못하는 표정으로 투덜거렸다. 남자 급사복 차림으로 술을 나르는 벨프는 『파룸용, 남자용 제복은 없으니 직접 만들어라』라는 요구에 심리적 피로를 더 짙게 드러냈다. 벨을 위해 익혔던 배틀 클로스 작성기술은 이제 주점이라는 이름의 전장에서 쓰여 그의 속을 새까맣게 태웠다.

"헤스티아 님, 여러분…… 죄송합니다……."

그런 와중에 류는 안절부절못하고 있었다.

벨과 함께 『심층』에 떨어졌다가 구조되었던 몸인데도 【헤스티아 파밀리아】 멤버들을 가게 측에서 혹사하고 있는 상황이라니, 그녀의 입장에서는 양심의 가책을 느끼지 않을 수 없었던 것이다.

짊어질 수 있다면 자신이 전부 짊어지고 싶은 심정이었다. 『풍요의 여주인』에서 그런 마음이 통할 리 없지만.

"류 공께서 마음에 두실 이유는 없습니다! 『원정』만이 아니더라도 저희 일동은 늘 귀하에게 도움을 받았던 처지니까요. 은혜를 갚을 순간은 지금! 임시 알바 정도쯤이야!"

류에게 발랄하게 대답한 사람은 가장 솜씨가 좋은 미코토였다.

수치심과 싸우며 기껏 타케미카즈치를 축제에 불러냈는데 그것이 취소된 것은 아쉽지만, 그녀는 그 이상으로 의리가 있었다.

가난하던 극동 시절부터 수행을 쌓아 요리 빨래 청소 등 뭐든지 잘하는 이 소녀에게는 미아조차 "호오, 일 좀 하는 녀석도 있네" 하고 감탄했을 정도였다. 모험자로서도 올라운더인 미코토와 다른 동료들 사이에는 그만한 격차가 있었다.

"주문을 받고, 가게 안을 살피고, 틈이 나면 접시를 닦고, 쓰레기도 버리고……."

"맞아맞아. 기본은 미아 어머니 말을 들으면 되지만, 임기응변에 따라 움직여주면 크게 도움이 돼. 원래는 좋은 집안 아가씨랬나 창부랬나 그렇게 들었는데, 너 일 아주 잘하는구나."

"소, 소녀도 정진하고 있사온지라……!"

평소 메이드 업무에 종사하는 하루히메도 미코토 다음으로 일을 잘했다. 루노아에게 배워가며 꼬리를 살랑살랑 흔들고는 자신이 할 수 있는 일부터 거들고 있었다.

주문과 운반, 테이블 정리는 물론이고 설거지와 쓰레기 버리기, 임시 식재료 구입까지. 『풍요의 여주인』의 다채로운 격무는 하나에서 열까지 속도를 요구했다.

　다른 종업원도 주방에서 바쁘게 움직이는 가운데, 축제로 인한 혼잡함을 감안하더라도 "이제까지 이 인원으로 어떻게 영업을 했단 말이냐?!"라고 헤스티아가 고함을 지를 정도였다.

　"으흐흐…… 이것이 바로 【헤스티아 파밀리아】 제물 대작전! 알바를 고용할 비용이 없다면 빚을 갚게 만들면 된다옹!"

　헤스티아 일행이 부지런히 뛰어다니는 모습을 보며, 비교적 여유가 생긴 클로에는 사악한 웃음을 짓고 있었다.

　말할 것도 없이, 검은 고양이가 말한 『필승비책』이란 바로 이것이었다.

　"우리 못지않은 미모의 소유자 + 거유 여신과 권속으로 손님도 드글드글! 가게도 팍팍 벌고! 이거라면 미아 엄마도 불만이 없을 거다옹! 완벽하다옹!"

　"헤스티아 님네한테는 미안하지만…… 정말로 효과는 있었네."

　"다시 봤다냐, 클로에~!"

　"흐흥, 더 칭찬해라옹!"

　바쁘게 돌아다니는 헤스티아 일행을 바라보며 잠시 주방에 틀어박힌 클로에, 루노아, 아냐가 말하고 있었다.

실제로 『풍요의 여주인』은 다른 어느 가게보다도 훨씬 북적거리고 있었다.

그 유명한 【헤스티아 파밀리아】가 급사를 맡고 있다는 화제성과 함께, 클로에의 말대로 미목수려한 소녀들이 광고탑 역할을 맡았기 때문이기도 했다. 가게의 손님들은 미코토나 하루히메 같은 극동의 미소녀들이 웨이트리스 차림으로 일하는 광경을 남녀 불문하고 눈으로 따라다닐 정도였다. 필사적으로 쪼르르 쪼르르 뛰어다니는 파룸 릴리도, 신들을 중심으로 "머리 쓰다듬고 싶어~!" "존엄해!" 하고 지껄이는 자들을 양산할 정도였다.

그들은 간판 아가씨 시르의 부재로 뚫린 구멍을 멋지게 메우고 있었다.

따라서, 클로에 일당은 드디어 『진짜』 목적에 착수할 수 있었다.

"미아 엄마가 주방을 떠났다옹! 지금이 기회다옹!"

"가자, 류!"

"하, 하지만……."

"시르랑 백발이 마음에 걸리지 않냐옹! 게다가 축제를 즐길 거라면 지금밖에 없다옹! 꿈의 군것질 기행이다옹!!"

시르와 벨의 데이트를 감시하러 가자는 클로에 일당의 말에 류는 갈팡질팡했다.

그녀가 이렇게 결단을 내리지 못하고 갈팡질팡하는 모습은 보기 드문 것이었으나,

"모르는 사이에 시르랑 소년의 관계가 바뀌어도 후회하지 않을 자신 있어?"

장난스러운 어조를 없애고 눈을 가늘게 뜬 클로에의 그 말에 눈을 떨더니…… 마음이 꺾였다.

한 마디도 대꾸하지 못한 채 가슴에 한 손을 가져다 대고, 간신히 고개를 끄덕여 승낙의 뜻을 보였다.

"출발이다냐!"

아냐가 선두에 서서 가게 뒷문을 통해 뛰쳐나갔다. 류는 뒤를 돌아보고, 【헤스티아 파밀리아】에게 미안한 듯 눈썹을 늘어뜨린 다음 클로에에게 손을 붙들려 달려 나갔다.

✦

"벨 씨, 죄송해요. 갑자기 그런 편지를 보내서……."

"깜짝 놀랐어요, 정말. 데이트라고 하셔서."

오른손과 왼손을 잡은 채 말을 나눈다.

긴장은 완전히 사라지진 않았지만, 애써 표정으로는 드러내지 않은 채, 뻣뻣해지지 않도록, 시르 씨와 함께 장식물이 걸린 대로를 따라 나아갔다.

"죄송해요. 하지만 꼭 여신제에서 함께 다니고 싶어서……. 그러니까, 벨 씨."

시르 씨는 어깨 바로 옆에서, 거짓 없는 진심을 전하려는 듯 아름답게 미소 지었다.

"와주셔서, 정말 고마워요."

회색 머리카락이 찰랑이며 여성의 향기가 코를 간질였다.

가슴속이 펄떡 뛰지 않았다고 하면 그것은 그저 허세일 뿐이다.

이렇게 귀여운 미소를 보면…… 헤딘 씨에게 협박당해서, 라는 말은 절대 못 한다.

나는 간신히 난처한 웃음을 지어 보였다. 시르 씨도 입가에 멋쩍은 웃음을 남긴 채, 손을 조금 강하게 잡았다.

이상한 상상이지만, 서로 마주 보며 부끄러워하는 우리의 모습은 풋풋한 커플로 보일 수도 있지 않을까.

여기까지 망상하다 생각을 그만두었다.

기껏 평정심을 내팽개치지 않으려고 애쓰고 있는데, 자폭해버리면 아무 의미도 없다.

"날씨가 좋아서, 다행이에요."

"네, 정말요. 오늘만은 제발 맑게 해 달라고, 어울리지도 않게 신에게 기도했답니다."

일상적인 대화로 분위기를 이어나가며, 들려오는 축제의 소란 쪽으로 향했다.

『아모르 광장』에서 남동쪽으로 이어지는 길을 나아가고 있으려니, 갑자기 시야가 탁 트였다.

"우와아……!"

수많은 노점, 커다란 상자 가득 담긴 밀, 과일, 채소.

이제까지 본 적도 없는 거리의 풍경에 나는 나도 모르게 감탄의 한숨을 흘렸다.

평소에도 인파가 끊이는 일이 없는, 도시 남쪽의『번화가』.

오라리오 내에서도 가장 축제의 분위기가 잘 어울리는 곳은 바로 여기일 것이다.

남쪽 메인 스트리트를 중심으로, 지금은 헤아릴 수 없는 사람들과 수확물로 가득했다.

"저게 여신제의『명물』……."

그런 거리 내에서도 가장 눈길을 끄는 것이 광차(鑛車)처럼 늘어서 있는, 소 한 마리가 통째로 들어갈 만한 나무상자의 대열이었다.

그 속에는 황금색으로 빛나는 밀이삭, 형형색색의 베리 종류와 사과, 큼지막한 호박 등 수많은 수확물이 가득 차 있었다. 넘쳐날 것 같은 풍요의 은총은 보물상자 같은 것보다도 매력적이면서 화사하게 보였다.

나무상자 옆에 물건을 파는 점원은 없어 구경을 위한 용도인가 했더니, 길을 가는 사람들은 스스럼없이 과일 같은 걸 집어 들고는 그 자리에서 맛있게 먹었다.

그리고 이를 나무라는 사람은 아무도 없다.

"이야기는 조금 들었지만…… 정말 마음대로 가져가도 되나 보네요."

"네. 길드 사람이나【가네샤 파밀리아】분들에게 미리 돈을 내면 나머지는 마음대로예요. 주위에 있는 분들이 모두 같은 문장을 착용하고 있잖아요? 저게 바로『돈은 벌써 냈어요』하는 표식이에요."

시르 씨의 설명대로, 오라리오의 여신제에선 놀랍게도 사전에 정해진 요금만 내면 길에 놓인 수확물을 그 자리에서 집어먹어도 상관이 없다고 한다.

게다가 주위에 있는 가게는 대부분이 음식점.

날것으로 먹기 힘든 소재도, 가져가면 어디서든 무료로 요리해준다.

주위를 둘러보면, 아이나 어른이나 기뻐하는 것은 마찬가지였다.

가마에서 뜨끈뜨끈하게 빵을 굽는 것은 물론이고, 감자를 비롯한 채소는 쪄서 버터와 함께, 과일은 썰어서 빙과와 곁들여 먹는다. 엘프 소녀가 신이 나 두 손 가득 든 밀을 가게로 가져가자, 싹싹한 파룸 여성이 물물교환처럼 이미 큰 솥에 가득 끓여놓은 우유죽을 그릇에 담아준다. 달콤하게 맛을 냈는지 죽 위에 아담하게 놓인 베리와 꽃잎에 여자아이는 눈을 반짝이며 맛있게 먹었다.

굉장하다…….

그런 감탄사가 몇 번이고 흘러나왔다.

아무리 수확제라고 하지만, 내가 태어났던 고향 마을에서 저랬다간 그 자리에서 꿇어앉아 꾸지람을 들었을 것이다. 실제로 할아버지가 사고를 치는 바람에 내가 몇 번이나 그렇게 했고.

시르 씨와 데이트를 하는 이상, 촌뜨기처럼 주위를 두리

번거리는 것만은 참았지만 화려하게 장식된 거리와 함께 이런 광경을 보면 마음이 들뜨는 것은 어쩔 수 없었다.

이것도 마석제품 산업으로 어느 지역보다도 발전해『세계의 중심』이라 불리는 오라리오만의 광경이겠지.

"기왕 여기까지 왔으니 우리도 뭔가 먹을까요?"

"그러게요. 아직 점심 먹기는 이르지만, 사실은 저 아침도 전혀 못 먹어서."

"정말요? ……아, 그러고 보니 저도 데이트 준비 때문에 아무것도 못 먹었네요……."

"후후, 저도요."

입가에 손을 가져다 대고 쿡쿡 웃는 시르 씨 앞에서는 수줍어하면서, 그렇다면 당장 먹어볼까 하고 근처에 있는 길드 직원에게 말을 걸었다.

문장의 가격은 1,000발리스. 방패 모양의 자수는 밀과 여신의 측면상——【데메테르 파밀리아】의 엠블럼과,『남쪽』을 의미하는 코이네 공통어. 이야기를 들어보니, 각 메인 스트리트마다 놓인 수확물이 달라, 먹으면서 돌아다니려면 각각의 장소에서 문장을 따로 사야만 한다나.『길드』의 방침이겠지만 어쩐지 그런 부분에서 상술이 느껴졌다.

그 덕에 도시 내의 메인 스트리트를 전부 제패하려다 배가 불러 움직이지 못하게 되는, 그런 광경이 매년 펼쳐진다고 한다.

참고로 이 문장도 마석제품 중 하나여서 위조는 불가능

하다나.

그런 짓을 했다간 주위에서 눈을 빛내는 【가네샤 파밀리아】와 자원봉사 모험자들에게 붙잡힌다고 한다.

마스터의 가르침도 있고 해서 돈은 내가 내려 했지만, 야무진 시르 씨는 양보하지 않고 절반을 부담했다. 『감점 1』이라는 엘프의 환청이 머릿속에서 들려와 몸을 부르르 떨며, 나는 사금보다도 무겁게 느껴지는 밀을 들고 가마가 있는 노점으로 갔다.

덩치가 큰 수인 아주머니에게 넘겨주자, 마침 갓 구워진 빵과 교환해주었다.

작게 뜯어서, 아주머니가 권하는 대로 땅콩버터를 발라 먹어보니──

"와, 맛있다!"

"응, 이거 일품이네요!"

따끈따끈하고 살짝 단맛이 느껴져 뺨이 녹아내리는 것 같았다. 단 음식을 먹지 못하는 나도 얼마든지 먹을 수 있을 것 같았다. 시르 씨와 얼굴을 마주 보며 웃음을 나누고, 우리는 위장이 시키는 대로 한동안 거리를 돌아다니며 군 것질을 만끽하기로 했다.

"벨 씨. 아~."

"네?!"

"아~ 하세요. 먹여드릴게요."

갑자기 시르 씨가 빵을 작게 뜯어 눈앞에 내밀었다.

방글방글 웃는 눈동자에는 장난기가 담겨 있었다.

──너무 빠르잖아!

기선을 제압당한 나는 마음속으로 얼굴을 실룩거렸다.

하지만 문제는 없다. 『아~』의 대처법이라면 이미 이수 완료!

어제, 쓰러진 후로도 몇 번이나 『아~』를 해주었던 카산드라 씨의 희생은 헛되지 않았어!

나는 눈앞에 내민 시르 씨의 손을 오른손으로 감싸고 자연스럽게 턥 받아먹었다.

"어?"

"응, 맛있네요. 시르 씨도 먹어보겠어요?"

"네에?"

"자, 아~."

무슨 일이 일어났는지 알지 못한 채 눈을 동그랗게 뜨는 시르 씨에게 손을 내밀었다.

완벽한 웃음을 짓는 나와, 아직까지 붙잡혀 있는 손을 보며, 그녀는 틀림없이 갈팡질팡하고 있었다.

"……아…….."

그리고, 귀여운 입술이 장갑 너머로 내 손가락에 살짝 닿았다.

오른손을 입가에 가져다 댄 채 오물오물 입을 움직이는 그녀에게 나는 웃음을 지우지 않은 채 물었다.

"어때요?"

"……맛있, 어요."

얼굴을 감싼 손 사이로 발그레해진 뺨이 엿보였다.

시선을 옆으로 돌린 채 대답하는 시르 씨에게 나는 "다행이네요!" 하고 말하며 남은 빵을 먹어 치웠다.

"……어라? 어라라?"

연신 고개를 갸웃거리는 시르 씨에게 약간 『해냈다!』 하는 미소를 지어주며, 손을 잡고 다시 걸어 나갔다.

지금의 위치인 남쪽 메인 스트리트에는 수확물 이외의 것도 팔고 있어서, 여신제에 어울리는 꽃이나, 나무 열매로 만든 부적 같은 것이 눈에 뜨였다. 길가에 깔아놓은 망토 위에 액세서리를 늘어놓은 노점상도 많았다. 대로 한 모퉁이를 이용해 요란한 손짓, 발짓과 함께 인형극을 하는 사람도 있었는데, 메이거스가 한몫하는지 박력만점이었다. 시야 저 멀리 대로와 센트럴파크의 경계 근처에는 밀이삭을 본떠 만든 게이트가 보였다.

『번화가』에는 카지노와 시어터 등 대형 오락 시설이 있지만, 지금은 여신제 일색으로 물들었다.

'그 대신 인파도 엄청나지만…….'

난 『번화가』에 오는 일은 별로 없었지만, 평소보다도 더 혼잡하다는 것을 알 수 있었다.

물론 꽉꽉 들어차서 움직이지 못할 정도는 아니어도, 지나가는 사람들끼리 어깨가 부딪치는 경우도 많고, 신이 난 아이가 느닷없이 눈앞을 가로질러 달려가기도 하니 주의를 기울여야 했다.

'하지만, 응…… 비교하긴 그래도, 몬스터가 덤벼드는 던전보다는 낫지?'

지극히 자연스럽게 시르 씨를 인파로부터 보호했다.

신경이 쓰이지 않을 만큼 미미한 힘으로 잡은 손을 이끌어, 몸을 가까이하거나 반대로 멀리 떼거나 하며. 몸집이 큰 수인이나 드워프로부터 감싸는 것은 당연하고, 항상 몇 초 후를 예측하면서, 노골적으로 진로를 바꾸거나 하지 않도록 주의를 기울였다. 마차가 지나가면 잠시 손을 놓고 대화를 나누면서 차도 쪽으로 내 몸을 옮겼다.

나도 이젠 Lv.4인 제2급 모험자.

인파의 흐름을 부감하는 듯한 몸놀림 정도는 아무것도 아니다——라고 말하고 싶지만.

상대를 에스코트하는 요령 또한 마스터께 배운 것이다.

『시르 님께 긁힌 자국 하나라도 나면 죽는다.』

그건 진심이 담긴 눈이었지.

내장까지 얼어붙어 버린 나는 목숨을 걸고 여성을 에스코트하는 기술을 익혔다.

그렇기에 이처럼 안전히 시르 씨를 지킬 수 있는 것인데.

의식하지 않도록 노력한다고는 했지만 이쯤 되면 시르 씨도 내 움직임을 눈치채지 않을까 싶어졌을 무렵이었다.

"……."

곁에서 걸으면서 회색 눈으로 나를 빤히 쳐다본 것은.

"왜 그러세요?"

"아, 아뇨, 별일은 아니지만……."

회색 눈동자를 마주 바라보자.

흠칫 놀란 시르 씨는 어울리지 않을 정도로 동요하는 기색을 보였다.

"이럴 리가 없달까…… 제가 벨 씨를 두근두근하게 만들 생각이었는데, 왜 제가 두근거리고 있나 해서………… 우~ 이상하네에……."

조금 붉어진 뺨에 손을 가져다 대고 연신 고개를 갸웃거린다.

어…… 기뻐하는 거, 맞겠지?

시르 씨의 분위기에 당황한 나는── 다음 순간 **손을 번뜩였다.**

"저기…… **소매치기**는 안 되죠."

"으아악?!"

놀란 시르 씨의 어깨를 안아 끌어당기며 그녀의 핸드백으로 손을 뻗던 휴먼 남성의 손목을 반대쪽 손으로 붙잡아 올렸다.

『축제 때는 평소보다도 소매치기의 확률이 훨씬 올라간다』. 이것도 마스터의 말씀이다.

그리고 릴리도 "벨 님은 허점투성이니까 늘 조심하세요! 릴리가 도둑이라면 이미 40번 정도는 훔쳤을 거예요!" 하고 평소에도 입이 닳도록 말했으니…….

주의력이 산만해졌던 시르 씨라면 표적이 되기 쉬웠던 것 아닐까.

이런 일을 싫어하는 나는 눈썹을 늘어뜨리며 주의를 주었다.

무소속 일반인인 것으로 보이는 소매치기는 상급 모험자의 동체시력과 신체 능력에 아연실색했는지 낯을 새파랗게 물들였다.

이변을 알아차린 【가네샤 파밀리아】의 헌병 두 사람이 상황을 파악하고 얼른 다가와 그를 연행해갔다.

"저, 저기요………… 벨, 씨?"

인파 속으로 사라져가는 그들의 뒷모습을 바라보며 손가락으로 뺨을 긁고 있으려니, 꺼져 들어가는 목소리가 들려와 흠칫했다.

밀착한 채 부끄러워하는 시르 씨의 어깨에서 손을 놓고 마주 보았다.

익숙하지 않은 행동에 나도 모르게 쓴웃음을 짓듯 멋쩍은 표정을 했다.

"미안해요. 괜찮아요?"

시르 씨는 이번에도 뺨을 발그레하게 물들였다.

🔥

"모험자군 제법인데!"

루노아는 솔직하게 칭찬했다.

아냐, 클로에와 함께 골목에 숨어 모퉁이에서 얼굴을 내밀고는 시선 너머에 있는 소년과 소녀를 지켜보며.

"어쩐지 백발이 평소랑 다르게 멋있는 것 같다냥!"

"응응, 달라진 건 겉모습만이 아니라고나 할까옹!"

"소년이 어느새 저런 기술을……! 훈남력 800, 900, 1000……! 계속 올라가고 있다니?!"

『풍요의 여주인』을 빠져나온 그녀들은 ──아냐가 시르의 냄새를 찾아내서── 두 사람의 데이트를 감시하고 있었다. 아니, 자기들끼리 신이 났다고 해야 할까.

주위에서 쇄도하는 수상한 사람에 대한 시선도 아랑곳하지 않고. 심지어 아냐는 두 손에 든 크레이프며 삶은 감자를 아구아구 우물우물 먹고 있었다.

"게다가 봐라옹! 항상 절묘한 위치를 차지하고 있다옹……!"

"그게 무슨 소리야냥, 클로에?"

"항상 인파로부터 시르를 지키고 있다옹! 엄청나게 빠른 에스코트…… 냐 아니면 알아보지 못했을 거다옹!"

지금도 자연스럽게 시르를 지키고 있는 벨을 보며 어째서인지 클로에가 으스댔다.

"지금 소년은 그야말로 리틀 루키를 뛰어넘은 젠틀 루키다옹!"

""오오!""

그 선언에 아냐와 루노아가 흥분했다.

"……."

오직 단 한 사람, 류만은 두 사람을 바라보며 한 손으로 가슴을 누르고 있었다.

❦

먹고, 이야기하고, 벤치에 앉아 잠시 쉬기도 하면서.

나와 시르 씨는 한동안 번화가에서 축제를 즐겼다.

시르 씨는 중간에 이쪽을 흘끔흘끔 살펴보면서도, 내가 고개를 돌리면 조금 당황하면서 얼버무리듯 웃었다.

"시르 씨, 뭔가 더 드시겠어요?"

"어…… 이제는 참아보려고요. 좀 과식한 것 같고……."

"아까까지 베리를 잔뜩 드셨으니까요."

"아이참, 벨 씨는!"

"아하하."

농담을 하자 시르 씨가 째려보았다. 하지만 그것도 이내 웃음으로 바뀌었다.

어쩐지 좋은 분위기.

주위를 보고 돌아다니기만 해도 충분히 즐겁다.

시간이 지나면서 나도 몸에서 긴장이 풀리는 것 같았다.

──그러니 지금부터는 본격적으로 『데이트』의 플랜을 실행해볼까.

"시르 씨, 오늘 하고 싶은 거 있나요?"

"네?"

"혹시 뭔가 하고 싶은 게 있다면 사양 말고 말씀해주세요."

마스터의 가르침 첫 번째. 남자는 여성을 항상 리드하라.

하지만 무엇을 하고 싶은지는 물어볼 것. 의사 확인은 중요하다.

『데이트』란 두 사람의 공동작업. 하지만 절대 『일』이 되어서는 안 된다.

상대와 지내는 즐거운 한순간을 위해, 타산 없이 최선을 다하는 것.

그것이 원래의 지향점일 테니까.

"어…… 딱히 이거다 싶은 건……."

"그럼 제가 좀 가보고 싶은 데가 있는데, 같이 가주실 수 있을까요?"

가르침 두 번째. 생각한 것은 가능한 한 직접 말로 할 것. 망설임은 적이다.

단, 상대에게 그럴 뜻은 없더라도 항상 시험을 받는다고 생각하라. 방심은 엄금이다.

자신 있게 상냥하게 그리고 용기 있게.

『——당일의 플랜은 모두 너 자신이 생각해야만 한다. 이것만은 절대적이다.』

헤딘 씨는 나에게 그렇게 말했다.

내가 생각한 데이트여야만 의미가 있다는 것이다.

『지식은 주겠다. 가르침도 주입해주마. 하지만 내 일은 거기까지다. 본방에 관해서는 한마디도 거들지 않을 것이다.』

『네에?! 그, 그건…….』

『멍청한 놈. 타인, 서적, 신들의 신탁, 그런 모든 것은 남에게 빌린 지혜일 뿐이다. 주어진 재료를 조립해, 무엇을 해야 상대가 웃음을 지을지, 너 자신이 생각하고 고민하지 않는다면 실제로 그녀는 기뻐하지 않을 거다. 거기에는 너의 주관이 없으니까.』

『!』

『남자와 여자가, 어떤 기쁨을 상대와 공유하고 싶은지. 밀회란 결국 그 한 가지로 귀결된다.』

마스터의 가르침 중에서 그 말이 가장 나의 가슴에 날아와 꽂혔다.

처음에는 【헤스티아 파밀리아】를 지키기 위해서였지만, 시르 씨를 기쁘게 해주고 싶다, 『은혜』를 갚고 싶다는── 그 마음만은 진짜다.

언제나 도시락을 싸주었다. 언제나 주점에서 배웅해주었다.

바라보기도 힘든 상대와의 거리감에 좌절했을 때, "모험은 하지 않아도 되는 것 아닐까요"라고 말해주었다. 워 게임 때는 아뮬렛을 주었다. 제노스를 둘러싼 사건 때문에 주체할 수 없는 싸늘함을 느꼈을 때는 따뜻하게 감싸주었다.

전부 기억한다.

그녀에게서는 수많은 것들을 받았다.

이를 조금이라도 갚아나가고 싶다.

그러므로—— 데이트라곤 한 번도 해본 적이 없는 나의 최선을.

"……알았어요. 벨 씨가 가고 싶은 곳, 데려가 주세요!"

걸음을 멈추었던 시르 씨는 부드러운 웃음을 지어주었다.

기뻐진 나도 뺨을 붉히며 함께 웃음을 지었다.

"걸으면 꽤 걸리니까 마차 타고 가요."

그리고 길거리 마차가 자주 다니는 대로까지 이동했다.

손을 들어 잡은 마차는, 오라리오 내에서도 자주 보이는 것처럼 간소한 짐칸에 사람을 태울 수 있는 포장마차나 싸구려 마차가 아니라, 마석제품인 진동 방지기구가 달린 2인용 경장마차. 보통 마차는 이동할 때 꽤 충격이 많이 전해지지만, 이 장치가 완충재 같은 역할을 해 편안하다. 주로 엉덩이라든가. 물론 이것도 마스터가 가르쳐준 지식으로, 시르 씨와 탈 때는 최소한 이 종류의 마차가 아니면 용서하지 않겠다고 으름장을 놓았을 정도였다.

혼자라면 뛰어갈 수 있더라도 시르 씨와 함께라면 마차가 최선이다. 등급이 높은 마차는 가격도 비싸지만 좀스럽게 굴 수는 없다. 마스터와 훈련하면서 군자금은 확실하게 벌어놓았고.

후방의 높은 위치에 마부가 앉는 독특한 마차가 채찍 소리를 울리며 달려 나간다.

기동성이 좋은 소형 마차이면서도, 푹신한 좌석은 두 사람이 앉기에 딱 좋았다.

　장식도 화려해서, 이건 의식 과잉일지도 모르지만 지나가는 사람들의 주목을 모으는 것만 같았다. 그것은 아마 곁에 앉은 예쁜 여성에게 자기도 모르게 시선을 빼앗겨서일 수도 있을 것이다.

　센트럴파크가 아닌 남서쪽 구역을 경유하는 마차는 진동을 완전히 흡수하는 것은 아니어서, 흔들릴 때마다 서로 어깨가 맞닿아서 나와 시르 씨는 멋쩍은 웃음을 나누었다.

　"시르 씨, 손 주세요."

　"고맙습니다."

　먼저 내려 시르 씨의 손을 잡는다.

　마차에서 내린 우리가 찾아온 곳은 동쪽 메인 스트리트.

　남쪽의 『번화가』만은 못하지만, 역시 이곳도 매우 북적거렸다. 몬스터 필리아가 개최되었던 암피테아트룸에서는 무언가 이벤트가 있는지 환성이 쩌렁쩌렁 솟아났다.

　시르 씨와 손을 잡고 메인 스트리트를 꺾어져 골목으로 들어갔다.

　좁은 길도 아름다운 꽃이며 장식으로 치장되어 축제 일색이었다.

　"어머? 여긴……."

　시르 씨가 무언가를 알아차린 것처럼 주위를 둘러보았다.

　그리고 잠시 골목을 나아가자.

"아, 벨 형!"

"그리고 시르 언니도!"

수많은 아이들이 웃음을 지으며 기다리고 있었다.

"라이? 게다가 피나까지?"

"와~ 시르 언니 예쁘게 입고 왔어~!"

"뭐야, 벨 형까지 멋 부렸네!"

"보통이 아냐……."

"아하하……."

시르 씨가 어리둥절하는 가운데 시앙스로프 피나, 휴먼 라이, 하프엘프 루우가 제일 먼저 우리에게 달려왔다.

고아원 아이들은 우리가 온 것을 순수하게 기뻐했다.

"어머나, 벨 씨. 정말로 와주셨네요."

"안녕하세요, 마리아 씨."

고아원 원장님이자 아이들의 어머니이기도 한 마리아 씨도 환영해주었다.

장소는『다이달로스 거리』의 초입.

입구에서 넓은 대형 계단을 내려간 곳의 대로에, 슬럼 출신 사람들이 저마다 노점을 내고 있었다. 여신제에 개최되는 벼룩시장이라고나 할까.

여기서 라이 일당을 비롯한 고아원 아이들도 가게를 열고 있었던 것이다.

"피나네는 무슨 가게를 열었어?"

"응~ 에일!"

쿨럭 기침이 나왔다.

쾌활하게 웃는 피나의 옆에는 정말로 여러 종류의 나무 통이 쌓여 있었다.

꼭지를 틀면 안에 든 것이 나오는 그런 통이다.

"드워프 아저씨가 축제엔 이게 제일 잘 팔린다고 그랬거든! 우리도 만드는 거 도와줬어!"

자랑스럽게 가슴을 펴는 라이의 뒤에서는 『다이달로스 거리』의 주민인지 불그레한 얼굴의 드워프가 이쪽을 향해 엄지를 척 들며 씨익 웃음을 짓고 있었다. 그야 축제라면 술이 빠질 수 없는 법이고, 어렸을 때부터 몰래 술을 마시는 사람도 있긴 하지만…… 너희는 먹지 않았겠지?

기대하는 아이들이 마실래? 마실래? 하고 권했지만, 뻣뻣한 웃음을 흘리면서 사양했다. 아무리 그래도 시르 씨와 데이트하는 도중에 술을 마셨다간 마스터가 마법을 쏠지도 몰라…….

그리고 우리는 아이들에게 이리저리 끌려다녔다.

시르 씨의 손을 피나가 끌고, 라이가 내 허리를 밀고, 루우가 어리광쟁이 동생처럼 팔에 꼬옥 매달렸다. 다른 아이들도 신이 나선 이것 좀 봐봐! 저기 좀 봐봐! 하며 우리에게 숨 쉴 틈을 주지 않았다.

"밀 쿠키! 가마 빌려다 만들었어!"

"시르 언니, 벨 오빠, 먹어봐……."

술 이외에는 조금 모양이 우툴두툴한 연갈색 쿠키와 고

아원의 밭에서 캔 채소로 만든 튀김이 있었다. 계산을 마치고 먹은 그것은 아이들이 직접 만들어서 그런지, 하나같이 맛있게 느껴졌다. 처음 고아원을 찾아왔을 때처럼 즐겁게 노는 우리를 마리아 씨가 다정하게 지켜보고 있었다.

『제노스』 소동 당시에는 아이들에게 상처를 주고 말았다.

한번은 거부당한 적도 있었다.

하지만 이렇게, 다시 아이들과 웃음을 나눌 수 있는 이 시간이 행복하게 느껴졌다.

"시르 언니, 춤추자!"

"……응, 그럴까!"

맛있게 마신 술기운도 거들었는지, 얼굴이 발그레해진 슬럼 주민들이 낡은 악기를 꺼냈다. 마음 가는 대로 흘러나오는 연주는 음정도 조금 맞지 않았지만, 그래도 즐거운 선율에 신이 난 것처럼 하프 여자아이들이 시르를 데리고 함께 춤을 추러 갔다.

그리고 시작된 것은 다이달로스식 포크댄스.

처음 고아원을 찾아왔을 때 보고 들었던 동요를 따라가듯, 모두가 둥글게 서서 춤을 춘다.

시르 씨는 부드러운 웃음을 짓고 있었다.

그것은 자애의 미소라고 해도 과언이 아니었다.

아이들과 손을 잡고, 다리를 흔들고, 뒤에서 끌어안는 아마조네스 여자아이에게 짐짓 화를 내는 척하면서도 두 팔로 끌어안아 한데 얽힌다. 웃음을 꽃피우는 그 모습에,

한 걸음 떨어져서 바라보던 나는 눈을 가늘게 떴다.

언젠가 봤을 때와 같았다. 주점의 점원이 아닌, 내가 모르던 시르 씨.

내가 다시 한번 보고 싶었던, 천진난만한 그녀의 모습.

"벨 오빠!"

"못써, 피나, 벨 씨는 쉬고 계시는걸."

그리고 춤을 추는 사람들 끄트머리에서 혼자 서 있던 나에게 피나가 씩씩하게 안겨들었다.

이를 가볍게 나무라면서 마리아 씨는 갓 짠 과즙을 건네주었다.

나는 나무잔을 고맙게 받아들었다.

"와주셔서 정말 고마워요. 하지만 정말 괜찮겠어요? 둘이서 여신제를 즐기던 건……."

"아니에요, 마리아 씨. 이것저것, 정말 많이 생각해봤지만…… 여러분이 있는 곳이라면 시르 씨가 기뻐하지 않을까 하고, 그렇게 생각해서 온 거니까요."

한 점의 거짓도 없는 진심을 들려주자, 걱정하는 표정을 보이던 마리아 씨는 천천히 웃음을 지었다. 다시 한번 고맙다고 말하는 어머니의 미소에, "저야말로요" 하고 조금 어울리지 않는 어른스러운 감사의 뜻을 표했다.

"벨 오빠, 오늘 엄청 멋있어!"

내 배에 뺨을 비비며 크림색 꼬리를 붕붕 흔들던 피나가 고개를 척 들었다.

솔직한 칭찬에 나도 모르게 부끄러워하고 있으려니,

"시르 언니도 있지, 엄청 예쁜 속옷 입고 왔다? 아까 안았을 때 옷 너머로도 알 수 있었어! 분명 승부 속옷이라는 걸 거야!"

피나는 속옷 기술자라도 되니?

"벨 오빠! 오늘은 시르 언니랑 어디서 잘 거야?"

"무슨 소릴 하는 거야?!"

나도 모르게 목소리를 높이자 피나는 눈을 빛내며 불쑥불쑥 몸을 들이밀었다.

무슨 뜻인지 알고 하는 소릴까⋯⋯?

"그렇지만 오늘은 풍요의 축제잖아? 1년 중에서 사람들이 가장 아이를 많이 가지는 날이라고 마리아 엄마가 그랬어!"

"피나?!"

뺨이 실룩거리고 얼굴이 새빨개졌다. 마리아 씨는 모험자도 아연실색할 속도로 무구한 어린아이의 입을 막았다. 우읍~?! 하는 피나의 목소리를 내버려 둔 채, 얼굴이 붉어진 마리아 씨는 매우 민망한 표정으로 아하하하 웃었다. 나도 헛웃음을 지을 수밖에 없었다.

약간 어색한 공기.

그렇게 될 리는 없고⋯⋯ 상상도 안 가는걸.

얼굴에서 붉은 기운이 가시지 않아 나도 모르게 시르 씨쪽을 흘끔거리려 했을 때──

"앗!"

춤을 추던 아이들 속에서 파룸 사내아이가 넘어졌다.

"오시안!"

라이의 목소리가 터져 나왔다.

주위에 흐르던 유쾌한 연주가 뚝 끊어졌다.

순식간에 넘쳐난 눈물이 동그란 눈에서 넘쳐나려던, 그 순간.

나와 마리아 씨가 달려가기도 전에.

시르 씨가 그 아이의 몸을 일으켜주었다.

"괜찮니, 오시안?"

"시르, 누나……!"

"아프구나. 울까? 괜찮아. 금방 웃을 수 있는 주문을 누나가 알고 있거든."

그리고 무릎을 꿇은 시르 씨는 파룸 아이를 품에 안았다.

옷이 더러워지는 것도 아랑곳하지 않고 부드럽게 꼬옥 감싸주었다.

오시안은 필사적으로 목소리를 억누르며 시르 씨의 품 안에서 울기 시작했다.

하얀 손이 그의 등을 쓰다듬어주고, 때로는 갓난아이를 어르듯 두드려준다.

"울자꾸나, 울자꾸나.

너는 거기에 없으니.

꽃 피는 정원, 빨간 눈물, 가득 피어난 황금.

부디 아직 보지 못한 빛이 나와 너를 이끌어주길.

웃자꾸나, 웃자꾸나.

언젠가 너를 만나리라 믿고.”

천천히 자아내는 목소리는 자장가와도 같은『주문』.

아무도 움직이지 못했다. 모두가 눈길을 빼앗겼다.

마치 아이를 자애롭게 감싸는 여신과도 같은 그녀의 모습에.

아름다운 목소리가 조용히, 미궁거리 한 곳에 울려 퍼졌다.

“……이젠 괜찮아. 이젠 안 울어.”

“정말? 장하네! 그럼 웃어볼까?”

방긋 웃는 시르 씨에게 이끌린 것처럼 오시안도 웃음을 지었다.

햇살 같은 광경에, 모두의 얼굴에도 웃음이 퍼지고 금세 아이를 칭찬하는 목소리가 들려왔다. 시르 씨에게 넋을 잃었던 나도 어느샌가 입에 미소를 머금고 마리아 씨와 함께 두 사람에게 다가갔다.

오시안의 다친 곳을 소독하고 치료해주었다.

“고마워 엄마, 벨 형!”

그렇게 웃는 오시안은 이미 기운을 되찾은 후였다.

마치 시르 씨의 마법에 걸린 것처럼.

“벨 씨도, 같이 출까요?”

"네?"

"춤 말이에요. 다들 아직 성이 덜 풀린 것 같으니까."

자리에서 일어난 시르 씨는 주위를 둘러보며 말했다.

라이도, 피나도, 루우도, 그리고 오시안도. 아이들은 모두 웃음을 꽃피우며 환호성을 질렀다.

다시 시작되었다.

나도 마침내 활짝 웃으며, 신이 나 시르 씨에게 손을 내밀었다.

"저하고—— 우리하고 같이 춤추시겠어요?"

"기꺼이!"

손을 맞잡고, 춤을 춘다.

나와 시르 씨를 중심으로 즉흥 왈츠가 시작되었다. 작법 같은 것은 필요 없다. 즐거우면 그만이다. 아이들과도 손을 잡고 뱅글뱅글 돌며 춤을 추었다.

이윽고 흥겨운 오카리나를 불기 시작하는 아이들이 나타났다. 질세라 어른들도 나무통 같은 것을 가져와 저마다 두드리며 리듬을 자아냈다.

손뼉과 발구르기.

이름도 없는 조그만 악단이 춤을 추며 『다이달로스 거리』를 연주로 가득 채웠다.

유쾌한 음색을 듣고 다른 손님들까지 몰려들었다.

피나와 루우가 그런 사람들의 손을 잡아끌어, 춤의 무대는 더욱 넓어졌다.

음색은 그칠 줄을 모르고, 웃음소리는 끊이질 않았다.

『다이달로스 거리』는 슬럼가라는 것도 잊고 수많은 사람으로 북적였다.

"하아아…… 실컷 추었네요."

벽돌로 만든 벤치에 앉아, 시르 씨는 기분 좋은 피로의 한숨을 내쉬었다.

쉬고 있는 우리의 시선 너머에서는 아직도 기운이 넘치는 아이들이 다른 손님들과 춤을 추었다. 미궁거리에서 이런 기회는 좀처럼 보기 힘든 것이다. 수많은 사람이 노점에 몰려와 『다이달로스 거리』 내에서도 가장 성황을 보이는 시간이 찾아왔다. 시르 씨가 아이들에게 보인 다정함이 의도치 않게 이 한순간을 이끌어낸 것이다.

"아까 노래, 정말 아름다웠어요. 그건 무슨 『주문』인가요?"

바빠진 마리아 씨를 대신해 이번에는 내가 과즙을 내밀었다.

시르 씨는 고맙다고 하며 받고는 살짝 혀를 내밀었다.

"즉흥이었어요. 그냥 왠지 불러본 거예요."

"네에? 정말요?"

"네. 오시안이나 다른 사람들이 웃었으면 해서."

놀라면서 옆에 앉은 나는 나도 모르게 그녀의 옷을 보고 말았다.

오시안의 눈물을 받아주는 바람에, 깨끗했던 옷은 완전

히 지저분해졌다. 젖은 눈물 자국은 그나마 낫지만, 흙먼지가, 무엇보다도 새빨간 피가 볼레로에 얼룩을 남기고 말았다.

내 시선을 알아차렸는지 시르 씨는 눈웃음을 지었다.

"조금 지저분해지기는 했지만, 그래도 예뻐 보이지 않나요? 독특한 무늬 같아서!"

사정을 모르는 사람은 빈말로라도 예쁘다고는 하지 않을 것이다.

그래도 이 사람은 웃는다.

언짢은 표정 하나 하지 않고. 아무 근심도 없는 것처럼. 오히려 해맑게.

나는 어쩐지 편안한 기분이 들었다.

절대 그런 짓을 하지는 않겠지만, 눈앞에 있는 이 사람을 포용하고 싶어질 정도로.

그리고 줄곧, 눈앞에 있는 이 미소를 보고 싶었던 게 아닐까, 그런 생각이 들었다.

"벨 씨, 알고 계셨어요? 아이들이 여기에 가게를 낸다는 걸."

"네. 마리아 씨가 가르쳐주셨어요. 시르 씨도 오실 생각이었던 거 아니에요?"

"그건…… 다른 날 혼자 올까 하고 생각했거든요."

흥미롭다는 표정으로 『다이달로스 거리』를 걷는 사람들을 벤치에 앉아 바라보면서, 다 알고 계셨나 보네요, 하고 시르 씨가 중얼거렸다.

"오늘까지 여러 가지 일이 있었지만…… 또 시르 씨랑 같이 아이들과 놀고 싶어져서, 그렇게 생각했던 거예요."

『다이달로스 거리』의 복구는 거의 끝났다.

이제까지 임시 주거에서 살던 아이들도 겨우 원래의 생활로 돌아올 수 있었다.

많은 일을 축하하며, 둘이서 오늘 이곳에 오고 싶어 했던 사실을 털어놓았다.

그야말로 우리만의 추억으로 되돌아가듯.

시르 씨는 눈을 가늘게 떴다.

"기뻐요."

그리고 곱씹듯 그렇게 말했다.

"정말, 기뻐요…… 너무 멋진 데이트예요."

내 쪽을 보며, 꽃이 피어나는 듯한 웃음을 지었다.

그 웃음에 넋을 잃지 않을 수 없었다.

다만, 그보다도 가슴에 사무치는 것이 있어서 나는 자연스럽게 웃음을 지을 수 있었다.

"……? 왜 그러세요, 벨 씨?"

"아뇨…… 저도 기뻐서요."

분명, 틀림없이, 이 순간 나는 고아원 아이들처럼 해맑게 웃고 있었을 것이다.

아이 같다는 자각은 있지만, 이 마음을 솔직하게 털어놓았다.

"데이트란 건, 상대가 즐거워하면 이렇게나 기쁜 거였네요."

가슴에 싹튼 마음이 가리키는 대로 만면의 미소를 머금었다.

그러자 시르 씨가 굳어버렸다.

얼굴도 새빨개진 것 같았다.

의아하다고는 생각했지만, 나는 마음을 다잡고 일어났다.

"시르 씨, 우리 옷 사러 가요!"

"네, 네에?"

"저 아직도 시르 씨랑 가보고 싶은 데가 많이 있거든요!"

놀라는 그녀의 손을 잡아 이끌었다.

큰 목소리로 아이들과 마리아 씨에게 작별 인사를 하고, 또 보자면서 손을 흔들어준 다음 당황하는 시르 씨와 함께 출발했다.

나도 어쩐지 즐거워졌다.

좀 더 시르 씨에게 많은 것들을 보답해서 기쁨을 주고 싶어!

✦

"그러면 되는 거다. 그분 앞에서 수비는 어리석은 전략."

백발 소년이 회색 머리 소녀의 손을 잡고 이끈다.

그런 눈 아래의 광경을 바라보며 헤딘이 중얼거린다.

장소는 거리의 한 곳, 주위의 건물보다도 훨씬 높은 사원의 지붕 위였다.

까마득한 아래쪽에서는 『여신제』를 즐기는 민중의 목소리가 들려온다.

"후수로 밀리면 차례가 돌아오지 않는다. 그렇다면 공세만이 있을 뿐. 예측하지 못한 상황으로 시르 님을 희롱하고, 오늘 하루를 특별하게 만들려면 항상 기선을 제압해야만 한다. ──무언가 착각해 음탕한 마음을 먹는 순간 **너는 죽을 것이다만.**"

현재 【프레이야 파밀리아】의 단원은 시르와 벨을 중심으로 넓게 전개 중이었다.

『가디언즈 오브 플로버(명명자 회그니)』 작전의 이름으로, 헤딘처럼 건물 지붕에서, 혹은 건물 뒤에서, 혹은 사복헌병처럼 민중 틈에 섞여서 경호라는 이름의 감시를 하고 있었다. 아니, 『포위』라고 하는 편이 옳을지도 모른다.

시르에게 위험이 닥치면 그들은 가차 없이 몸을 날려 방패가 될 것이며, 검이 되어 가해자를 제거할 것이다.

따라서 만일 벨이 시르를 수상한 장소로 데려가기라도 한다면 즉각 그들의 손에 섬멸당하고 말 것이다. 가엾은 토끼는 ──자신을 찌르는 수많은 시선을 마음속의 식은 땀과 함께 이미 알아차렸지만── 살얼음 위를 걸으며 목숨을 건 데이트를 하고 있다는 사실을 모른다.

"내성적인 네가 정신 나간 짓을 하리라고 의심하는 것

자체가 헛수고겠다만."

　원래 같으면 『시르의 호위』에 이만한 전력을 투입하지는
않는다.

　**잘 해야 제1급 모험자 1명 내지는 2명이 숨어서 따라다
니는 정도다.**

　그런데도 대량의 제2급 모험자까지 동원한 이유는, 오늘
이 『여신제』이기도 하고, 무엇보다 시르가 명확한 호의를
품고 벨을 불러냈기 때문이었다.

　쉽게 말해, 단원들은 소년을 질투하고 있었다.

　【프레이야 파밀리아】에서 『시르 플로버』라는 소녀는, 다
시 말해 그만한 존재였다.

　"여기까지는 합격점이다만, 어디……."

　한편, 감시에 동원된 헤딘은 헤딘 나름대로 다른 목적이
있었다.

　명목은 시르의 호위.

　본심은 데이트의 『감독』. 감시가 아니라.

　철저하게 『의식 개조』를 가한 벨의 에스코트를 지금도
지켜보고 있는 것이다.

　그것은 어디까지나 시르의 바람을 이루어주기 위해서.

　만일 벨이 서툰 짓을 한다면 헤딘은 상당히 진심 어린 마
법을 한두 발 날릴 생각이었다. 요정의 지팡이, 【힐드 슬레이
브】라는 이름 그대로, 그의 치밀한 마력제어와 마법운용은
도시에서도 손꼽힐 정도였으며, 그가 자아낸 번개는 적확하

게 목표만을 꿰뚫어 시르의 시야에서 소년을 없애버릴 것이다. 그 후에는 조련이라는 이름의 『체벌』이 있을 뿐.

'요령이 없어서 궤멸적으로 비효율적이지만…… 그래도 **예상대로, 기대만은 배신하지 않는군.**'

닷새 동안의 훈련을 돌이켜본 헤딘은 그때까지 벨 크라넬에게 품었던 인식을 달리 했다.

그는 헤딘이 경애하는 여신의 총애를 한 몸에 누리면서 급속도로 성장하기까지 하는, 괘씸할 정도로 눈에 거슬리는 존재였다. 그 생각은 지금도 달라지지 않았지만 오늘까지의 훈련을 통해 자신의 가치를 드러냈다.

헤딘은 『무능』을 혐오한다.

만연히 살아만 가는 존재는 가엾은 자긍심과 긍지의 노예일 뿐이다. 수명이 긴 엘프이기에, 헤딘은 오래 살아갈 수 없는 다른 종족의 나태함을 용납할 수 없었다. 거만한 동족은 애초에 논외다. 무능한 자들이야말로 발버둥을 치며 모든 시간을 노력에 쏟아부어야 한다고 늘 생각했다.

동시에, 헤딘은 『유능』을 높이 평가한다.

그리고 유능하고자 노력을 아끼지 않는 자에게도 어느 정도의 평가를 보낸다.

그런 의미에서 벨 크라넬은 합격점이었다.

그는 문자 그대로 목숨을 걸고 노력하며 살아왔다. Lv.1 에 미노타우로스를 격파하고, 【아폴론 파밀리아】나 【이슈타르 파밀리아】 같은 절대적 강자와 충돌했으며, 『제노스』

사건에서 큰 활약을 보였다. 최근에 들은 이야기에 따르면 『심층』에 빠졌다가 목숨을 걸고 귀환했다고 한다. 보통 사람이라면 결코 흉내 낼 수 없는『모험』을 돌파해, 제1급 모험자들의 등을 따라잡으려 한다.

만약 중간에 죽어 모두의 기억에서 사라져버린다고 하더라도, 헤딘만은 그의 모습을 평가하고 기억해주리라. ──역설적으로 말하자면 거기서 죽지 않았던 자만이『제1급 모험자』라 불리는 존재에 이를 수 있는 것이지만.

소년은 헤딘의 눈에 들 만했다.

이번에도 부조리한 조건을 강요당하면서도 그는 도망치지 않았다.

동기야 무엇이 되었든, 『무능』에서 벗어나려 한다.

그 사실은 스승이라 불리던 헤딘도 인정할 만했다.

그리고, 결코 정이 든 것은 아니지만── 헤딘은 소년에게『기대』하는 것이 있었다.

"……너는 그녀의『갈망』을 일깨워줄 수 있을까?"

공기 속에 녹아들어 사라져버린 그 희미한 목소리는 누구의 귀에도 들리지 않았다.

그러나 이를 듣지는 못했어도, 등 뒤에서 다가온 이는 있었다.

"뭘 중얼거리고 앉았어, 징그럽게."

"……나도 감회에 젖는 경우가 있다. 너야말로 남의 말을 엿듣는 저열한 짓은 관둬라, 검은 고양이."

"네가 혼자 지껄였던 것뿐이지. 네가 얼빠진 걸 남의 잘못으로 덮어씌우지 마."

캣 피플, 아렌이었다.

같은 파벌인가 의심스러울 만큼 험악한 분위기로, 눈길조차 마주치려 하지 않은 채 말만을 나눈다.

무기인 은색 장창을 든 아렌은 벨과 시르를 내려다보는 헤딘의 옆에서 발을 멈추었다.

"다른 놈들이 살기등등해. 지휘는 네 일이잖아, 뭐 어떻게 좀 해봐. 뺀질거리지 말고."

대놓고 말하는 정도가 아니라 발밑에 침을 뱉을 것 같은 태도에 헤딘이 탄식했다.

입장으로 보자면 아렌은 부단장이다. 그는 역직 같은 것은 싫어하지만, 천거를 받았던 헤딘이 사양하는 바람에 임명되었던 것이다. 이미 몇 년 전의 이야기다.

헤딘은 고분고분 자신의 과실을 인정하고 말없이 승낙하는 태도를 보이면서도, 문득 마음에 걸린 것이 있어 시선을 향했다.

"그러는 너는 어떤데."

시르의 눈에 비친 소년에게 반감을 품고 있는 것은 아닌가.

헤딘은 행간으로 그렇게 물었다.

"뻔한 얘기는 묻지도 마."

아렌은 시시하다는 듯 되받아쳤다.

"내 충성심은 여신의 것이다."

볼일은 마쳤다는 양, 아렌은 소리도 없이 그 자리에서 도약했다.

그 누구의 눈에도 들지 않은 채, 앞쪽에서 나아가는 소년과 소녀의 뒤를 따라서.

헤딘은 눈 깜짝할 사이에 시야 저편으로 사라져버린 그의 뒷모습을 잠자코 지켜보며, 자신도 지시를 내리기 위해 자리를 옮겼다.

🔥

『다이달로스 거리』를 나온 우리는 일단 시르 씨의 옷을 샀다.

"엄청 예뻐요, 시르 씨!"

원래 것과 비슷한 디자인의 귀여운 볼레로. 드레스는 별로 더러워지지 않았으므로 그대로.

남자의 능력이 어쩌고 하는 이유 때문에 돈을 낸 나는 웃으면서 솔직한 감상을 말했다.

"고, 고맙습니다……."

시르 씨는 새빨개진 얼굴로 대답했다.

"머리에 꽃잎이 붙었어요, 시르 씨!"

길을 걷던 중 시르 씨의 머리에 손을 뻗었다.

축제를 위해 좌우의 건물에서 꽃잎을 뿌려대고 있었다. 앞머리에 달라붙은 연분홍색 꽃잎을 빗질하듯 떼어주었다.

"죄, 죄송합니다……."

시르 씨는 새빨개진 얼굴로 눈을 연신 이리저리 굴리며 갈팡질팡했다.

"손잡고 갈까요, 시르 씨!"

손 언저리의 시선을 느끼며 시르 씨에게 제안했다.

나의 빈 오른손에 흘끔흘끔 시선이 와 닿는 것을 느끼고, 위치를 바꾸어 시르 씨의 왼손을 잡았다. 잡는 것을 잊었던 것을 사과하듯 생긋 웃으며.

"우우~……."

시르 씨는 새빨개진 얼굴로 강아지처럼 끙끙거렸다.

어라……?

그리고.

동쪽 메인 스트리트에 접어들었을 때쯤, 시르 씨가 폭발했다.

"이상하잖아요!! 벨 씨 정말 이상해요!!"

나는 물론 주위 사람들도 깜짝 놀라는 가운데, 길 한복판에서 고함을 지른다.

"예쁘다느니 귀엽다느니 그렇게 창피한 말을, 토끼 같은 벨 씨가 불쑥불쑥 말할 리가 없어요!"

"그, 그렇게 말씀하셔도……."

"제가 『좀 피곤해졌나』 생각하기도 전에 쉬어가자고 하고, 제가 『손잡고 싶네』 생각하면 금방 알아차리고! 맨날 던전던전던전던전 던전밖에 아는 게 없어서 소녀심의 ㅅ자도 이해하지 못하던 어린아이 같은 벨 씨가 이 정도로 배려심이 있다니, 그럴 리가 없어요!"

"그, 그렇게까지 말씀하실 건……."

난 대체 시르 씨의 눈에 어떻게 비쳤던 걸까. 은근히 상처 입으며 조심조심 물었다.

"혹시, 싫으셨어요?"

"아뇨, 기뻐요! 엄청 기뻐요! 하지만 이럴 리가 없었다고요!!"

시르 씨는 붉어진 뺨을 스스로도 주체하지 못하는 것처럼 나에게 화풀이를 했다.

마치 지금 당장이라도 발을 동동 구를 것처럼.

그 모습이 어린아이 같아서, 뜬금없지만 귀엽다는 생각을 하고 말았다.

"원래 같으면 손도 제가 먼저 잡고, 평소처럼 부끄러워하는 벨 씨를 제가 놀릴 예정이었는데! 그 밖에도, 뭐랄까, 이것저것……!"

아아, 상상이 간다…….

마스터의 훈련이 없었다면, 정말로 지금쯤 시르 씨에게 희롱당하고만 있었겠지.

그게 좋은 일인지 나쁜 일인지는 모르겠지만, 시르 씨는 마음에 들지 않는 듯했다.

내가 난처해하고 있으려니,

"응……? 어라, 포도 사탕을 팔고 있네요."

바로 옆에 있는 노점에서 포도에 물엿을 묻혀 팔고 있는 것이 보였다.

보석처럼 예쁘기도 한 그것을 얼른 사 왔다.

"시르 씨도 드실래요?"

조그만 꼬치에 꿰인 사탕을 내밀자 시르 씨의 눈썹이 급격한 각도로 곤두섰다.

"보세요, 또! 저한테『아~』하려고 그랬죠!"

"아뇨 그렇게 몇 번씩이나 하지는……! 그냥 드리려고!"

우~ 우~ 하며 다시 강아지처럼 끙끙 위협한다.

압도된 나는 난처한 웃음을 지었다.

"어, 그럼, 안 드실 거예요?"

그러자 시르 씨는.

역시 새빨개진 얼굴로, 눈을 내리깔고, 불쑥 중얼거렸다.

"……먹을래요."

꺼져 들어가는 듯한 목소리가 인파 속에 섞였다.

나는 직접 건네주려다가, 시르 씨가 변덕스러운 고양이처럼 빤히 쳐다보기만 하는 바람에, 포기하고 입가로 가져다주었다.

조그만 입술이 사탕을 문다.

겉의 설탕 코팅이 깨지면서 포도알이 싱그럽게 터진다.

이제까지 먹어본 것 중에서 가장 맛있다고, 새빨개진 얼굴에는 그렇게 적혀 있었다.

"——쿠허억?!"

""클로에——?!""

클로에는 피를 토했다.

장소는 변함없이 후미진 골목. 변함없이 시르와 벨의 데이트를 관찰하던 검은 고양이의 갑작스러운 넉다운에 아냐와 루노아가 비명을 질렀다.

"이젠 틀렸다옹……. 가만 생각해보니 왜 우린 저런 러브러브 염장 커플이 꽁냥대는 모습을 지켜봐야 하는 거냐옹……. 『저런 시르는 / 보고 싶지 않았어 / 세상은 가을』…… 클로에의 절명시…… 깨꼬닥."

"시르와 벨의 데이트를 지켜보자고 했잖아—! 얼른 숨을 쉬어—!"

"클로에~! 죽으면 안 된다냐~!"

새콤달콤한 파동에 얻어맞아, 독신인 그녀들의 생명력은 드득드득 깎여나갔다.

다른 손님들의 민폐도 아랑곳하지 않고 루노아와 아냐가 떠들어대는 가운데, 류는 어떤가 하면.

"시, 시르, 저렇게 대담할 수가…… 저, 저런 짓까지……!"

새빨개진 얼굴을 손으로 가리고 손가락 틈으로 소녀와

소년을 응시했다.

두 사람의 행동은 기껏해야 친구 이상 연인 미만의 범주였을 뿐이었지만, 결벽하고 앳된 엘프에게는 자극이 지나치게 강했다. "아앗!"이라느니 "그, 그럴 수가!"라느니 중얼거리며 눈을 떼지 못했다.

그야말로 그녀들은 시르와 벨의 일거수일투족에 희롱당하고 있었다.

"""""쯧."""""

한편 【프레이야 파밀리아】는.

시르의 호위를 맡은 모험자들은 소년에게 혀를 차고 있었다.

"""""""나가 죽어 토끼."""""""

한편 주위에서는.

어쩌다 주위를 지나가던 무뢰배 모험자들은 한 미소녀를 극진히 모시는 동종업자에게 질투와 살의 섞인 시선을 보내고 있었다.

'……어, 어쩐지 100명쯤 되는 사람들이 쳐다보는 것 같은데…….'

그리고 자신을 보는 시선에 민감한 소년은 시르가 부끄러워할 때마다 늘어나는 눈빛의 수와 적의의 압력을 지각하고 조용히 땀을 흘렸다.

그와 그녀의 밀회는 아직도 끝나지 않았다.

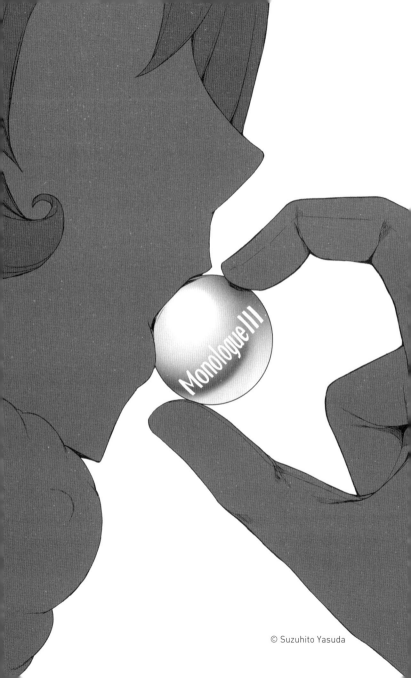

Monologue III

© Suzuhito Yasuda

무언가가 이상하다.

나는 그렇게 생각했다.

이런 전개가 될 줄은 생각도 못 했다.

——그렇다기보다 대체 어째서 이렇게 되고 말았죠?!

——이상하지 않나요! 네? 이상하지 않나요?!

——왜 그렇게 신사가 된 거죠?!

라고 고함을 지르고 싶은 기분이었다.

하지만 이상하지 않나요?! 여자 앞에선 늘 얼굴이 새빨개져선 부끄러워하던 주제에, 왜 오늘만은 이렇게 멋있어져서 리드를 해주는 거예요!

이건 뭔가의 책략이야! 속지 마! 가슴 두근거려선 안 돼요! 머릿속으로 그런 바보 같은 생각을 하면서 **까무룩** 넘어갈 뻔하는 자신에게 신물이 날 것 같았다.

해야만 하는 일이 있는데, 『갈망』을 이루고 싶은데, 온몸 가득 전해져 오는 이 감정의 포로가 되려 하는 자신이 비참했다. 모든 것을 잊어버리고 계속 이대로 있고 싶다는, 그런 생각은 절대 하지 않는다.

이제는 몸이 뜨겁다.

어떡해, 뺨까지.

나를 쳐다보는 다른 사람들에게 들키지 않을까 불안해서, 필사적으로 새침한 표정을 짓고 있었지만, 그것도 얼마나 효과가 있을지 알 수 없었다. 아, 지금 한껏 멋을 부린 부인들이 "얼굴 빨개졌어!" "감기 아닐까?" "어머나 큰일이네!" 하고 말하는 게 들렸어! 아니에요!! 아—니—라—고—요! 그러니까 제발 지금의 저를 보지 마세요—! …… 이젠 다 싫어.

마음을 뒤흔드는 감정이 나를 정서불안에 빠뜨린다.

얄미운 소년은 지금도 웃음을 짓고 있다.

그쪽을 애써 의식하지 않으려고, 왜 이렇게 돼버렸는지, 뭐가 그를 변하게 만들었는지, 나는 조바심에 사로잡힌 채 생각을 굴렸다. 이런 이상 사태는 계획에 없었다.

누구에게 무엇을 부탁해야 할까.

사실 오탈 씨 외에도 협력자는 있다.

아렌 씨 같은 『과격파』보다는 그나마 조금 나은 ——그래도 진심으로 화를 내면 아렌 씨 다음으로 성가신—— 엘프 헤딘 씨.

똑똑한 그가 나를 도와준다면 든든하지 않을까 해서 사전에 접촉했던 것이다.

오탈 씨는 움직일 수 없겠지만 어떻게든 헤딘 씨와 접촉해 사태를 해명하고—— 응?

……헤딘 씨?

……굉장히 머리가 좋고, 사실은 남 챙겨주기 좋아하는, 헤딘 씨?

설마…….

아니아니, 그럴 리가, 설마…….

──아무튼 냉정해지자.
이미 점심때가 다 되었다.
나는 동요를 억누르며, 어떻게든 평소의 자신을 되찾았다.

4장 풀 프린세스 패닉

© Suzuhito Yasuda

태양이 중천으로 접어들고 있었다.

많은 일이 있었지만, 처음에 계획한 데이트 작전 중 절반을 무사히 마쳤다.

점심은 시르 씨가 만들어온 도시락.

인파가 적은 골목의 벤치에 앉아, 산들산들 나뭇잎 스치는 소리가 들려오는 나무 그늘 밑에서 먹었다.

축제에서 이것저것 군것질을 할 것을 고려해서인지 사이즈는 작았다. 그래도 기합이 들어간 고기와 달걀말이는 평소보다도 참신한 맛이어서, 나는 마스터께 단련된 강철의 의지력을 총동원해 "맛있어요!" 하고 한껏 멋진 미소를 지었다. 그리고 시르 씨는 토라졌다. 무리한다는 사실을 들켰나 보다.

내가 열심히 사과하고 있으려니, 뾰로통했던 시르 씨가 쿡쿡 웃었다.

"왜 제 요리는 늘 애매한 맛이 날까요~."

"자각은 있었군요……."

"있었죠. 벨 씨는 늘 감상을 물어보면 말을 얼버무리는 걸요!"

"윽."

"열심히 창의성을 발휘하고 있는데."

점심을 다 먹고, 거의 빈 핸드백을 든 시르 씨와 나란히 걸었다.

이때쯤 되니 손을 잡고 걷는 데에도 별로 저항감이 없었다. 눈이 마주치면 역시 멋쩍었지만, 손을 감싸는 온기에는 안도감마저 느꼈다. 가슴이 따뜻해진다고 해야 할까.

오라리오의 동쪽에 있던 우리는 곧장 센트럴파크로 나갔다.

도시 내에서도 가장 넓고 거대한 공간은 본 적도 없을 정도로 많은 사람으로 붐볐다.

"저게 바로 여신제의『제단』……『풍요의 탑』."

센트럴파크에는 평소에는 없었던, 고개를 들고 올려다봐야 할 정도로 높은 탑이 4개 서 있었으며 수많은 손님──아니, 『참배객』이 탑 주위에 몰려 있었다.

그리고 탑 위에는 데메테르 님을 비롯한 여신님들이 있다.

"『제단』에 있는 건 풍요의 여신님들이죠?"

"맞아요. 풍요를 관장하는 신들은 이『여신제』의 상징이니까, 저렇게 예배를 드리는 거예요."

돌로 만든 탑 밑에는 지금도 많은 사람이 있다.

순서를 기다리며,『제단』밑에 꽃을 놓거나 머리 위의 여신님께 감사의 말을 바친다.

그렇구나. 저게『예배』구나.

풍요의 상징을 숭상하며 감사를 표하는, 수확제의 원래 뜻과 딱 맞는 광경이었다.

"여신제의 기간은 3일. 그동안 수많은 사람이 찾아오니, 여신님들은 그동안 저『제단』에 계셔야 해요."

"우와, 3일이나요……?"

엄밀히는 축제 기간 내내 있는 것은 아니며 교대로 한다지만, 여신제 당일만은 네 분의 여신님이 『제단』에 대기하고 있어야 한다나. 그만큼 참배객이 집중된다는 뜻이겠지. 데메테르 님 같은 분은 선 채로 방글방글 웃으며 손을 흔들어 여행자나 시민들에게 기쁨을 주었지만 다른 여신님들 중에는 이미 지친 모습을 보이는 분도 있었다. 널어놓은 이불처럼, 팔걸이에 상반신을 추욱 기댄 채.

그래도 예배하는 사람과 성원이 끊이지 않으니 신기하다.

오히려 매년 이맘때만 볼 수 있는 광경이라 다들 좋아하는 것 같기도…….

"올해는 그나마 나은 편인 것 같지만요."

"네? 그건 무슨 말이에요?"

"사실 작년까지는 『풍요의 탑』이 5개였는데요…… 이슈타르 님이 송환되셨으니까요."

"아."

나는 얼빠진 소리를 냈다.

"이슈타르 님은 분방하신 데다 미의 여신님이라, 『싫증났다』고 하면서 제단을 내려가시는 바람에 큰 소동이 나는 것까지가 연례행사였어요……. 그다음에는 어떤 여신님을 눈엣가시처럼 여기면서 여러 가지 소동을 일으키고…….'

지금은 천계로 송환되어버린 이슈타르 님도 사랑 외에 풍요를 관장하던 여신님이다. 【이슈타르 파밀리아】가 소멸된 사건에 말려들었던 나로서는 무관한 척할 수가 없어 매우 민망한 기분이 들었다.

동시에 이슈타르 님이 눈엣가시로 여겼다는 분이 누구인지도 금방 알아차렸다.

네 개의 석조 탑 중 북쪽.

서쪽의 데메테르 님과 비슷하거나 그 이상의 참배객으로 들끓는, 프레이야 님의 제단이다.

"프레이야 님~!"

"올해의 풍요에 감사드립니다!"

"부디 미의 여신께서 가호를 내려주시기를!"

"프레이야 님~! 저예요~! 결혼해주세요~!!"

동쪽 부근에 있던 우리에게까지 수많은 사람의 목소리가 들려왔다.

역시 누구보다도 아름다운 『미의 신』인 만큼 인기는 절대적인 모양이다.

공공장소에 모습을 드러내는 일이 별로 없다고 하니, 미의 화신인 존재를 한 번 보고자 하는 사람들이 많은 거겠지. 남신님들도 아무렇지도 않게 끼어들어서 소란을 피우고. ……아, 길드 직원이랑 권속으로 보이는 사람들에게 끌려갔다.

'……지루하신 걸까.'

널찍한 발코니 정도의 면적이 있는 탑 위에서, 은발의 여신님은 군중 쪽으로 그저 시선만을 떨구고 있었다. 보어즈 무인 종자를 대동한 채 옥좌와도 같은 의자에 앉아, 팔걸이에 세운 팔로 턱을 괴고 있다.

하루 종일 센트럴파크에 붙들려 있으니 여신님이라 해도 당연히 지루할 수 있겠지…….

"━━━━!"

그때.

눈 아래를 훑던 은색 시선이, 아무 조짐도 없이 **이쪽을 꿰뚫어 보았다.**

절대 착각이 아니었다.

헤아릴 수도 없는 인파 속에서 정확하게 우리를 발견한 것이다.

──『사랑해』.

머릿속에 떠오르는 기억은, 바로 【이슈타르 파밀리아】가 소멸하던 날.

빛의 기둥을 하늘까지 세워 이슈타르 님을 송환시켰던 여신님은, 분명히 나에게 미소를 짓고 있었다. 멀리 떨어진 장소에서, 사랑의 말을 속삭이며.

그것은 은발 여신의 존재가 나에게 깊이 새겨졌던 계기이기도 했다.

기억 속의 프레이야 님과 시선 너머에 있는 여신님의 표정은, 달랐다.

그때는 어딘가 애가 타는 듯한 정념 같은 것이 눈동자 속에 있었다.

하지만 지금은 매우 무감정하다………… 아니, **차갑다?**

은색 두 눈은 마치 재미없는 것을 바라보듯 나를──

우리를 보고 있었다.

"……벨 씨, 그만 가요."

시르 씨가 멍하니 서 있던 내 손을 잡아당겼다.

사람들 사이를 누비며 나아가는 가운데, 나는 다시 한번 『풍요의 탑』을 보았다.

여신님은 아직 이쪽을 보고 있었다.

"벨 씨, 저랑 같이 있는데 다른 여자분에게 눈 돌리지 마세요. 그리고 예쁘다고 해서 여신님에게 넋 놓으면 불경하게 여겨질걸요?"

"그, 그런 건 아니었어요……!"

센트럴파크를 뒤로 했을 때 시르 씨가 살짝 볼을 부풀리며 말했다.

내가 황급히 변명하자 농담을 하듯 조용히 웃었다.

"오늘 같은 날에 풍요의 여신에게 눈총을 받았다간 재난이 닥칠지도 몰라요."

"죽는다, 나 죽어……!!"

헤스티아는 피로의 극치였다.

새파란 눈은 끊임없이 주어지는 노동에 뱅글뱅글 돌고 있었다.

주문을 받아, 달려가, 요리를 나르고, 손님을 상대하고,

접시를 닦고, 쓰레기를 버리고. 온갖 잡무를 떠넘기는『풍요의 여주인』의 격무는 여신의 노동 허용량을 가볍게 넘어서고 있었다.

"어젯밤에는 엄청나게 지친 벨이 돌아왔다 싶었더니 묘하게 멋을 부리고 나가질 않나, 그걸 따라가려고 했더니 이런 중노동을 하게 되질 않나…… 여신제란 대체 뭐냐?! 나도 여신인데 좀 공경해주면 안 되는 거냐~?!"

미코토도 하루히메도 벨프도 바쁘게 움직이는 가운데, 주방에서 접시를 닦으며 절규했다.

그리고 울려 퍼지는 쨍그랑 소리.

"이 멍청한 여신아아아! 접시를 몇 장이나 깨 먹어야 직성이 풀리겠냐!"

"히이이이이이이이이이이이이이익?! 죄송합니다 점장니임!"

분노에 찬 미아의 노성에 이제는 조건반사적으로 점핑오체투지를 시전한다.

"사과로 뭐든 때울 수 있으면 신이 왜 필요해!"

지당한 지적으로 논파 당하며 분노의 벼락에 몇 번이나 얻어맞은 헤스티아는 완전히 초췌해졌다.

"헤스티아 님! 여긴 그냥 릴리네한테 맡기고 도망치세요!"

"뭐?! 그, 그래도 되겠느냐, 서포터군?!"

뒤에서 헤스티아의 목덜미를 콱 붙든 릴리가 소곤소곤 외치는 기예를 발휘했다.

"헤스티아 님이 있으면 쓸데없이 일이 늘어난다고요! 이럴 거면 없는 게 나아요!"

"으, 응."

"대신 벨 님의 추적을 부탁해요! 헤스티아 님에게 의지할 수밖에 없다니 고육지책이 따로 없지만…… 아쉬운 소리를 할 때가 아니니까요!"

두 눈에 핏발이 선 릴리의 험악한 분위기에 압도당하면서 헤스티아는 권속에게 감사했다.

미아가 눈을 뗀 틈을 노려 ——라기보다는 이미 눈치채고 있었지만 릴리와 같은 결론을 내렸으므로 못 본 척해—— 뒷문을 통해 탈출했다.

"미안하다, 서포터 군! 미안하다, 얘들아! 너희의 희생은 헛되이 하지 않으마아!"

우오오오오오기다려라벨~!

그런 외침과 함께, 양 갈래로 묶은 흑발을 디용디용 흔들며, 주점의 제복을 갈아입지도 않은 채, 목적지도 없이 대로를 따라 달려 나갔다.

"야~ 오늘은 정말 여신의 날이구만. 묵혀놨던 일도 대충 정리했고. 오랜만에 헌팅이라도 즐겨볼까나!"

헤르메스는 수확제의 공기를 한껏 들이마시고 있었다.

인파로 북적이는 대로 한복판에 서서, 축제 의상을 한껏 빼입은 미녀 미소녀를 이리저리 눈으로 좇는다.

"뒤에서 칼 맞기 전에 제가 찔러드릴까요, 헤르메스 님?"

"노, 농담, 농담이야, 아스피~! 그러니까 부탁인데 나이프에서 손 떼어줄래?"

하지만 바로 뒤에서 날아드는 절대영도의 시선이 그런 행위를 용납해주지 않았다.

헤르메스는 아쿠아블루색 머리카락을 찰랑이는 권속 아스피에게 굽실거렸다.

"아스피는 이제까지 계속 일만 했잖아. 오늘은 너의 완전 휴양! 알고 있다마다, 기억하다마다!"

"그렇지요. 오늘까지 죽을 만큼 사역 당하고 혹사당했으니까요. 마지막으로 쉬었던 것이 언제인지도 확실하지 않을 만큼, 그야말로 오랜만의 완전 휴양이니까요."

"그, 그렇고말고! 네가 없었으면 해결하지 못할 안건도 잔뜩 있었지! 역시 【페르세우스】! 그러니까 오늘은 마음껏 날개를 펼치도록 해!!"

헤르메스는 숨도 쉬지 않고 떠들어대며 어떻게든 이 상황을 모면해보고자 했다.

비난하듯 노려보는 아스피의 눈은 싸늘했다. 평소 도대체 무슨 일을 얼마나 떠넘겼는지, 안경 안에 완전히 자리를 잡은 다크서클이 그녀의 중노동을 말해주고 있었다.

"……암튼 그러니까, 오늘 하루는 공주님을 에스코트해드리겠습니다요."

평소에는 그저 표표한 헤르메스라 해도, 만능이기에 일하고 또 일하던 그녀에 대한 죄책감은 있었다. 그에게도 자식을 생각하는 신애는 있다. 평소 하는 짓이 하는 짓이다 보니 전혀 느껴지지 않지만.

"남녀가 다정하게 보내는 풍요의 연회답게 우리도 데이트를 할까나?"

"관두시죠, 징그러우니. 지금 기분 같아서는 당신이 능글맞은 말을 속삭이기라도 했다간 두들겨 패버릴 것 같습니다."

"그, 그렇게나……."

"말씀드리지 않아도 자각이 있으실 텐데요. 특히 최근에는 노동노동노동이 이어졌으니까요."

푸념하듯 한숨을 내쉬던 아스피는 그제야 처음으로 조그만 웃음을 보였다.

"괜히 대접해주셔도 피곤하고, 당신과 시내를 걷는 것만으로도 충분합니다."

"헤에, 기특하네. 나한테야 아주 편한 제안이지만."

"햇살 아래에서, 떠들썩한 광경을 바라보며, 내키는 대로 걷는다…… 그것만으로도 몸과 마음이 씻겨나가는 기분이니까요."

"아스피의 어둠이 엿보이는 발언이구나……."

"누가 그렇게 만들었습니까."

오랫동안 함께 지냈던 파트너와도 같이 서로 이죽거리며 거리를 나아갔다.

눈에 들어온 음유시인이나 여행자가 벌인 곡예에 금화

를 던져주면서도, 헤르메스는 사과주며 빙과를 구입해 자연스럽게 건네주었다. 악처처럼 씨근덕거리던 아스피도 그 덕에 조금 얌전해졌다. 헤르메스도 오랜만에 사심 없이 웃고 있었다.

"응? 저건…… 벨 군이잖아?"

아스피의 주문대로 걸어가던 헤르메스는 어떤 광경을 목격했다.

당장 알아보지 못했을 정도로 복장도 인상도 달라진 백발 소년이 한 소녀를 데리고 있었다.

"뭐지, 뭐지? 기합 팍 들어간 옷차림으로 여자애를 데리고 있다니! 꼭 데이트 같잖아!"

"헤르메스 님, 큰 소리로 민폐 끼치지 마십시오."

갑자기 신이 나 들썩거리기 시작하는 주신에게 반쯤 체념을 담아 제지하면서도 아스피 또한 그 광경을 보았다.

"벨 크라넬의 옆에 있는 사람은 분명 『풍요의 여주인』의……."

거기까지 말하려던 아스피는 이변을 깨달았다.

신이 나서 말을 붙이러 가려던 헤르메스가 움직임을 멈춘 것이었다.

정확하게는, 벨의 곁에 있는 사람이 회색 머리 소녀임을 알고 얼굴을 실룩거렸다.

"헤스티아도 아니고, 아이즈도 아니고…… 하필이면, 시르?"

"하필이면, 이라니…… 그건 너무하지 않습니까?"

아스피는 헤르메스의 말에 눈살을 찌푸렸으나, 어울리지도 않게 경악한 주신을 보고 고개를 갸웃했다.

두 사람 모두 복장이 달랐다. 무엇보다 분위기가 달랐다. 저것은 『진짜』 밀회임을 알았기에 헤르메스는 동요했다. 아니── 전율했다.

"어허어허…… 이래도 괜찮나?"

아연실색해 중얼거린 헤르메스는 눈을 돌려 센트럴파크 쪽을 보았다.

여신이 있을 『풍요의 탑』 방향을.

"음, 음…… 후우."

아이즈는 먹고 있었다.

근심을 남긴 얼굴로, 한 손에 안은 종이봉투에서 감자돌이를 꺼내, 걸으면서 입에 가져간다.

엘레지아를 거치며 이것저것 생각한 것이 있었으며 약간 서글픈 심정도 들었던 아이즈도, 이대로는 안 되겠다고 감자돌이 순례를 하는 중이었다.

"감자돌이 호박맛…… 사도라고 생각했지만, 이건 이거대로 꽤…… 냠."

기분을 새로이 다지려는 제1급 모험자의 작전은 대체로 성공을 거두어, 그녀는 여신제에서만 특별히 판매되는 한정 감자돌이에 만족스러운 한숨을 내쉬었다.

그러던 때였다.

벨과 시르와 딱 마주쳤던 것은.

"…………흐에?"

아이즈의 입에서 얼빠진 목소리가 굴러떨어졌다.

누가 봐도 한껏 멋을 낸 벨과 귀여운 시르의 모습에, 감자돌이를 입에 문 아이즈는 한순간 반응하지 못했다.

"아, 아이즈 씨……!"

맞은편의 벨은 한껏 얼굴을 경련시키고 있었다.

새빨개졌다 창백해졌다 바쁜 소년의 곁에서, 소녀는 어떤가 하면, 안색도 바꾸지 않은 채 고요했다.

어? 벨?

평소하곤 달라? 멋 부렸어? 멋있어?

주점 점원하고? 둘이?

──손, 잡고 있어.

생각이 돌아가지 않는 머릿속에 수많은 단어가 떠올랐다가는 사라졌다.

눈앞의 광경은, 그렇다, 마치 연인과도 같았다.

자신도 영문을 모른 채 굳어버린 아이즈에게 벨이 황급히 변명을 하려 했지만── 그의 오른팔에 시르가 자신의 왼팔을 감았다.

"안녕하세요, 【검희】님. 우연이네요. 저희는 지금 데이트하는 중이에요!"

"?!"

소년의 몸에 몸을 기대며 활짝 웃는 시르에게, 아이즈는 두 눈을 크게 떴다.

"엑, 시르 씨이?!"

벨의 비명도 지금의 아이즈에게는 들리지 않았다.

"지금은 아이들 선물을 하러 갈까 하고 있어요! 그렇죠, 달링!"

아이?! 두 사람의?! 사랑의 결정?!

이미 연인을 넘어선 관계?!

"?! ?! ?!"

아이즈는 혼란에 빠졌다!

감자돌이를 입에 문 채 벼락을 맞은 것처럼 서 있으려니, 시르는 벨을 잡아끌고 갈 길을 가버렸다. "시르 씨이~?!" 하는 소년의 처량한 비명이 인파 속으로 사라져간다.

아연실색했던 아이즈는 형용할 수 없는 감정에 사로잡혔다.

뭐랄까, 부모님에게 비밀로 하고 지극정성으로 돌봐주던 토끼를 남에게 빼앗긴 듯한, 그런 서운함과도 같은 감정이——.

"거기 있는 건 발렌아무개 군 아니냐—?!"

"……!! 헤스티아, 님?"

한동안 그 자리에 굳어버렸던 아이즈의 등을 두드리는 시끄러운 목소리가 있었다.

돌아보니, 주점 제복을 입은 헤스티아가 돌격하고 있었다.

"너! 나의 벨을 보지 못했느냐?!"

"어…….."

"나의 자랑스러운 벨은 이제 제2급 모험자니까 말이다, 쪼끔 유명인이다! 그리고 귀엽지! 길 가는 사람들에게 모조리 물어보고 목격정보를 서너 대여섯 정도 입수해 발자취를 쫓는다는 전법이다!"

묻지도 않았는데 설명을 시작한 헤스티아는 밤을 새운 것 같은 하이텐션——정확하게는 주점의 격무에 의한 피로가 한 바퀴 돌아 찾아온 의문의 텐션——으로 엄지를 척 들었다.

그 말 그대로 이제까지 계속 탐문을 했는지 헥헥 어깨로 숨을 몰아쉬기까지 했다.

"그래서! 듣자하니러브러브커플행각을과시하고있다는 나의벨을보지못했느냐?!"

"……저, 저쪽으로. 주점 점원하고…… 팔짱, 끼고…….."

"무어라고오~~~~~~~~?! 손을 잡는 것만으로도 모자라 팔짱까지 끼었다고—?! 왜 떼어놓지 않았느냐, 발렌 아무개 군!!"

"아, 어…… 죄송합니다…….."

분노한 표정으로 외쳐대는 헤스티아에게, 아이즈는 보기 드물게 압도당했다.

"이렇게 된 이상 같이 벨을 쫓자꾸나! 적은 생각보다 강대하다. 지금은 서로 다툴 때가 아니니 공동전선을 펼 수밖에 없다!"

"어, 네."

자기도 모르게 끄덕이는 아이즈.

헤스티아는 기합을 넣듯 아이즈가 든 종이봉투에 쏙! 손을 넣어 활력의 원천을 집어먹었다.

아이즈가 "아" 하고 슬픈 목소리를 내는 가운데 영양 보급을 마친 어린 여신은 하늘로 주먹을 치켜들었다.

"가자, 발렌아무개 군—! 시르아무개 군에게서 벨을 되찾는 것이다—!"

다다다다—! 뛰어나가는 헤스티아. 흠칫 정신을 차리고 그녀를 쫓아가는 아이즈.

뭐가 뭔지 잘 모르겠지만 따라가자. 그게 나을 것 같다.

자신의 감정을 잘 이해하지 못한 채, 아이즈는 헤스티아와 생각지도 못한 콤비를 결성하고 벨과 시르를 추격했다.

"기, 기다려요, 시르 씨!"

나는 다시 한번 처량한 목소리로 외쳤다.

몸을 숨기듯 메인 스트리트에서 꺾여져 들어간, 수많은 골목 중 한 곳.

잡아끄는 대로 끌려가던 나의 항의에 시르 씨는 겨우 팔을 풀어주었다.

"왜 그러세요, 벨 씨?"

"왜 그러냐니, 왜 그러신 거예요?! 하필이면 아이즈 씨 앞에서⋯⋯!"

"그렇지만 사실이잖아요? 저랑 벨 씨는 지금 데이트 중인 걸요."

"그야 그렇지만요오!"

어쩐지 다분히 오해를 살 만한 언동도 있었던 것 같은 데⋯⋯!

항의하고 싶어 견딜 수 없는 내가 어물거리고 있으려니, 시르 씨가 슬픈 표정으로 눈썹을 늘어뜨렸다.

"아니면 역시, 저보다도 【검희】님과 함께 있고 싶으셨나요?"

여, 『역시』⋯⋯?

그 말의 의미를 창졸간에 이해하지 못해 완전히 갈팡질팡했다.

그 물음에 대답할 말이 없는── 아니, 대답할 수가 없는 나는 얼버무리듯 황급히 말을 늘어놓았다.

"아, 아무튼 아이즈 씨하고 만났을 때 어떻게 하면 좋을지는, 마스터에게 배우지 못해서⋯⋯."

그리고 거기까지 이어진 내 말에.

시르 씨가 흠칫 반응했다.

"마스터⋯⋯? 배워요⋯⋯?"

아⋯⋯.

아, 큰일 났다. 시르 씨에게는 마스터와 만났던 건 비밀로 하기로 약속했는데……!

잘못 놀린 입을 손으로 막은 나를 빤~히 응시하던 시르 씨는, 생긋 웃었다.

"저기요, 벨 씨? 오늘 입은 옷, 정말 직접 준비하신 거예요?"

"네, 네에?"

"제가 아는 사람 중에, 딱 그 옷의 취향하고 맞을 것 같은 분이 계시거든요."

두근.

"헤딘 씨, 라고 하는데요."

두근두근.

"혹시, 그분에게 데이트의 요령을 배우셨다거나——."

정곡을 정확하게 찌르는 언어의 창이 나를 꿰뚫었다.

부정하지도 변명하지도 못하는 내가 삐질삐질 땀을 흘리고 있으려니.

"하아……."

시르 씨는 한숨을 내쉬었다.

"그렇게 된 거였군요. 어쩐지 이상하다 했어요. 오늘 벨 씨는 어딘가 제가 아는 벨 씨가 아니다 싶어서요. 헤딘 씨의 짓이었네요."

"저, 저기, 그게 아니에요! 아니, 아닌 건 아니지만, 헤딘 씨는 시르 씨를 기쁘게 해드리려고……! 저도 그러기 위해 이것저것 배운 거고……!"

나는 두 팔을 내저으며 열심히 변명했다.

이젠 수습도 불가능해, 완전히 평소의 분위기대로 말하고 있었다. 눈을 흘겨 뜨고 빤히 노려보던 시르 씨는 화난 것처럼 홱 등을 돌려버렸다.

마스터에게 미안하다고 마음속으로 몇 번이나 사과하면서, 나는 거짓 없는 마음을 전하고자 혈안이 되었다.

"저도 같은 마음이라! 늘 도와주신 시르 씨에게, 뭔가 보답을 하고 싶어서! 그래서 그게 기뻐서, 시르 씨가 웃어주었으면 했던 거예요! 오늘 데이트하면서!"

과연 그 마음이 전해졌는지.

이쪽을 흘끔 돌아본 시르 씨는, 다음 순간 조용히 웃음을 머금었다.

부드러운 눈매로, 마치 사실은 화가 나지 않았다는 것처럼.

"그럼, 제 부탁 하나 들어주면 용서해드릴게요."

"부, 부탁……? 뭔가요?"

마스터에게 들켰다간 즉각 처형당해도 이상하지 않을 만한 상황에서, 나는 쭈뼛쭈뼛 시르 씨에게 물었다.

그녀는 몸을 돌리고 시선을 얽더니—— 나와의 거리를 0으로 만들었다.

"이익?!"

안겼다.

메인 스트리트에서 떨어졌다고는 하지만, 축제로 붐비는 인파 한복판에서.

전에 피나가 말했던 것처럼 시르 씨는 옷을 입으면 말라보이는 타입인지, 생각보다도 크고 부드러운 가슴이 몸에 밀착되어, 나는 귀 끝까지 새빨갛게 물들어버리고 말았다.

그런 반응을 즐기는 것처럼, 시르 씨는 발돋움을 해서는 입술을 가까이 가져왔다.

내가 흠칫 긴장하고 있으려니, 뺨에 닿을락말락 한 거리에서, 속삭였다.

"저를 잡아가 주세요."

"자, 잡아가요?"

시르 씨의 속삭임에 이끌린 것처럼, 자연스레 목소리를 낮추었다.

"전, 진정한 의미에서 **혼자 있을 수는 없어요.** 지금도【프레이야 파밀리아】분들이 저를 감시하고 있어요."

"그건…… 뭐, 어느 정도 알고 있었지만요……."

데이트가 시작되었을 때부터 느끼고 있었다.

지금도 이쪽을 살피는 시선의 수는 보통이 아니다. 내가 지각하고 있는 것만으로도 50은 되지 않을까.

감시자, 아니, 아마도 『호위병』이 시르 씨에게서 일정한 거리를 유지하며 지켜보고 있다.

그리고…… 이쪽을 살피는 것은【프레이야 파밀리아】만이 아닌 것 같았다. 중간부터 노골적으로 시선의 수가 늘어났으니…….

덧붙이자면 시르 씨에게 안긴 순간 나를 향한 살기가 부풀어 올랐다.

아니, 지금도 그렇다. 목덜미 언저리에서 식은땀이 멈추질 않았다.

정말 시르 씨의 정체는 뭘까…….

"그, 그렇지만, 만약 잡아간다 쳐도, 저 혼자선 따돌릴 수가 없는걸요! 절대로! 상대는 도시 최대 파벌이라고요?!"

"그러니까 『부탁』이죠. 기사님과 공주님의 이야기처럼 잡아가 주신다면, 그야말로 저는 하늘까지 오를 것처럼 기뻐져서, 벨 씨가 제게 거짓말을 했던 것도 용서해버리지 않을까~ 싶은데."

으윽.

목구멍 안쪽에서 신음소리가 새어 나왔다.

한 사람은 거래를 제시하는 마녀처럼, 한 사람은 진퇴양난에 빠진 기사처럼, 귓가에서 소곤소곤 이야기를 나눈다.

지금도 몸은 그녀에게 안긴 채. 주위에서 밀려드는 것은 호기심 어린 시선. 웅성거리는 소리는 처음 한순간뿐이었으며, 지금은 놀림과 함께 야유하는 목소리가 곳곳에서 들려왔다. 그리고 시간이 지날수록 커지는 살의가 무서워……!

"진정한 의미로 자유로워져서, 많은 것들을 마음껏 즐기고 싶어요. ……당장 지금은, 벨 씨와의 데이트를."

그때, 아주 약간.

아주 약간이지만, 목소리가 바뀐 것 같았다.

바로 곁에 있는 얼굴은 너무 가까워서 잘 보이지 않는다.

하지만 그 말만은, 시르 씨가 가슴 속에 숨겨놓은 『진실』인 것만 같았다.

절실한 바람이라고 할 만큼 거창한 것은 아니다.

하지만, 언젠가 이루었으면 좋겠다고 로맨스와도 같이 기대하는, 그런 한 소녀의 어리광 같다고.

나에게는 그런 생각이 들었다.

"안 될까요?"

투명한 애원이 귓가를 간질였다.

⋯⋯이것조차도 연기고 밀당이라고 한다면, 나는 시르 씨를—— 아니, 남자는 여자를 절대 이기지 못한다.

그런 체념의 경지와 숫제 '속아도 상관없다'는 자포자기한 심정으로 마음속에서 고개를 푹 꺾었다. 푹 꺾은 채, 약간 웃었을지도 모른다.

그녀의 어깨에 두 손을 얹고 가슴께에서 떼어내, 가만히 바라본다.

"⋯⋯알았어요."

시르 씨는 진심으로 기뻐하듯 웃었다.

✦

"목표는 골목길을 경유해 북서쪽 구역으로 이동 중. 길이 복잡해 위쪽에서는 눈으로 확인하기 힘들다. 진형을 바꾸겠다. 혹시 모르니 헤딘 님께 보고하라."

"예!"

한 조그만 사내의 지시에 【프레이야 파밀리아】의 단원들이 재빨리 움직였다.

원수를 바라보는 듯한 그들의 시선 너머에는 백발 소년과 회색 머리 소녀가 있었다.

시르의 호위 부대 중 하나를 맡은 사내의 이름은 반이라고 했다.

나이는 서른을 넘어, 모험자의 관록이 여실히 드러나기는 하지만 중성적이고 귀여운 얼굴과 작은 키 탓에 어딘가 미묘한 존재감을 풍기는, 어중간한 사내였다.

그는 신들에게서 『쇼타버스』라든가 『로리 저스티스』라 불리며 웃음거리 화젯거리가 되는, 파룸과 휴먼 사이에서 태어난 아이, 다시 말해 『하프 파룸』이었다.

신장은 150C. 파룸에게는 질시를 살 정도로 크고 다른 종족의 성인 남성에게는 우습게 보일 정도로 작은 체구. 공동체 내에서는 늘 고생을 해왔으며 희롱의 표적이 되는 경우도 많았다. 신의 시대 이전에는 하프의 『구별』이 현저했다고 들었지만, 그게 어쨌단 말인가. 지금도 살아가기 힘든 것은 마찬가지다.

그런 반의 비뚤어진 열등감과 짜증을 불식시켜준 것이 미의 신이었다. 【프레이야 파밀리아】의 존재였다. 그렇기에 자신을 인정해준 신과 공동체에 충성을 맹세했다.

그리고, 그렇기에, 파벌 최대의『폭탄』이라고도 할 수 있는『시르』를 꼬드긴 벨 크라넬에게 악감정을 품고 있었다.

'그분의 손에, 감히, 손가락을 얽다니……!'

【프레이야 파밀리아】의 하급 모험자, Lv.2 이하의 구성원에게 이번 호위 미션은 알려지지 않았다. 정확하게는 시르의 존재가 알려지지 않았다.

이를 아는 것은 제2급 모험자 중에서도 실력을 인정받은 자들뿐.

단장을 비롯한 파벌 간부, 그리고 프레이야는 정보의 유출을 꺼려했다.

그만큼 시르라는 존재는 【프레이야 파밀리아】의 큰『기밀』인 것이다.

'이 여자 저 여자 가리지 않고 꼬드기는 발정 난 토끼 놈……. 수상한 곳으로 끌고 가려 한다면 반드시 천벌을 내려주마. 헤딘 님의 지시를 기다릴 필요도 없지!'

【프레이야 파밀리아】 내에서 벨 크라넬을 싫어하지 않는 이는 거의 없다.

경이로운 성장 속도를 보이는 점은 인정하지 않을 수 없지만, 그래도 이성과 감정은 별개다.

그도 그럴 것이, 자신들은 오래전부터 총애를 바라고 노력해왔거늘, 갑자기 툭 튀어나와서는 맹렬한 속도로 추월해서는 여신의 관심을 독차지해버렸으니 말이다. 성인군자가 아닌 이상, 아니, 설령 성인군자라 해도 질투나 시기와 무관할 수는 없을 것이다.

파벌 단장의 가치관이 이상하다고도 할 수 있다.

그렇기에 몸속에서 살의가 부글부글 끓어오르는 것도 어쩔 수 없는 노릇이다.

그리고 벨 크라넬은 그런 살의의 고양을 감지하고, **복잡한 뒷골목으로 유인해** 반 일행의 대체적인 위치를 밝혀낼 만큼은『성장』했다.

"……? 혼자 가게로 들어가?"

지하로 통하는 계단을 내려간 벨은 어떤 가게로 들어간 듯했다.

정말로 수상한 가게라면『즉살』안건이지만, 시르는 가게 앞에 남은 채였다. 음흉한 짓을 의심할 수는 없고, 덧붙이자면 벨이 들어간 장소가 무슨 가게인지도 확인할 수 없었다. 시르의 앞에서 당당하게 간판을 볼 수도 없는 노릇이므로.

그나마 트집을 잡는다면 이런 으슥한 곳에 시르를 혼자 남겨놓느냐고 잔소리를 하는 정도겠지만, 그녀의 앞에 불량배가 나타나봤자 반 일행이 순식간에 제압해버릴 테니 문제는 없다.

그렇다기보다, 호위병이 그렇게 움직이도록 기다리는 느낌이 들었다.

그만큼 현재 벨의 행동은『수상했다』.

반은 경계 대상의 기미를 간파할 만큼은 유능했으며, 모험자로서 많은 경험을 쌓았다.

'우리의 존재를 눈치챘나……? 설마 우리를 따돌리려고?'

억측에 불과했지만, 벨을 시야에 확보해둘 필요는 있다.

이 호위 미션은 항상 최악을 상정해야만 한다. 반은 마음속으로 중얼거렸다.

'하지만 우리를 떠보려는 거라고 해도 시르 님이『감시』하듯 저 자리에 서 계시면……. 헤딘 님이나 아렌 님의 명령을 기다릴까? 회그니 님이나 알프릭 님 일행은 다른 방면을 경계하고 계시고…….'

반 일행이 흩어져 있는 어스름한 뒷골목의 모퉁이나, 건물 2층 3층의 창가 정도가 아니라.

헤딘 같은 간부들은 더 높은 곳에서 전체를 부감하고 있으리라.

제1급 모험자는 시력도 괴물이지만, 후미진 뒷골목 내에서도 엄폐물이 많은 이 장소라면 자세한 내용까지는 파악할 수 없을 것이다. 그렇기에 조금 전에 전령을 보냈던 것이다.

생각을 굴리고 있으려니, 마침 벨이 돌아왔다.

'딱히 달라진 점은 없군. 조금 전까지 없었던『짐』을 들고 있긴 하지만…….'

벨은 마치『데이트를 위해 맡겨놓았던 짐』을 가져온 것처럼, 가죽으로 가공된 트렁크를 여봐란듯이 들고 있었다.

한두 마디를 나누는 시르도 '지금부터 어떤 데이트의 서프라이즈가 기다리고 있을까!' 하는 것처럼 들떠 있었다.

수상하다. 너무나도 수상하다.

이상한 점은 하나도 없지만, 그렇기에 수상하다고 반은 경계심을 높일 대로 높였다.

이윽고 두 사람은 손을 잡고 이동을 개시했다.

방향은 『모험자 거리』라고도 불리는 북서쪽 메인 스트리트.

부하 중 한 사람에게 【래빗 풋】이 들어간 가게를 확인하라고 지시하고, 남은 인원은 두 사람을 추적했다.

벨 일행은 예상대로 『모험자 거리』로 나오더니 2층짜리 아이템 숍으로 들어갔다.

모험자들 사이에서는 유명한 『리테일』이라는 가게다.

상업계 【파밀리아】의 물건이라면 기본적으로 뭐든 판매하는, 소위 말하는 소매점. 포션 같은 모험자용 아이템 이외에도 폭넓게 취급한다. 액세서리나 잡화도 그렇고, 프리미엄이 붙은 【소마 파밀리아】의 술도 판 적이 있다고 들었다. 커플이 약간 비싸고 세련된 물건을 사러 가더라도, 뭐, 이상한 것은 없다.

반은 수신호로 여섯 부하에게 지시를 내렸다. 자신을 포함한 5명은 밖에서 가게를 포위하는 진형을 취하고, 나머지 둘은 손님을 가장해 가게 안을 살피게 했다.

그리고 일반인으로 변장한 부하가 침입한 후, 5분.

움직임은 없었다.

"……?"

이변이 있었던 것은 아니다.

하지만 머릿속에서는 『직감』이라 할 만한 것이 시큰거리고 있었다.

반이 의아하게 생각한 순간, 가게로 들어갔던 부하가 낯빛을 바꾸며 뛰쳐나왔다.

"시르 님도,【래빗 풋】도 없습니다!!"

"뭐야?!"

"가게 안을 샅샅이 뒤졌지만 보이지 않습니다! 어디에도 숨어있지 않아요……!"

남녀 부하의 보고를 들은 반은 충격에 사로잡혔다.

안에 시르와 벨 크라넬은 없다. 하지만 밖으로 나온 수상한 사람은 확인하지 못했다. 정면 현관이나 뒷문은 물론이고, 모든 창문에도 눈을 빛내고 있었다. 두 사람이 가발이라도 뒤집어쓰고 따로따로 나왔을 리도 없다. 변장의 가능성은 반이 가장 경계하며 감시하고 있었으므로.

휙 몸을 돌려 수인 부하가 있는 방향을 보았다.

건물 위에 있는 그는 냄새로도 추적할 수 없었던 듯 황급히 고개를 가로저었다.

설마? 어떻게! 가게에 비밀통로라도 있었단 말인가?!

반이 아연실색 서 있던 그때.

뒷골목에 남아있던 단원이 화살 같은 기세로 달려왔다.

"보고! 조금 전【래빗 풋】이 들어갔던 가게는 『마녀의 아지트』── 메이거스의 가게였습니다!!"

그 당황한 목소리에, 반은 눈알이 굴러나오지 않을까 싶을 정도로 눈을 크게 뜨고 외쳤다.

"매직 아이템이다!"

"저, 정말 괜찮나요, 이거?!"

멀리 뒤쪽에서, 축제와는 다른 대소동의 기척이 솟아나 내 등을 두드린다.

마치 아비규환 같은 고함에 낯을 새파랗게 물들이면서도 왼손은 트렁크, 오른손은 시르 씨의 손을 잡고 골목길을 달려 나가고 있으려니── 무시무시한 풍압이 내가 뒤집어쓴 『외투』를 몸에서 떼어냈다.

그 순간 **투명화**가 해제되었다.

"와! 이거 쓰고 있으니 정말로 투명해지네요!"

날아가려는 외투를 시르 씨가 간신히 캐치해주었다. 갑자기 허공에서 나타난 우리의 모습에 주위 사람들이 술렁거렸다.

매직 아이템 『리버스 베일』과 『소취약』.

내가 골목길에서 들어갔던 곳은 메이거스 레노아 씨── 펠즈 씨의 지인이 경영하는 가게로, 매직 아이템을 보관하는 비밀 창고이기도 하다. 어이없어하는 레노아 씨에게 고개를 숙여가며, 나는 매직 아이템 몇 개를 트렁크에 욱여넣고 가져왔던 것이다.

『펠즈 님이 네 부탁은 뭐든 들어주라고 하셨다만…… 설마 현자의 매직 아이템을 치정 도주극의 도구로 쓸 줄이야.』

그렇게 잔소리도 한마디 들었지만!

이것을 써서, 우리는 감시의 눈을 피해 아이템 숍에서 무사히 탈출했던 것이다.

가게의 물건을 보는 척하면서, 수인의 코를 피할 수 있는 펠즈 씨의『소취약』을 사용하고, 그 후에는 사람들이 보지 않는 틈을 타, 뒤집으면『투명 상태』가 되는『리버스 베일』을 뒤집어쓰면 그만.

투명해진 채, 활짝 열린 정면 현관을 통해 당당히 나와, 감시의 눈을 벗어났다.

다이달로스 공방전에서도 도움을 주었던『현자』의 매직 아이템에 다시 신세를 지고, 나와 시르 씨는 도주에 성공했던 것이다.

"꺄아, 멋져요! 저를 아무도 모르는 곳으로 데려가 줘요, 벨 씨!"

"장난칠 때가 아니거든요 진짜로?!"

마치 사랑의 도피라도 하는 것처럼 손을 잡고 달려 나가고 있으려니 시르 씨가 심장에 안 좋은 농담을 했다.

【프레이야 파밀리아】의 포위망에서 탈출했다고는 하지만, 나는 솔직히 말해 영 불안했다. 틀림없이 도망쳤다는 사실을 들켰을 것이다. 시르 씨를 납치했다고 생각한 그들이 대체 어떻게 나설지, 상상도 가지 않는다.

마스터가 날 토막 쳐서 바다에 던져버릴지도 몰라!

그래도——.

"얼른 가요, 벨 씨!"

어깨를 나란히 한 시르 씨의 기뻐하는 미소를 보고, 나는 웃음으로 대답할 수밖에 없었다.

🔥

"놓쳤다냐?!"

아냐가 외쳤다.

어느 틈엔가 모습을 감춘 벨과 시르에게 루노아와 클로에, 류와 함께 경악하며.

"놓쳤어?"

아이즈는 놀랐다.

어떻게든 벨과 시르의 발자취를 좇아, 눈에 보이는 거리까지 따라잡았을 때 벌어진 사태에 헤스티아와 함께 혼란에 빠지며.

"놓쳤다고?!"

아렌은 격앙했다.

아무래도【검희】가 개입하려는 듯한 불온한 기척이 느껴져 혀를 차며 그녀 쪽을 견제하고자 이동하려던 찰나, 보고를 하러 온 단원이 크게 겁먹게 만들며.

"나 원……."

그리고 헤딘은 장탄식을 흘렸다.

엘프의 눈만은, 뒷골목을 달려 나가는 소년과 소녀를 포착하고 있었으나, 일부러 보고도 못 본 척, 혼란에 빠진 채 지시를 요청하는 단원들에게 **애먼 방향으로** 그물을 펴도록 명령했다.

""""찾아내—————————!!""""

여신제의 소란은 이날 최고조에 달했다.

❦

시르 씨와 함께 도시 북서쪽을 달려 나간다.

대로는 피하고, 될 수 있는 대로 몸을 숨기기 쉬운 뒷골목이나 복잡한 길을 택해서.

아득히 먼 곳에서 들려오는 소란, 아니, 노성은【프레이야 파밀리아】의 격분을 말해주고 있었다.

호위 대상을 멋대로 끌고 나와, 그야말로 싸움을 거는 듯한 짓을 해버린 것이다. 들켰다간 분명 그냥 넘어가지 못할 거야!

"아하하!"

시르 씨는 그런 내 마음을 아는지 모르는지 계속 웃고만 있고!

혼자 있을 수 있다는 데에── 자유로워졌다는 데에 기뻐하며, 오늘 하루를 통틀어 가장 즐거워했다.

그렇게 이를 드러내며 활짝 웃는 모습은 처음 보았다. 이렇게 둘이 달려 나가는 것조차 유쾌해 견딜 수 없다는 듯, 손가락을 얽어 잡은 내 손을 꼭 쥔다.

다양한 가게가 늘어선 가늘고 긴 골목 속에서, 길을 가던 사람들은 놀라 걸음을 멈추거나 자리를 비켜주고는 뛰어가는 우리를 바라보았다.

드레스 차림의 시르 씨와 그녀의 손을 잡고 트렁크를 든 신사복 차림의 나는, 제삼자가 보기에는 좋은 집안의 아가씨와 집사처럼 여겨지지 않을까.

여행을 떠나기 위해, 출발 시간이 임박한 배를 잡으려고 뛰어가는 모습이라든가.

실제로는 굴강한 용병단에게 쫓기는 도망자의 기분이지만!

"진짜 옛날이야기 같아요! 벨 씨하고 있으면 매일 지루할 일이 없을 것 같아!"

"전 이런 매일은 사양하고 싶지만요오─!"

수로 위에 걸린 조그만 석조 다리 위.

그 한복판에서 겨우 발을 멈추고, 손을 놓은 채, 시르 씨와 함께 어깨를 씨근덕거렸다.

상급 모험자인 주제에 나는 숨이 턱까지 차 있었다. 싸움을 걸어버린 상대에 대한 위기감과 공포심이 심장 고동과 호흡을 빠르게 만들고 있었다.

턱 아래를 닦으며, 무릎 위에 손을 짚은 채 몸을 지탱해야 했다.

"막무가내로 부탁해서 미안해요. 하지만 몸이 둥실둥실 뜨는 것 같아요. 정말, 정말…… 너무 즐거워."

돌아보니, 시르 씨는 가슴에 한 손을 가져다 댄 채 뺨을 상기시키고 있었다.

말 그대로, 가슴이 벅찬 것처럼. 부푼 가슴이 몇 번이고 위아래로 오르내린다.

어조도 어딘가 편해져서, 평소의 시르 씨가 서 있는 것 같았다.

——좋은 집안의 아가씨라는 비유도, 꼭 틀린 것만은 아닌지도.

신선한 시르 씨의 모습을 보며, 나는 자연스럽게 웃고 있었다.

인기척 없는 다리 위에서 서로를 바라보는 우리를 푸른 하늘만이 내려다보고 있다.

"그건 그렇고, 정말 아렌 씨 같은 분들한테서 도망칠 줄은…… 벨 씨는 어느샌가 굉장한 모험자가 되셨네요."

흐트러진 머리를 손으로 빗으며, 자기 일처럼 웃는 시르 씨에게 쓴웃음을 지었다.

굉장한 건 펠즈 씨의 매직 아이템이고…… 어쩌면, 정말로 짐작일 뿐이지만, 아직까지 추적자에게 쫓기지 않고 있는 것은 마스터께서 손을 써주신 덕이 아닐까 하는 생각이 들었다.

한숨을 쉬면서, 불초 제자의 못난 짓을 수습해주듯.

'그렇기는 해도…… 인원은 그쪽이 많으니, 이대로는 위험해. 잠잠해질 때까지는 아니더라도 지금은 한 곳에 몸을 숨기고 숨어있는 편이…….'

미숙하나마 상급 모험자의 감이 그렇게 말하고 있었다.

아무리 오라리오가 넓다 해도, 여기저기 헤집으며 도망쳐다니다간 반드시 붙잡히고 말 거라고.

인해전술의 무서움은 【아폴론 파밀리아】 때에도, 【이슈타르 파밀리아】 때에도 진저리가 날 만큼 맛보았다.

게다가 시르 씨를 쉬게 해주고 싶고…….

"……? 어라, 여긴 혹시……."

주위를 둘러보던 나는 어떤 사실을 깨달았다.

도시 북서쪽, 제7구역――의 한복판 언저리.

다른 구역과 비교해도 오래된 석조 건물이 눈에 뜨이는 이 근방은 『사전답사』를 위해 찾아온 적이 있는 곳이었다.

데이트 플랜 속에서 들르려고 했던 『건물』이 이 근처에 있다.

"……시르 씨. 저, 같이 가고 싶었던 장소가 있는데요, 지금 안내해도 될까요?"

"네, 물론이죠. 어딘가요?"

즐거워하며 묻는 회색 눈동자에 웃음을 지으며 대답했다.

"대정당(大精堂)이에요."

그 건물은 중간쯤에 세워진 종루를 포함하면 높이가 100M에 이른다고 한다.

정면에 서면 곧바로 눈에 뜨이는 것은 거대한 장미창이다. 양옆에 세워진 두 곳의 종루와 맞물려 존재감을 풍긴다. 벽면 곳곳에 새겨진 것은 돋을새김 세공. 저런 곳에, 어떻게 저 정도로 치밀한 조각을 새겼을까 싶을 정도로 빼곡하다.

거대하고도 장엄하다.

보는 이에게 외경심마저 가져다주는 건물의 이름은 『성 플루란드 대정당』.

여행자들도 이따금 이름을 거론하는, 오라리오의 관광 명소 중 하나다.

"두 사람, 들어가도 될까요?"

"【래빗 풋】······ 아차, 죄송합니다. 들어가시지요."

정문의 방책 앞에서 접수를 보던 남성 길드 직원에게 발리스 금화를 지불했다.

직업상 상급 모험자의 존재에 자기도 모르게 반응해버

렸는지, 가볍게 놀란 그는 웃음을 지으며 길을 내주었다.

"완전히 유명인이네요."

"놀리지 마세요."

웃으면서 귀엣말을 하는 시르 씨에게 부끄러워하며, 나란히 늘어선 세 개의 문 중 정면으로 향했다.

머리 위에 새겨진 정령과 기사의 부조가 내려다보는 가운데, 문을 지나자, 우리를 맞이해준 것은 너무나도 넓은 홀이었다.

"우와…… 굉장해."

시르 씨의 감탄이 내 마음까지 대변해주었다.

중앙의 신랑(神廊)과 좌우의 측랑(側廊)을 포함하면 폭이 60M은 되지 않을까. 깊이는 아마도 그 두 배. 천장도 높은 홀은 개방적인 구조여서 머리 위를 올려다보지 않을 수 없었다.

천장에는 그림이 그려져 있으며, 주제는 역시 정령과 기사였다. 부조와 다른 점은 또 한 사람, 성녀가 있다는 것이며 그녀의 곁에서 기사는 정령의 주검을 안고 탄식한다.

천장화 외에도 측랑을 가로지르는 대공랑(大拱廊)이나 옆 벽 가득한 채광창, 많은 기둥과 창은 조각, 그리고 수많은 긴 의자가 정당 내부에 설치되어 있었다.

시야에 펼쳐진 광경은 그야말로 제례의 회랑이라 부르기에 손색이 없었다.

"평소에는 안쪽까지 들어갈 수 없지만, 여신제에 맞춰 특별히 개방 중이래요. ……죄송해요, 꼭 와보고 싶었거든요."

"후후, 괜찮아요. 저도 여기 마음에 들었어요."

소리를 내는 것도 저어될 정도로 엄숙한 분위기 속에 자연스럽게 목소리가 작아졌다.

코스를 따라 걸으며 머리를 긁는 내게 시르 씨가 흐뭇한 웃음을 지었다. 그리고 중후한 기둥에 에워싸인 측랑의 스테인드글라스, 그곳에서 스며드는 부드러운 빛에 눈을 가늘게 떠다.

길드 직원, 제례용 의상을 입은 자원봉사 모험자, 그리고 노움 등이 경비를 서고 있지만 정당 내부에는 생각했던 것보다 사람이 적었다. 축제를 즐기거나, 혹은 다른 명소를 둘러보고 있어서일까. 드문드문 있는 다른 손님들은 몇 번이나 발을 멈추면서 무언가에 흥미를 가지며 관찰했다. 그런 나도 마찬가지지만.

왼쪽 측랑에서 시계 방향으로 걷던 우리는 이윽고 정당 가장 안쪽에 도달했다.

기사와 성녀가 그려진, 푸른색과 보라색의 장대한 스테인드글라스 아래.

그곳에 놓인 것은 치밀한 푸른색 금속 장식이 갑옷처럼 가미된 크리스탈 관.

『성유물』이 안치된 제단── 예배당이다.

"이건……."

"『정령』의 유해가 담겨 있다고 해요. 변함없이 아름다운 채로 정령 여자아이가 잠들어 있다고도 하고, 무수한 수정이 되어 부서졌다고도 하고, 또는 『무기화』한 『정령의 검』이 되었다고도 해요."

"그건 『정령』의 『기적』인가요……?"

"관은 단단히 봉인되어 있어서 열리지 않지만…… 수천 년 이상 전부터 물의 정령 운디네를 지키고 있었던 건 확실하다고 해요."

스테인드글라스 너머의 빛을 받으며, 푸른 관을 가만히 바라보았다.

시르 씨에게 설명하며, 이유는 모르겠지만 괜히 조금 눈물이 날 것 같았다.

염원하던 정당 내에 들어와서, 혹은 이 엄숙한 공기 때문일지도 모른다.

하지만 가장 큰 이유는, 이 건물에 얽힌 『이야기』를 알기 때문일 것이다.

"여기가 벨 씨가 오고 싶었던 곳이죠?"

"네. 제가 시르 씨를 데리고 온다면…… 제가 좋아하는 걸 가르쳐드린다면, 여기가 아닐까 해서."

『성 플루란드 대정당』은 어떤 영웅담에 따른 역사적 건축물 중 하나다.

이곳 오라리오에서 실제로 있었던 이야기이며, 역사적 사실을 증명하는 『고대』로부터 내려져 온 유산.

이런 건물은 사실 오라리오 내에 몇 군데나 있으며, 적극적으로 보전되고 있다. 『바벨』 같은 것이 가장 좋은 예다.

그중에서도 지금 있는 도시 북서쪽 구역에는 신의 시대 이전에 세워진 사원이나 교회가 다수 존재한다. 무엇을 감추리오, 옛날에 【헤스티아 파밀리아】의 홈이었던 『교회의 비밀방』도 이 근처다. 그 교회도 『고대』에 세워진 건물의 흔적이 아닐까, 나는 생각하고 있다.

동시에 이렇게 커다란 『성 플루란드 대정당』도 오라리오 내에서는 존재감이 희박해지니 놀랄 지경이다. 거탑 바벨을 비롯해 더 높고 큰 건물이 그 밖에도 있으니, 미궁도시가 얼마나 거대하고 복잡한지 통감할 수 있다.

"『물과 빛의 플루란드』라는 영웅담이 있어요. 『던전 오라토리아』에도 나오는 유명한 이야기인데……."

"아, 그 이야기 저도 알아요. 마리아 씨네 아이들이 졸라서 읽어준 적이 있어요."

사실 이 대정당에는 전에도 몇 번인가 온 적이 있다. 영웅들의 기념비가 있는 『모험자 묘지』와 함께, 영웅담을 좋아하는 사람으로서는 빼놓을 수 없는 명소이기 때문이다.

그리고 오늘, 특별히 개방된 이 제단을 꼭 보고 싶었다.

"기사님과 정령이 힘을 합쳐, 지하에서 기어 나온 마물과 싸우고, 마지막에는 맺어졌다는 이야기죠?"

"동화 같은 데에서는 그렇게 묘사되지만, 실제로는 달랐다고 해요."

"네?"

시르 씨가 나를 돌아보았을 때, 다른 사람들이 다가왔다.

제단 앞의 자리를 양보해주면서 대열의 제일 앞쪽, 중앙의 긴 의자에 둘이 나란히 앉았다.

"기사 플루란드는 처음 만났을 때는 정령에게 사랑을 맹세했는데, 오래전부터 그를 흠모하고 지탱해주던 성녀와의 사이에서 마음이 흔들려서…… 마지막에는 성녀를 택했거든요."

"……그랬어요?"

"네. 정령은 슬픔에 잠겨서, 이 지역을 호수로 바꿀 정도로 눈물을 흘리고…… 사랑에 미쳐서 플루란드를 죽이려 했어요."

눈물 이야기는 역시 과장이겠지만, 오라리오에서 남서쪽에 위치한 기수호 롤로그 호수와, 지금도 도시 중앙을 가로지르는 수로의 원형은 그 정령에 유래된 것이라고도 한다.

이것은 같은 영웅담을 읽은 적이 있던 하루히메 씨와 함께 조사해 알게 된 일이다.

"마지막에는, 어떻게 되나요?"

"제가 읽었던 영웅담에서는…… 기사를 죽이려 했던 정령은, 마지막에는 사랑하는 이를 지켰다고, 그렇게 나와 있었어요."

"지켜요?"

"습격하는 마물의 이빨로부터, 몸을 바쳐 플루란드의 목숨을 구한 거예요."

"……."

"플루란드는 정령의 주검을 끌어안고, 누구보다도 탄식하면서 이 대정당을 세웠다고 해요. 그 책에 따르면."

그 장면이 머리 위에 그려진 기사와 정령, 성녀의 벽화에 해당한다.

『물과 빛의 플루란드』는 비극적인 이야기다.

『고대의 던전』 개척과 오라리오의 전신인 『요새』의 수비에 공헌한 기사는 화려한 영광의 이면에서 평생 죄책감에 시달렸다고 기록되어 있다. 사랑하는 정령을 기리는 이 제례의 회랑은 플루란드의 죄를 나타내는 증거이기도 한 셈이다.

동시에 이 이야기는, 『사랑』이란 인간도, 정령마저도 변하게 만든다는 사실을 행간으로 말하고 있다.

만약 플루란드가 성녀를 택하지 않았더라면, 만약 정령과 맺어졌다면, 아무도 죽지 않고 끝났을지도 모른다. 어쩌면 성녀가 파멸을 불러일으켰을지도.

답은 알 수 없다.

하지만 지금도 이렇게 보호받고 있는 정령의 관이, 이 대정당을 세운 플루란드의 전부인 것만 같았다.

"제가 좋아하는 영웅 중에도, 실패를 하고, 소중한 이를 지키지 못한 사람이 있고…… 그래도 『그러니 너희는 그렇게 되지 말아라』 하고, 그렇게 말해주는 것 같아요. 마지막까지 포기하지 말라고. 그래서, 어, 결국 스스로도 무슨 말을 하려는 건진 모르겠지만…… 그러니까, 으음……."

"……후후, 괜찮아요. 벨 씨가 여기에 데려와 준 이유를 알았으니까요."

신나게 이야기를 꺼냈던 주제에 마무리를 하지 못하는 나에게 시르 씨가 미소를 지었다.

"이 대정당도, 다른 영웅 님의 이야기도, 벨 씨의 뿌리 군요."

시르 씨는 제단을 바라보며 절절히 말했다.

"어…… 네. 그렇다면, 좋겠어요."

마지막까지 폼은 나지 않았지만, 시르 씨도 기뻐해 준 것 같아 다행이다.

그녀도 이곳을 좋아해 주면 좋겠다는 바람이 마음속에 있었는지도 모른다.

분명, 내가 다른 사람보다 더 잘 안내할 수 있었다면, 그것은 단순히 영웅에서 유래된 지역이기 때문일 테니까.

"아, 하지만 조금 이상한 점이 있어요."

"뭔가요?"

"왜 이 대정당에는 기사님의 이름이 붙어 있나요? 보통은 받드는 상대의 이름이 붙잖아요?"

"아, 그렇죠."

고개를 갸웃거리는 시르 씨에게 고개를 끄덕이며 대답해주었다.

"플루란드와 함께 있던 정령은, 마지막까지 자기 이름을 밝히지 않았다고 해요."

"네?"

"영웅담에도 물의 정령, '운디네'라고밖에 적혀 있지 않아서……. 그래서 이 대정당을 세운 기사 플루란드 본인의 이름이 인용된 거예요."

혹은 다른 이름이 있었는지도 모르지만, 후세 사람들은 정당을 세운 배경 때문에 플루란드의 이름을 쓰는 것이 맞다고 생각하지 않았을까.

"이름을, 밝히지 않았다……."

그때.

시르 씨가 움직임을 멈추었다.

나의 설명을 듣고, 마치 생각에 잠긴 것처럼.

회색 눈동자는 먼 곳으로 시선을 보내고, 이곳이 아닌 어딘가를 바라보았다.

"왜…… 정령은 이름을 밝히지 않았을까요?"

"네?"

"진명을…… 비밀을 밝혔다면, 모든 것이 부서질 거라고. 그렇게 생각했던 걸까요."

시르 씨는 앞을 바라본 채 말을 이었다.

제단만을 바라보는 눈빛은 관 안에 잠든 정령에게 묻는 것처럼 보이기도 했다.

스테인드글라스에서 스며드는 눈부시고도 애절한 빛이

그녀의 얼굴을 비추었다.

　나는 숨을 멈추고 있었다.

　독백과도 같은 의문에 답할 말이 없었다.

　그 옆얼굴에 빨려 들어가, 말을 걸 수가 없었다.

　"벨 씨."

　"어, 왜, 왜요?"

　"만약, 제가 이상해진다면, 벨 씨는 어떻게 하시겠어요?"

　"……네?"

　"그러니까요, 관 안에서 잠든 정령님처럼, 무언가를 슬퍼하고, 무언가에 화를 내고, 누군가를 상처 입히려 한다면…… 당신은, 어떻게 하겠어요?"

　의미를 알 수 없는 가정의 이야기.

　시르 씨가 그렇게 된다니, 도저히 상상이 가지 않아서, 한순간 말문이 막혔지만.

　나는 생각하기도 전에 입을 움직이고 있었다.

　"……말릴 거예요. 시르 씨가, 누군가를 해치지 않도록."

　여전히 앞을 향한 채 이쪽을 돌아보지 않는 옆얼굴에, 본심을 말했다.

　"누군가를 상처 입혀서, 시르 씨가 상처 입는 일이 없도록."

　기사가 세운 대정당에 조용한 선언이 울려 퍼졌다.

　거짓은 없다. 기만도 없다. 정령을 모신 이 장소에서 어떻게 거짓말을 할 수 있겠는가.

　나의 그 대답을 듣고, 시르 씨는 입을 벌렸다.

"그게 다인가요?"

"네?"

"야단쳐주지는 않을 건가요?"

"네, 에?"

"저를 꼭 안으면서『못된 새끼고양이구나. 더 이상 나쁜 짓을 못 하도록 영원히 지켜봐 줄 테니 각오하렴, 후후』하고 귓가에서 속삭이고 집에 데려가진 않을 건가요?"

"안 할 거거든요?!"

그거 무슨 바람둥이 같잖아요?!

엄숙한 대정당에 어울리지 않는 고함을 지르고 말았다.

그런 나에게 순식간에 비난의 시선이 쇄도했다. 길드 직원에게서, 모험자에게서, 노움에게서. 나는 벌떡 일어나 꾸벅꾸벅 고개를 숙였다.

창피해하며 앉자, 시르 씨가 쿡쿡 웃고 있었다.

지, 진지하게 대답했더니…….

"벨 씨는 정말 착하네요."

그렇게 말하고.

짓궂은 장난에 토라진 내 어깨에 콩, 하고.

시르 씨는 고개를 기울이며, 몸을 기대듯 머리를 얹었다.

어깨와 어깨가 밀착했다.

무릎 위에 얹은 손에 그녀의 손이 겹쳐졌다.

내 머리는 한순간 새하얗게 물들었다.

"──아아, 좋아라."

그리고.

그렇게 속삭인 목소리에. 잘못 알아들을 수도 없는 그 말에.

체온이 확 올라가는 것 같았다.

가슴 한복판 언저리가 뜨거워졌다. 목소리가 나오지 않았다. 호흡이란 거, 어떻게 하더라.

이번에는 내가 앞을 바라볼 차례였다.

바로 곁에 있는 온기에 눈을 돌릴 수가 없었다.

회색 머리카락이 사르르 흘러내려 목덜미를 간질인다.

다만, 그녀가 눈을 감고 살짝 미소를 짓고 있었다. 그것만은 기적으로 알 수 있었다.

조용한 그녀의 심장 고동을 나의 빠른 심장 고동이 덮어 버리는 그런 착각. 피부와 피부가 맞닿았다면 상대의 심장 소리가 들려온다는 말은 미신이라고, 그렇게 웃어 넘겨버리면 좋을 텐데.

대정당에 스며드는 빛이 공연히 눈 부셨다. 그래도 전혀 신경이 쓰이지 않고, 그저 그녀와 함께 느끼는 햇살이 따뜻했다. 그렇게 생각했다.

우리의 시야를, 시간을 들여 많은 사람이 가로질러 간다.

제단을 바라보며, 혹은 이쪽을 바라보며.

그런 모든 광경이 다른 세계에서 일어나는 일처럼 보였다.

조용하고, 싸늘하고, 따뜻한 대정당에, 두 사람밖에 없었다.

상대 말고는 느낄 수가 없는, 그런 조용한 시간의 감각.

말을 할 필요조차 없는 투명한 시간은—— 머리 위에서 울려 퍼지는 장엄한 종소리에 갑자기 끝을 맞았다.

"……! 종루……?"

언제까지 그러고 있었을까.

정신이 들고 보니 스테인드글라스에서 스며드는 햇살은 불그레한 색을 띠고 있었다.

대정당의 종루는 일몰이 찾아왔음을 알리고 있었다. 해는 이미 서쪽으로 기울어진 걸까.

꿈에서 눈을 뜬 것처럼 시르 씨가 어깨에서 고개를 들고, 나는 새삼스레 치미는 부끄러움을 얼버무리듯 힘차게 일어났다.

"시, 시르 씨! 제가 저녁 예약도 해놨거든요! 【프레이야 파밀리아】 분들은 조심해야겠지만, 어, 얼른 가는 게 좋지 않을까 하는데……!"

마스터의 가르침을 다 잊어버린 채 말을 주워섬겼다. 여유 같은 것은 없었다.

하지만 안 된다. 아까의 감각은, 안 된다. 평정심을 가장할 수가 없다.

의식하지 않기 위해서라도, 무마할 틈을 아껴서 나 자신의 동요를 필사적으로 밀어냈다.

나는 잠시 망설인 후, 손을 내밀었다.

시르 씨는 투명한 눈으로 빤히 나를 올려다보았다.

빛을 받아 뺨이 붉어지는 것을 느끼며 기다리고 있으려니, 그녀는 생긋 웃었다.

"네."

그녀의 부드러운 손이 다시 한번 내 손과 겹쳐졌다.

출입구를 나오자, 역시 해는 상당히 기울어져 있었다.

대정당 안에서는 조금도 신경 쓰이지 않았던 축제의 소란이 다시 우리를 에워쌌다.

여신제는 아직 끝나지 않았다는 양, 사람들의 목소리와 악기 음색이 시끌벅적하다.

서쪽으로 기운 햇살이 비추며 거리는 황금색으로 빛나, 밀 이삭이 바람에 흔들리는 그런 풍요의 광경을 연상케 했다.

"거기 형씨! 언니! 구경 좀 하고 가!"

"응······?"

출입구에서 조금 나왔을 때.

대정당 앞의 탁 트인 광장 끄트머리에서 수인 남성이 말을 걸었다.

외투 위에 수많은 소품을 늘어놓은 노점상이었다.

"대정당 보고 왔지? 그럼 기념품 하나 어때? 다정한 두 사람에게 어울리는 세트 액세서리도 있어!"

"——세트?"

시르 씨가 반응했다!

"우리 보고 가요, 벨 씨!"

저지할 틈도 없이 팔을 붙잡고 연행한다.

눈앞까지 다가가자, 수많은 은제 액세서리를 착용한 웨어울프 청년이 신나게 떠들어대기 시작했다.

"나는 세공사 고든! 은세공 실력이라면 누구에게도 꿀리지 않는다고 자부하는 이 몸께서 아가씨에게 딱 어울리는 물건을 마련해드리지!"

"호오호오."

"추천작은 이거! 이 은세공품은 두 개를 이렇게 붙이면, 봐, 하나가 된다고!"

"흐음흐음."

"여자들은 이대로 머리에 장식해도 되고, 남자들은 가슴에 착용해도 되고! 싸게 해줄게!"

노점상이 소개해준 것은 푸른 장식이 가미된 은세공품으로, 오카리나나 곡옥 비슷한 형태를 하고 있었다. 이것을 두 개 연결하면 마치 보름달 같은 펜던트가 되는 구조였다.

커플용으로 정말 좋을 것 같다.

"이건 일종의 액막이이기도 해!"

"액막이?"

"그래. 기사와 정령처럼 슬픈 사랑이 되지 않도록! 내가 마음을 담아 만들었거든!"

세공사 본인이 마음을 담아봤자 액막이가 되진 않을 것 같은데…….

나는 식은땀을 흘리며 그렇게 생각했지만, 시르 씨는 쪼그리고 앉은 채 흥미진진한 기색이었다. 눈이 반짝반짝 빛나네…….

"형씨하고 언니는 잘 어울리는 커플 같으니까, 원래는 두 개 합쳐서 2천 발리스인데, 천 발리스에 해줄게!"

아, 아무 말도 안 했는데 반값이 됐어…….

내가 나도 모르게 입을 딱 벌리고 있으려니,

"지긋~."

옆에 있는 시르 씨가 이쪽을 지긋이 바라보았다.

무언가를 기대하는 노골적인 시선에 나의 입가가 경련했다.

솔직히 말하자면 별로 사고 싶지 않았다. 아니, 돈이 없다거나 귀찮아서가 아니라…… 아까 있었던 일이 떠올라 묘한 기분이 들었던 것이다.

……하지만 마스터도 그러셨지.

마음만 따르면 물건에 집착할 필요는 없지만, 역시 형태로 남는 것은 사람을 행복하게 해주는 법이라고.

나는 한숨을 꾹 참고 체념했다.

"그럼 이 액세서리, 주세요."

"감사합니다~!"

돈을 지불했다.

그리고 시르 씨에게 건네주었다.

"여기요."

"와아⋯⋯!"

액세서리를 두 손 위에 얹은 시르 씨는 엄청나게 기뻐
했다.

설마 정말로 사줄 거라고는 생각하지 않았는지, 장난감
을 받은 어린아이 같은 모습이었다.

하나가 된 것을 부드럽게 쪼개서, 앞면과 뒷면을 몇 번
이고 뒤집어보며 확인한다.

"제가 정령 쪽을 가져도 될까요! 벨 씨는 기사 쪽!"

"하하⋯⋯ 그래요."

기사와 운디네를 본떠 만든 액세서리를 나누어 가졌다.

한 쌍의 은세공품 중 반쪽을 가슴에 꼭 끌어안았던 그녀
는 이를 회색 머리에 달았다.

"어울리나요, 벨 씨?"

"네⋯⋯ 아주 잘."

거짓말이 아니었다.

그 증거로 나도, 노점상 청년도 은제 머리 장식을 단 가
련한 모습에 눈길을 빼앗겼다.

저녁 햇살을 반사하는 푸른 광채가 눈부시다. 기뻐하며
수줍어하는 그녀의 미소도.

머리 장식을 가만히 매만지며, 시르 씨는 얼굴에 웃음을
꽃피웠다.

"소중히 간직할게요, 벨 씨!"

서쪽 하늘에 저녁놀의 빛이 남은 가운데, 동쪽에서는 천천히 어둠이 다가서고 있었다.

찾아오는 밤에게 등을 떠밀린 것처럼 도시는 띄엄띄엄 빛을 밝히기 시작했다. 가로등 외에도, 속을 파낸 호박을 씌운 마석등이 나무통이나 나무상자 위에 몇 개씩 놓여 있다.

우리는 다시 오라리오 남서쪽 구역으로 돌아왔다.

될 수 있는 한 뒷골목을 경유해 사람들의 시선을 차단하고, 피할 수 없는 길은 과감하게 지나갔다. 괜히 쭈뼛거리면 【프레이야 파밀리아】의 감시망에 걸려들 것이다. 지금쯤 그들은 도시 전역에서 눈에 불을 밝히고 있을 테니까. 여기까지 오면 이제는 운에 달렸다.

게다가 마스터에게는 예약해둔 가게를 미리 알려드렸으니, 유도하거나 지원해주실지도 모른다…… 그래 주시면 좋겠는데.

세심한 주의를 기울이면서 인파 속에 섞인 가운데, 시르 씨는 내가 아무 말도 하지 않아도 평소처럼 행동했다.

아까 구입한 머리 장식을 보여주면서 "어울려요?" "어때요?" 하고 몇 번이나 똑같은 질문을 했다. 쓴웃음을 지으면서 잘 어울려요, 예뻐요 하고 대답해주면,

"에헤헤……."

하고 뺨을 물들이며 수줍어한다.

귀, 귀여워………… 아니 그게 아니고.

평소와의 차이 때문인지, 무방비하게 들뜬 시르 씨의 모습은 묘한 기분을 불러일으켰다.

마스터께 배운 리드의 여유 같은 것은 이미 하나도 남아있지 않았다.

다리에 달라붙는 강아지처럼, 틈만 나면 팔짱을 끼고 몸을 기울이는 시르 씨와 당황하면서 공방을 벌이기를 몇 차례, 겨우 가게 앞에 도착할 수 있었다.

"이건……『배』네요?"

시르 씨가 눈을 동그랗게 떴다.

그 말 그대로, 눈앞에 있는 것은 물가에 묶여있는 거대한 선체였다.

"벨 씨, 여긴 뭔가요?"

"네. 『스푼 아쿠아』라는 가게예요."

내가 예약해둔 곳은『선상 레스토랑』.

순백의 선체는 지금도 놀라고 있는 시르 씨가 고개를 한참 들고 올려다봐야 할 정도로 컸다.

호화 여객선이라고까지는 할 수 없어도, 전체 길이는 50M쯤 될 것이다. 우리의 홈『화덕관』이 쏙 들어갈 것 같다. 세련되고 현란한 현수막을 건 배는 넓은 수로에 유유히 떠 있었다.

정박 중인 배에 걸린 다리 앞에는 반듯한 자세의 점원과

『어서 오세요!』라고 환영의 코이네 공통어가 적힌 예쁜 간판이 있었다.

"보트 레스토랑, 이라고 하던가요? 오라리오에 몇 군데 있다는 건 알았지만……."

"맞아요. 보통은 물가에 고정되어 있다는데, 이 시기에는 오라리오의 수로를 따라 한 바퀴 돈대요."

"그럼…… 크루징이네요?"

나는 웃으며 고개를 끄덕였다.

시르 씨에게 말한 대로, 『스푼 아쿠아』는 평소에는 물가에 고정되어 선상에서 식사를 즐기는 장소다. 원래는 중고로 사들인 선체를 도시 내로 옮겨와 재조립해 세련된 레스토랑으로 꾸민 것이라고 한다.

『교역소』가 존재하는 현재의 위치인 도시 남서쪽에서 『번화가』가 있는 남쪽까지는 다양한 가게며 시설이 빼곡하게 들어서 남는 땅이 없었으므로『육지가 안 된다면 물 위에서 가게를 열자!』고 생각한 것이리라. 아무리 그래도 바다로 여행을 떠날 수는 없겠지만 도시 내의 수로를 따라 도는 정도는 충분한 모양이었다.

'어디서 먹을지 엄청 고민했지만…….'

데이트 플랜을 구상할 때, 이 부분이 가장 큰 고비이자 모험이었던 것 같다.

마스터의 채찍질을 받으면서 스스로 열심히 조사해 이곳『스푼 아쿠아』에 도달했다. 밥은 맛있다고 하고, 마스터와 함께 벌었던 군자금 덕에 2인분이라면 어떻게든 해결할 수 있다.

무엇보다 늘 『풍요의 여주인』에서 일하는 시르 씨라면 평범한 가게로는 성이 차지 않을 것이다. 미아 씨의 음식은 일품이니까. 그렇다면 분위기를 즐긴다는 의미에서도 배 위의 식사는 신선하지 않을까 생각했던 것이다.

안 돌아가는 머리를 필사적으로 굴린, 나의 기습적인 가게 선정에…… 시르 씨는 활짝 웃음을 지었다.

"기뻐요. 벨 씨가 저를 위해 많이 생각해서 골라주신 거잖아요? 던전밖에 모르던 벨 씨가! 많이 고민하셨던 거 아닌가요?"

가, 간파당했네…….

어딘가 뼈가 느껴지는 말에 나는 뻣뻣한 웃음을 지을 수밖에 없었다.

하지만, 뭐, 기뻐하는 것 같으니…… 선택한 입장에서는 보람이 느껴진다.

완전히 기분이 좋아진 시르 씨는 더 기다리기 힘들다는 양 내 손을 잡았다. 수면에서 6M쯤 되는 높은 위치로 이어진 목조 다리를 둘이 함께 건넌다.

배에 들어가 가게 사람에게 이름을 말하자 갑판 자리로 안내해주었다.

세련된 흰색 테이블과 의자, 그리고 꽃병. 주위에는 비슷한 자리가 몇 개.

모험자들이 찾는 주점 요리 정도밖에 먹어본 적이 없는 나로서는 굉장히 분위기에 맞지 않는 느낌이 들었다. 너무 힘준 거 아닌가 조금 후회하면서, 이것저것 주입해준 마스터의 가르침을 마음속에서 떠올리고자 애를 썼다.

　　이윽고 저녁놀의 잔재가 사라지고, 하늘은 완전히 푸른 어둠에 싸였다.

　　동시에 선내에서 안내방송이 시작되었다.

　　『곧 스푼 아쿠아가 출항합니다. 짧은 시간이지만 배 위의 시간을 즐겨주시기를 바랍니다.』

　　마석제품 전성관으로 전해진 짧은 인사와 함께, 배는 천천히 움직이기 시작했다.

　　수면을 가르며 선체가 부두에서 떠나자 나는 내심 안도했다.

　　육지를 떠나버리면 아무리 【프레이야 파밀리아】라 해도 공격할 수는 없을 것이다. 선체가 큰 만큼 스푼 아쿠아는 다리 밑을 지나가지 못한다. 운하처럼 넓은 수로의 한복판을 나아갈 뿐. 육지에서 뛰어오르기란 불가능하다.

　　……불가능, 하겠지. 【프레이야 파밀리아】라 해도…….

　　아, 아무튼, 크루즈가 시작됐으니 이 식사 시간만은 안전히 보낼 수 있을 거야.

　　'……하지만, 뭘까. 이미 많은 시선이…….'

　　웨이터가 우아하게 술과 요리를 나르는 가운데, 목 언저리가 근질거렸다.

살의 같은 건 아니므로 ──일부 적의가 있는 것도 같았지만── 【프레이야 파밀리아】는 아닐 것 같은데…….

"벨 씨, 왜 그러세요?"

"네? 어, 아무 것도 아니에요! 아, 아하하하……."

건배용 잔을 든 시르 씨에게 어색하게 웃었다.

술을 따라주면서, 그냥 착각일 거라고 스스로를 타이를 수밖에 없었다.

⊡

"벨이 어느 새 이런 세련된 가게를 알 나이가……!"

"배 위에서 밥이라니, 처음……."

헤스티아와 아이즈는 식사를 하고 있었다.

다른 곳도 아닌, 벨 일행과 같은 『스푼 아쿠아』 위에서.

"네가 아무리 도망치더라도 명탐정 헤스티아는 다 알고 있다!"

"헤스티아 님, 대단했어요……."

음식을 획획 집어 먹는 헤스티아의 맞은편 자리에서, 생선 뫼니에르를 나이프로 썰던 아이즈는 고개를 끄덕였다. 식사를 하면서 두 사람은 시야 저 멀리 있는 벨을 흘끔흘끔 바라보고 있었다.

벨이 매직 아이템을 사용해 감시의 눈을 뿌리친 후.

【프레이야 파밀리아】와 마찬가지로 벨과 시르를 놓쳤던

헤스티아와 아이즈는 공동전선을 펼쳐 소년과 소녀의 발자취를 좇았다.

"벨이라면 당연히 어디로 데이트를 하러 갈지 전단지를 남겨놨을 줄 알았지!"

광대한 오라리오를 무턱대고 찾아다니는 것은 악수 중의 악수. 따라서 소년의 행동과 생각 패턴을 잘 아는 주신의 행동은 신속했다.

아이즈와 함께『화덕관』으로 달려가 무단으로 소년의 방을 뒤진 결과, 예상대로『스푼 아쿠아』의 자료를 발견했던 것이다. 알기 쉽게 빨간 동그라미까지 쳐놓고.

헤스티아는 "이거다————————!!" 하고 외치면서 배로 돌격해, 드레스 코드 때문에 한 번은 후퇴하고, 지쳐서 후들후들하면서도 어떻게든 한발 먼저 배에 올라탈 수 있었던 것이다.

"발렌아무개 군이 있어서 다행이었다. 나 혼자였다면 이 배에 올라타지 못했을 게다."

"저는 헤스티아 님을 따라오기만 했지, 딱히 한 일은……. 아, 여기 돈은, 제가 낼게요……."

"어! 그래도 되겠느냐?!"

헤스티아의 의상은 바다색, 아이즈는 얇은 녹색을 띤 드레스였다.

언젠가 있었던『아폴론의 연회』때 입은 것과 같았다.

크루즈 디너는 워낙 인기가 있어, 예약을 하지 않았던

헤스티아는 원래 문전박대를 당했으나 아이즈 덕에 자리를 얻을 수 있었다. 이것은 크루즈에만 한한 이야기가 아니지만, 제1급 모험자가 왔다는 사실은 얻기 힘든 홍보 효과가 있기 때문이다.

해가 저물기 전에 잠입해 벨과 시르를 기다리고, 현재.

마침내 타깃을 발견했다.

"하지만 우리는 선내에 있고 벨은 바깥 자리라니…… 젠장, 사치스럽지 않으냐. 베엘, 어디서 그런 걸 배워왔느냐아~. 다음에는 나도 불러다오~!"

"벨, 어쩐지, 멋있어……."

"앗, 이놈. 너까지 벨에게 추파를 던지는 건 금지다, 발렌아무개 군!"

꽥꽥 소란을 떠는 헤스티아 때문이 아니더라도 두 사람은 주목을 받고 있었다.

기묘한 조합이라고는 하지만, 그 유명한 【검희】와 【헤스티아 파밀리아】의 주신이 아닌가. 눈에 뜨이지 않을 리가 없다. 사이가 좋은 건지 나쁜 건지, 미목수려한 두 사람의 용모에 이끌린 주위 손님의 시선이 모여들었지만 두 사람은 신경도 쓰지 않았다.

두 사람의 주의는 어디까지나 벨과 시르에게만 쏠려 있었다.

"하지만 상대의 얼굴이 잘 보이지 않는구나……."

피아간의 테이블 사이에는 수많은 손님과 선내를 가로

지르는 유리창이 있다.

절묘한 위치 때문에 헤스티아는 벨의 데이트 상대를 잘 볼 수 없었다.

솔직히 당장 벨과 소녀에게 돌격하고 싶었지만, 이곳의 밥은 너무나도 맛있었다.

전부 먹은 다음에 돌격해야지. 가난 근성이 몸에 밴 여신은 속으로 다짐했다.

"……."

아구아구 밥을 먹는 헤스티아와는 달리, 아이즈는 스스로도 이해하지 못하는 심정으로, 어딘가 서운하게, 벨 일행을 바라보고 있었다.

"우냐~ 맛있겠다냐~ 이 밥 먹으면 안 될까냐?"

"웨이터가 밥을 집어 먹으면 어떡해. 냉큼 손님한테 가져가!"

아냐 일당은 접객을 하고 있었다.

다른 곳도 아닌, 벨 일행과 헤스티아 일행이 동승한 『스푼 아쿠아』에서.

"왜 우린 주점에서 도망쳐선 급사 노릇을 하고 있을까~."

"어쩔 수 없다옹. 시르랑 소년의 디너 장소에 숨어들려면 이 방법밖에 없었다옹! 우리에게 흔쾌히 급사 일을 맡겨준 피터 씨의 싸나이 마음씨를 헛되이 해서는 안된다옹!"

"칼 들고 위협했으면서."

주방에서 나온 루노아가 연기 섞인 클로에의 눈물을 흘겨보았다.

익숙한 움직임으로 와인과 요리를 운반하는 그녀들의 모습은 셔츠와 바지의 남성 웨이터 차림.

잠입 방법은 루노아의 발언으로 짐작하고도 남는다.

"불만 있으면 소년에게 말해라옹! 이런 크루즈 디너가 아니었으면 억지로 잠입할 필요도 없었다옹!"

요령도 좋게 루노아와 아냐에게만 들릴 만한 목소리로 클로에가 호소했다.

3인조가 『스푼 아쿠아』로 앞질러 올 수 있었던 이유는 단순명료. 우오오오오 괴성을 지르며 도시를 가로지르는 헤스티아와 아이즈를 발견해 뒤를 따라왔기 때문이다.

3인조의 제물이 되어 『풍요의 여주인』에 있어야 할 헤스티아가, 망설임 없는 발걸음으로 향한 장소라면 귀여운 권속이 있는 곳일 수밖에 없다고 추리했던 것이다.

"게다가 미아 엄마한테 혹사당했던 우리는 일반 급사 못지않은 스페셜리스트다옹! 가게 측도 울면서 기뻐할 거다옹!"

"그건 무슨 논리인가요……."

으스대는 클로에의 폭론에 류가 탄식했다.

사리사욕을 위해 불법행위를 저지르고 있다는 자각은 있지만, 그녀가 없으면 3인조가 폭주할 것도 사실이었다.

한숨을 참으며 창문 너머 갑판 자리의 벨과 시르를 바라본다.

그쪽에서는 다른 웨이터들이 열심히 일하고 있으므로, 선내 홀 담당인 그녀들이 갈 수는 없다.

"시르…… 벨……."

류는 아직도 막연한 감정을 주체하지 못하며 두 사람을 바라보았다.

『스푼 아쿠아』의 음식은 평판대로 맛있었다.

오라리오 밖의 물건이 모여드는 『교역소』에서 소재를 사 오는지, 어패류를 중심으로 한 요리의 맛은 독특한 것이 많았다. 본 적도 없는 녹색을 띤 식용유, 특유의 냄새를 가진 붉은곰팡이 치즈, 극동이 원산이라는 산초 열매. 새콤하기도 하고, 짭짤하기도 하고, 살짝 저릿저릿해지기도 하는 등 혀가 즐겁다.

온 세상의 진미를 오라리오 풍으로 재현했다고나 할까.

시르 씨도 연신 감탄하며 입맛을 다신다.

나중에 미아 씨에게 요리의 감상을 보고하려는 건지도 모른다.

핵심 이벤트인 크루징도 생각보다 훌륭했다.

수로에서 바라보는 오라리오의 야경은 평소 메인 스트리트에서 보는 것과는 또 달라서, 마치 다른 나라를 방문

한 것 같았다. 여신제라서 분위기가 다른 것도 물론 있겠지만, 이를 제외하고도 강기슭 너머에서 빛이 넘쳐나는 도시의 풍경은 아름다웠다.

반짝이는 수면이 일렁인다.

소소한 물소리가 들려온다.

시르 씨도 눈을 가늘게 뜨고 풍경을 즐겼다.

"무언가 물어보고 싶은 게 있는 얼굴이네요?"

시르 씨는 급사가 가져온 배와 케이크 디저트를 포크로 먹었다.

헤딘 씨에게 배운 나처럼 벼락치기로 배운 테이블 매너가 아니다.

보고만 있어도 넋을 잃을 것처럼 우아한 예법이다.

단순한 마을 아가씨에게는 어울리지 않을 정도로.

"……시르 씨는, 그…… 정체가 뭔가요?"

'정체'라는 말을 입에 올리는 것도 위화감이 들었지만, 나는 그렇게 묻고 있었다.

오늘 데이트를 하면서, 마음 한구석으로 계속 생각하던 것이었다.

도시 최강 파벌 【프레이야 파밀리아】에게 감시와 호위를 받는 이 사람의 정체는 대체 뭘까.

헤딘 씨는 굳이 알려 들지 말라고 했지만, 한 가지 사항에 눈을 돌린 채 마주 대한다는 모순은 오래 갈 수 없을 것 같았다.

"글쎄요……."

시르 씨는 잠시 포크와 나이프를 내려놓고는 나를 바라보았다.

"제 비밀을 들어도, 전혀 변함없이 있어 주실 건가요?"

"아, 아마도요……."

"아마도 가지고는 안 돼요~."

새끼고양이처럼 눈을 가늘게 뜨며 장난꾸러기 아이처럼 웃는다.

이미 완전히 시르 씨의 페이스였다.

데이트 초반에 쥐고 있었던 주도권은 어디에도 남아있지 않았다.

잘 먹지도 못하는 케이크를 애써 다 먹은 나는 시르 씨에게 쓴웃음을 지으며 대답했다.

"저는 시르 씨에게 어떤 비밀이 있어도…… 오늘까지 있었던 일은 사라지지 않고, 앞으로도 변함없이 지낼 수 있을 거라고…… 그렇게 생각해요."

백 점 만점의 대답이었는지는 알 수 없었다.

하지만 시르 씨는 나를 바라본 채 얼굴에 활짝 웃음을 지어주었다.

그리고 그녀가 입을 열려 했을 때——

콰앙!

"어?!"

충격을 받아 배 전체가 흔들렸다.

심한 충격은 아니었다.

기껏해야 소형 배가 뱃전으로 돌격한 정도의 느낌.

급사나 다른 손님들이 술렁이는 가운데, 나는 재빨리 충격이 전해졌던 방향을 돌아보았다.

우리가 있는 갑판과 반대쪽, 배의 측면에는 놀랍게도——

"——어, 얼음 다리?!"

수로의 일부가 가늘고 길게 얼어붙어, 그야말로 다리처럼 배에 닿은 광경이었다.

무슨 일이 일어났나 싶어 당황하고 있으려니, 해답은 이내 『그쪽』에서 찾아왔다.

"배를 제압해라아아아!"

흉흉한 포효를 지르는 집단이—— 아니, 모험자들이 배에 올라탄다!

"서, 설마…… 【프레이야 파밀리아】?!"

나는 졸도할 뻔했다.

배 위에 있는 우리를 발견하고 마도사들의 얼음 마법으로 수면을 얼려서…… 배에 직접 올라타기 위한 『다리』를 억지로 만든 건가?!

"그, 그렇게까지 하나?!"

"꺄아아아아아아아아아아아아아아아아아아아아아아악?!"

『스푼 아쿠아』는 눈 깜짝할 사이에 혼란에 빠졌다.

똑같은 칠흑의 투구와 방어구를 착용한『검은 습격자』들이 대거 몰려왔기 때문이다.

거칠게, 때로는 의자며 테이블을 뒤집으며 나아가는 모험자들의 모습은 그야말로 습격자 그 자체였다. 호위 대상인 시르를 호락호락 빼앗겼던 모험자들은 분노에 지배당해, 손님들의 얼굴을 확인하면서 돌진했다.

"뭐, 뭐냐, 뭐냐?! 그보다 저 아이들은 전에 우리와 검희를 습격했던 모험자들의 장비와 흡사하지 않으냐?!"

"【프레이야 파밀리아】……?"

혼란 속에서 헤스티아와 아이즈도 경악했다.

"무슨 일이 일어난 거야냐?!"

"이봐~! 이런 짓은 미아 어머니네 주점에서만 해줘!"

아냐와 루노아도 혼란에 빠졌다.

식사와 야경을 즐기던 선상은 그야말로『전장의 배』로 변모했다.

"쳇, 한발 늦었군."

──그 광경을 강기슭에서 혼자 바라보던 헤딘은 눈을 가늘게 뜨며 혀를 찼다.

지휘관인 그는 벨 크라넬이 바란 대로 파벌 단원들을 뒤에서 조종하고 있었다. 적확한 지휘를 내리는 척하면서 수색의 손길을 벨 일행이 있는 장소로부터 멀리 떨어뜨렸던 것이다.

헤딘은 잘 해냈다.

배의 습격까지는 막지 못했다지만, 수완은 칭송을 받을 만했다.

그도 그럴 것이 아렌이나 회그니, 걸리버 4형제—— 포악하고 무자비하면서 자기 스타일이 확고한 제1급 모험자들을 이곳 도시 남서쪽 구역에서 모조리 멀리 떨어뜨려 놓았으니까.

『네 말을 들으라고?』『웃기지 마.』『뭔가 숨기는 게 있는 건 아니겠지?』

일반인이라면 의식을 잃어버릴 것만 같은 도시 최강자들의 살기와 욕설, 의심의 눈초리를 태연히 받아넘기며, 그동안 소년의 추적을 막아냈던 것이다. 헤딘이 없었더라면 벨과 시르는 이미 나포되었으리라.

그런 간부진의 대응이 치른 대가는, 단 한 줌의 말단 부대를 놓쳤던 것.

벨과 시르를 목격해버린 단원들의 단독행동을 이렇게 용인하고 말았던 것이다.

"이번에 움직인 건 반의 부대로군……. 생각도 없는 놈들. 프레이야 님의 얼굴에 먹칠을 할 작정이냐."

주위의 강기슭에서는 군중이 서서히 배의 이변을 알아차리기 시작했다.

이 소동이 【프레이야 파밀리아】에 의한 것임을 알았다간 처참한 결과가 벌어질 것이다. 실태야 어쨌든 미신의 파벌이『품성』을 의심받아서는 안 되는데도.

【파밀리아】의 이성을 한 몸에 짊어진 화이트엘프는 이지적인 얼굴을 일그러뜨렸다.

"그분을 찾아라아! 발정 난 토끼의 손에서 한시라도 빨리 탈환해야 한다!"

헤딘이 혀를 차는 것도 모른 채 혼자 폭주한 지휘자는 하프 파룸 반이었다.

그는 머리끝까지 화가 나 있었다.

호위 미션을 방해받고, 벨 크라넬에게 한 방 먹은 꼬락서니.

파벌에 충성을 맹세한 그가 이대로 넘어갈 리 없었다.

다소 거친 행동을 보여서라도 시르를 탈환하겠노라고, 이제는 혈안이 되어 있었다.

"수단은 가리지 마라. 【래빗 풋】을 해치워라! 놈이 있으면 또 당한다! 반드시 제거해라!"

반이 큰 목소리로 내리는 지시에 흠칫 반응한 자가 한 사람.

아이즈였다.

눈꼬리를 틀어 올리는가 싶더니, 테이블 밑에 숨겨놓았던 호신용 애검을 뽑아 달려들었다.

"으윽——?! 아, 아니, 【검희】?!"

"벨을 해치우라니, 그게 무슨 소리지?"

반은 무기인 쌍검으로 간신히 막아냈지만, 자신의 앞을

가로막은 여검사를 알아보고는 경악했다.

"너, 너하고는 상관없는 일이다! 그보다 방해하지 마라! 【프레이야 파밀리아】와 싸우겠다는 거냐?!"

위협도 되지 않는 흥분한 목소리와는 달리 아이즈의 대답은 간결했다.

"그런 건 몰라."

은색 검을 휘둘러, 이번만큼은 확실한 감정을 드러냈다.

"그 아이를 괴롭히면, 너희를 막을 거야."

"외……외부인이 끼어들지 마라아아아!"

제1급 모험자의 존재에 겁을 먹으면서도, 분노에 찬 반과 단원들은 일제히 달려들었다.

【검희】의 참전으로, 선상에서는 거의 항쟁이나 다를 바 없는 교전이 발발했다. 분쇄되고 베여나가는 테이블과 의자의 파편이 탄막처럼 오가고, 승무원과 승객의 비명은 가라앉을 줄 몰랐다. 울려 퍼지는 것은 악기의 음색이 아니라 무기와 무기가 격렬히 부딪치는 소리였다.

"이, 이봐아, 발렌아무개 군~?! 정말 이게 어떻게 된 게냐~?!"

테이블 밑으로 피난해 한 걸음도 움직이지 못하는 헤스티아의 절규는 그 속에 묻혀버릴 뿐이었다.

"호, 홀에서 싸우고 있는 건 아이즈 씨?! 뭐야, 무슨 일이 일어난 거지?!"

선내의 그런 광경을 갑판에서 바라본 벨도 절찬 혼란 중이었다.

설마 도시 양대 파벌의 전투에 말려든 건가?! 하고 식은땀을 흘렸으나,

"벨 크라넬이 저기 있다!"

"갑판으로 가라아아——!!"

"그렇게 되겠죠?!"

이쪽으로 달려오는 검은 습격자들을 보고 비명을 질렀다.

배의 현재 위치는 작은 호수에 필적할 만큼 넓은 수로의 한복판이었다. 아무도 올 리 없다고 생각했던 배 위는 이제 도망칠 곳 없는 수상의 고도로 변했다. 【프레이야 파밀리아】가 만든 얼음 다리를 건너려 해봤자 아직까지 밀려드는 적에게 짓밟혀버릴 것이다.

절체절명이라는 4글자가 머리를 가로지른 벨은 시르를 등 뒤로 감싸면서 낯을 새파랗게 물들였다.

하지만 그때, 이제까지 방관만 하던 시르가 스읍 숨을 들이마셨다.

"류~! 모두들~! 미안해, 도와줘~!"

커다란 목소리로 그렇게 외쳤다.

"냐아?! 시르가 부른다냐!"

"이미 다 들켰다는 소리잖아, 진짜!"

이름을 불린 아냐와 루노아가 뛰어나가 모험자들을 상대했다.

벨이 놀라움을 드러내는 가운데 클로에와 류도 전투를 개시했다.

"무슨 상황인지 하나도 모르겠지만 아무튼 시르를 공격한다면 적이다옹!"

"동감이다. 시르와 벨을 미행하기는 했으나 결코 이런 사태를 바란 것은 아니었다!"

어둠색 검이 번뜩이고, 두 자루의 소태도가 질주했다.

갑판으로 우회하려던 습격자들은 모두 급사복을 입은 류와 3인조에게 반격당했다.

"류 씨랑 다른 분들까지…… 정말 뭐가 어떻게 된 건지……?!"

경악하는 벨을 내버려 둔 채 삼파전의 양상은 고착상태를 만들어냈다.

적어도 【프레이야 파밀리아】, 【검희】, 『풍요의 여주인』 점원들은 모두 눈앞의 적과 교전하느라 여유가 없었다.

"벨 씨, 우린 가요."

"시, 시르 씨? 어디로 가려고요?! 도망칠 곳은 어디에도……!"

그런 가운데 시르는 구두 소리를 울리며 달려 나갔다.

벨은 밤바람을 가로지르는 회색 머리카락을 필사적으로 좇았다. 왜 평범한 마을 아가씨가 겁도 없이 전장을 가로지르는 배짱이 있는 건가요! 하고 마음속으로 외치면서.

소녀와 소년의 움직임은 아무도 알아차리지 못했다. 그

럴 여유가 없었다.

그들이 도착한 곳은 갑판 끄트머리.

선수 부분.

뒤에서 쫓아오는 벨을 기다리지 않고, 시르는——

"웃차."

놀랍게도 낙하 방지용 방책을 넘어섰다.

스커트를 붙잡으며 펜스를 넘는 그녀를 보고 벨은 눈을 있는 대로 크게 떴다.

"시, 시르 씨?! 설마——?!"

바로 그 설마였다.

이쪽을 돌아본 시르는 생긋 웃었다.

"뒷일 부탁해요, 벨 씨♪"

낯빛을 바꾸고 달려온 벨은 아랑곳하지 않고 시르는 몸을 뒤로 쓰러뜨렸다.

소녀의 모습이 기울어간다.

등 쪽부터, 발판 따위 존재하지 않는 허공으로 이끌려간다.

"꺄아~."

그리고 이 긴박한 분위기에 전혀 어울리지 않는 비명과 함께 웃음을 지우지 않은 소녀는—— 까마득한 아래쪽의 수면으로 낙하했다.

"노, 농담하는 거죠오오오오오오오오오오오오오오오오오오오오오오?!"

망설일 틈도 없이 벨 또한 난간을 뛰어넘어 허공으로 몸을 던졌다.

 한 걸음, 두 걸음, 배의 바깥쪽 벽을 박차 가속하며, 팔을 뻗어, 소녀의 몸을 붙든다.

 공중에서 몸을 겹치듯, 머리와 허리를 꼭 끌어안아 가슴에 담으며.

 이윽고,

 첨버엉!

 누구도 알아차리지 못한 채, 요란한 물보라가 솟아올랐다.

Monologue IV

© Suzuhito Yasuda

물의 소리.

물의 감촉.

뿌옇게 흐려진 달이 시야 저편에서 일렁이는 물의 세계.

헤아릴 수 없는 기포가 생겨났다가는 사라지는 가운데, 빈틈이 없을 정도로 그에게 안겨 있다.

허리에 감긴 가느다란, 그러나 다부진 팔.

머리 뒤를 감싸는 조그만, 그러나 부드러운 손바닥.

하아, 하고 조그맣게 토해낸 한숨이 또 새로운 기포로 바뀌고, 거기에 담긴 미칠 듯한 사모의 감정을 수면으로 데려간다.

차가운 물에 싸여 있건만, 가슴 속은 무엇보다도 따뜻하다.

가슴이 시큰거린다.

시선이 녹아들 것 같다.

넘쳐나는 애절한 감정이 멈추질 않는다.

어느샌가 두 팔은 그의 등에 감겨 있다.

마치 나를 안심시키려는 듯 그도 몸을 안아준다.

물의 세계에서, 단둘이.

천천히 가라앉으며, 그래도 서로의 몸만은 놓질 않는다.

아아.

녹아든다.

의식이 녹아든다.

물거품의 꿈처럼, 모든 것이 녹아들어 사라지고, 내가 휩쓸려간다.

그리고.

마지막으로 남은 것은, 품 안의 온기.

그것만이 나의 마음을 지배하고 행복하게 만들어버렸다.

5장 『 』의 증명

© Suzuhito Yasuda

수면이 일렁이고 있었다.

아득히 먼 곳에 뜬 배에서 간헐적인 충격이 전해져오는 것처럼, 물가에 파도가 밀려들어 왔다가 돌아간다. 소리는 없는, 잔물결보다도 작은 파도가.

──그런 수면을 힘차게 가르며.

"푸하아!"

공기를 한껏 들이마신 나는 강기슭에 손을 댔다.

끈적끈적하게 녹은 납처럼 몸에 달라붙은 옷을 무겁게 느끼며, 반대쪽 팔에 안은 그녀를 힘껏 끌어올렸다.

"콜록, 콜록!"

"괜찮으세요, 시르 씨……!"

둘이 상반신만을 드러낸 채, 돌로 포장된 안벽을 붙들었다.

작게 기침을 하는 등을 쓸어주면서, 나는 먼저 수면에서 올라갔다.

놀란 데다 체력도 썼지만, 이런 건 평소의 던전 탐색에서 이미 익숙해져 버렸다. 지난번의 『원정』에서도 『물의 미궁도시』에 다녀왔고.

구두 속까지 물에 젖은 감촉에 낯을 찡그리며, 팔을 뻗어 시르 씨의 몸을 재빨리 끌어올렸다.

옆에 무릎을 꿇고 주저앉은 그녀의 등을 지탱하며 돌아보았다.

시야 저 멀리 떠 있는 『스푼 아쿠아』.

마석등 불빛으로 업라이트를 받는 거대한 선체는 전투가 아직 끝나지 않았음을 말해주듯 지금도 쿵쿵 흔들린다. 거리가 상당히 먼데도 창문이 깨지는 듯한 소리가 들려왔다. 그와 함께 누군가가 맞고 날아가는 듯한 비명도.

왜 저기 있었는지는 모르겠지만…… 아이즈 씨나 류 씨 일행에게 나중에 사과해야겠다.

미안함과 감사가 섞인 애매한 감정을 가슴에 품으면서도 추적자가 없다는 데에 안도했다.

우리가 있는 곳은 【프레이야 파밀리아】가 세운 얼음 다리와는 반대쪽.

마침 도시 서문 방향에 등을 돌리고 앉아있는 상태였다.

인기척이 없는 강기슭은 정적에 싸여 있었으며 가로등 불빛도 닿지 않았다.

보아하니 배에서 탈출했다는 사실을 아무도 알아차리지 못한 듯했다.

갑판에서 뛰어내려 물 밑바닥까지 가라앉은 채 헤엄쳐서…… 스스로 생각해도 시르 씨를 안고 용케 여기까지 왔구나 싶었다.

"……, ……."

"시르 씨……?"

그때, 시르 씨가 품 안에서 어깨를 가늘게 떠는 것이 느껴졌다.

혹시 우는 걸까.

고개를 숙인 그녀에게 내가 당황하고 있으려니──

"──아하하하하하하하하하!"

참을 수 없다는 듯 웃음소리를 터뜨렸다.

나는 나도 모르게 눈을 껌뻑거렸다.

몸을 흔들며 웃는 시르 씨의 발작은 그치질 않았다.

한 손으로 입을 가리고 배를 움켜쥔 채, 이제까지 들어 본 적이 없는 천진난만한 웃음소리를 냈다.

"처음!"

"네?"

"이런 건 처음이에요!"

고개를 들고, 코앞에서 나를 바라보며 시르 씨는 웃음을 터뜨렸다.

뺨은 흥분으로 달아오르고 회색 눈동자는 별처럼 반짝거렸다.

그런 시르 씨의 모습에 나는 풀썩 고개를 떨어뜨릴 뻔했다.

그야 그렇겠죠…….

평범한 사람은 틀림없이 배에서 뛰어내리거나 추적자에게서 도망치거나 하진 않을 것이다.

나를 신뢰해서 이러는 것이겠지만, 역시 막무가내다.

힘이 쭉 빠져나간 나는 시르 씨에게 무언가 한마디 할까 했지만…… 지금도 어린아이처럼 깔깔 웃는 그녀에게 이끌린 것처럼 쓴웃음을 머금었다.

"……일어날 수 있겠어요?"

"네!"

손을 내밀며 함께 일어났다.

여전히 옷은 흠뻑 젖어 있었으므로 벗어서 짜고 싶은 충동에 시달렸다.

발밑에는 금세 물구덩이가 생겨났다.

입고 왔던 재킷은 물속에서 벗어버렸다. 아무리 상급 모험자라 해도 그걸 입은 채 시르 씨를 안고 헤엄을 치기란 너무 힘들었다. 그러고 보니 매직 아이템을 넣어둔 트렁크도 배에 놓고 왔다. 누군가가 회수해주면 좋으련만.

몸에 달라붙은 조끼의 감촉에 찜찜해 하며, 눈가까지 내려온 앞머리를 젖혔을 때.

"――."

계속 몰랐으면 좋았을 것을, 알아차리고 말았다.

눈앞에 서 있는 시르 씨의 모습이 어떤지를.

당연한 말이지만 그녀가 몸에 걸친 드레스는 흠뻑 젖어버렸다.

한껏 물을 먹은 얇은 천은 매력적인 몸에 달라붙어.

허벅지의 윤곽이며 잘록한 허리, 배꼽의 형태, 모양 좋은 가슴을 감싼 연분홍색 속옷까지도 뚜렷하게 보였다.

그녀도 물속에서 볼레로를 잃어버렸는지 가녀린 어깨의 윤곽이 투명하게 비쳤다. 가느다란 목덜미를 타고 흘러내리는 물방울이 등 쪽으로 사라졌다.

할 말을 잃은 채 얼굴을 새빨갛게 붉혀버렸다.

물이 뚝뚝 떨어지는 시르 씨의 몸은 청초하면서도 묘하게 요염했다.

향기가 풍길 정도의 아름다움이란 이런 것을 말하는 걸까.

나는 황급히 고개를 돌려버렸다.

그런 내 동요를 알아차리지 못한 채, 시르 씨는 자신의 머리카락을 만지며 둘이 함께 샀던 머리 장식이 남아있다는 사실에 안도의 한숨을 내쉬고 있었다.

그대로 물에 잔뜩 먹은 펌프스를 벗더니, 뒤꿈치가 들어가는 곳을 검지와 중지로 걸어서 들었다.

그리고.

"벨 씨, 가요!"

"네?"

"여기서 벗어나야죠! 아무도 찾지 못할 곳으로!"

자유의 시간을 더 즐기려는지, 그렇게 말했다.

"기껏 도망쳤는데 이대로 있으면 또 붙잡힐 거예요!"

하고 싶은 말은 많았지만, 그 의견은 대체로 옳았다.

분명, 추적자는 배에 올라탄 모험자들만이 아닐 것이다. 『스푼 아쿠아』쪽도, 우리가 없어졌다는 사실을 알아차렸는지 어딘가 소란스러워진 것 같았다.

……아아 정말, 이렇게 되면 갈 수밖에 없잖아!

등을 홱 돌리고, 경사를 그리는 제방의 계단을 춤추듯 올라가는 그녀를 따라갔다.

우리는 어둠 속에 녹아들듯 그 자리를 떠났다.

❦

보도블록이 깔린 길을 둘이 함께 달려 나간다.

인기척이 없는 장소를 골라, 찾아, 정처도 없이.

인기척이 없는 곳이니 자연스레 가로등도 사라져간다.

우리를 비춰주는 것은 어느샌가 별빛과 달빛밖에 남지 않았다.

가녀린 다리가 차닥차닥 소리를 내며 어린아이처럼 앞으로 앞으로 달려 나간다.

맨발로 뛰면 다쳐요, 하고 뒤에서 소리를 지르면.

그때는 업어주세요, 하고 즐거워하는 목소리가 돌아온다.

두 팔을 벌린 채 뛰며 뱅글뱅글 돌고, 쫓아가는 나를 보며 행복하게 활짝 웃는다.

열에 달뜬 것처럼, 가빠진 숨조차 사랑스럽다는 듯, 그녀는 마음껏 행동했다.

아무도 나무라지 않는다. 아무에게도 방해받지 않는다.

별들이 우리의 자유를 축복해준다.

달빛을 받는 모습은 청초해서 마치 정령 같았다.

혹은, 이제 막 태어난 천진난만한 여신 같았다.

나는 그녀에게 이끌리듯 그저 뒤를 따라갔다.

푸른 달밤의 세계를 둘이서만 달려 나간다.

이윽고.

"여긴……."

꿈에서 깨어난 것처럼, 우리는 그 광경 앞에 발을 멈추었다.

그것은 거대한 돌다리였다.

길이는 60M을 거뜬히 넘었으며 폭도 10M은 되었다. 다리를 지탱하는 수많은 아치 아래에서는 물줄기가 희미한 소리를 내며 흘러간다.

무수한 돌 블록으로 지어진 다리는, 고색창연하기는 하지만 특이한 것은 없는 가교처럼 보일 것이다.

다리 위에 늘어선 **31개의 조각상**만 없다면.

그것은 모두『영웅의 조각상』이었다.

"『영웅교』……."

우리 모험자는, 아니, 오라리오 주민은 경외를 담아 그렇게 부른다.

『고대』의 시절에 자신의 목숨을 바쳐『던전』을 막고자 싸웠던 이들의 계보.

이 다리에 늘어선 조각상은 실제로 인류 최후의 보루에 초석이 되었던 위대한 영웅들의 모습이다.

『모험자 묘지』에 있는 것 같은 칠흑의 기념비 대신 조각상이 설치된『영웅교』는 신의 시대가 시작되기 전부터 있었다고 한다. 몬스터의 습격, 자연재해, 사람들 사이의 항쟁으로 몇 차례나 파괴되었어도 반드시 누군가가 이 다리와 조각상을 고쳤으며, 오늘날까지 이어져 내려오고 있었다.

『우리의 자긍심을 잃지 않도록』. 마치 그렇게 말하는 것처럼.

나와 시르 씨는 석조 교탑을 지나 『영웅교』에 발을 들였다.

다리에는 마석 가로등 하나 없지만, 달빛 덕분에 영웅들의 얼굴은 확실히 볼 수 있었다. 조각상은 좌우의 난간에 같은 간격으로 서 있었다.

이곳 오라리오에서 활약했던 영웅 중에서도 가장 화려한 위업을 이룬 31명.

순서는 죽은 해에 상관없이 제각각이며, 그중에는 기사 플루란드의 모습도 있다.

낭제(狼帝)의 후예 자르온, 아마조네스 여제 이벨다, 불사경(不死卿) 가르자네프, 패왕창 시두, 정령왕조 스피아, 때 묻지 않은 하이엘프 성녀 셀디아…….

수많은 영웅의 조각상 옆에는 위업에 조력했다고 여겨지는 대정령이 함께 있었다.

"『영웅교』…… 오랜만에 왔네요. 벨 씨는 와본 적 있나요?"

"네, 몇 번쯤……. 하지만 제가 왔을 때는 사람이 많아서……."

"그러게요. 저도 이렇게 조용한 『영웅교』는 처음이에요……."

다리의 위치는 번화가와 교역소의 반대쪽.

축제로 붐비는 메인 스트리트와는 인연이 없어, 연회의
소동은 멀게만 느껴졌다.

다리에서 바라보는 강 반대편의 시내는 무수한 불빛 때
문에 다른 세계처럼 현란하게 빛을 발했다.

정적에 잠긴 영웅들의 다리에 단둘이.

우리는 말을 나누지도 않은 채, 조각상을 올려다보며 앞
으로 나아가다── 그곳에 도달했다.

"……."

다리 중앙.

그곳에 선 한 영웅 앞에 발을 멈추었다.

한 자루의 장검. 경장 방어구. 긴 목도리.

정령은, 없다.

나는 긴 영웅사 속에서도 『최강의 영웅』이라 칭송받는
그의 얼굴을 올려다보며 그의 이름을 중얼거렸다.

"대영웅 알버트……."

엿새 전, 아이즈 씨와의 연결고리를 찾아 조사했던 영웅
의 모습을 빤히 바라보았다.

──대영웅 알버트의 위업은 곧 『고대』의 종식과 같은
뜻이다.

그의 삶과 죽음은 신의 시대와 한 쌍.

『던전 오라토리아』의 최종장에 새겨진 불멸의 전설이다.

그가 이룬 위업이란── 『흑룡』의 격퇴.

『구멍』에서 태어난 칠흑의 재앙에 의해 모든 것들이, 모든 사람이, 이 지상에 있던 모든 존재가 붕괴하는 가운데 대영웅 알버트는 홀로 싸워 이를 물리쳤던 것이다.

자신의 목숨과 맞바꾸어서.

영웅의 검에 한쪽 눈을 잃은 용들의 왕——『애꾸눈 용』은 세계를 쩌렁쩌렁 뒤흔들 정도의 절규를 지르고 아득한 북쪽 대지로 날아가 버렸다고 한다.

그의 위업을 칭송해서인지, 혹은 살아있는 종말의 존재를 두려워해서인지.

『흑룡』이 떠나가고 한동안 세월이 지난 후, 첫 신들이 하계에 강림해, 지금에 이르는 『신의 시대』가 막을 열었다.

다시 말해 대영웅 알버트는 고대 시대를 종식하고 하계의 운명을 새로운 시대로 이어준 것이다.

그렇기에 모두가 인정하는 『최강의 영웅』.

'……역시 여기에도 없어.'

알버트의 이름이 새겨진 조각상의 좌대에는 또 하나의 이름——『용병왕 발트슈테인』이라는 이름은 남아있지 않았다.

당신은 대체 누구인가요. 당신은 아이즈 씨의 무엇인가요.

아무리 물어봐도 대답하지 않는 조각상을 올려다보고 있으려니, 시르 씨가 입을 열었다.

"대영웅님이 마음에 걸리세요?"

"어, 네…… 조금 알아보던 것이 있어서……."

그녀의 질문에 명확하게 대답할 수가 없었다.

그런 나를 빤히 바라보며 시르 씨가 말을 이었다.

"벨 씨, 그거 아세요? 왜 이『영웅교』에서 알버트 님의 정면에는 조각상이 없는지."

"네?"

시르 씨의 시선을 따라가 보고 깨달았다.

좌우의 난간에 같은 간격으로 세워진 조각상 중에서, 다리의 중앙, 다시 말해 알버트 님의 정면에만은 영웅의 모습이 없었다. 뻥 뚫린 공백이었다.

마치 **그와 마주 볼 만한 자격을 가진 이**는 아직도 없다는 것처럼.

"세상은 영웅을 원한다."

그때 내 귓전을 두드린 말은.

마치 시르 씨가 아닌, 다른 누군가의 목소리처럼 들리고 말았다.

"알버트 님이 지켜낸 오라리오를…… 이 하계 그 자체를, 이번에야말로 구할『마지막 영웅』을."

"마지막, 영웅……?"

"고대의 용을 타도한『마지막 영웅』이 공백의 자리에 담겼을 때…… 비로소 이『영웅교』가 완성되는 거래요."

그 말을, 그 의미를, 대영웅의 앞에서 이해했다.

『고대』를 종식하고『신의 시대』로 이었던 대영웅과 한 쌍을 이루듯.

그가 남긴 『갈망』을 계승하듯.

세계를 지켜낸 『마지막 영웅』의 앞에 설 수 있는 것은, 세계를 구한 『마지막 영웅』밖에 없는 것이다.

그것은 아마도, 분명, 가장 최초의, 시작의 영웅에서 연연히 이어져 온 『선망』이자 『비원』이기도 할 것이다.

진정한 평화를.

살아있는 종말을 넘어선, 빛으로 가득 찬 미래를.

"영웅들이 스러져간 『시작의 땅』…… 영웅이 태어난 『약속의 땅』."

입술에서 흘러나온 중얼거림이 바람 속에 사라졌다.

『엘레지아』 때에도 품었던 말을, 마음을, 나는 다시금 곱씹었다.

"벨 씨는 영웅이 있다고 생각하세요?"

한동안 조각상을 바라보던 때.

영웅들에 대해 골똘히 생각하던 나는 시르 씨의 물음에 흠칫 놀라 돌아보았다.

"이곳에 오면, 언제나 이상한 마음이 들어요."

"……?"

"영웅은 있는 걸까 하고요. 언제나 도와주고, 언제나 구해주고…… 저의 『갈망』도 이루어줄 유일한 사람은, 있는 걸까 하고."

맨발로 걸어 나의 시야를 가로지르더니.

시르 씨는 내 쪽을 돌아보았다.

"저는 『오즈』를 만나보고 싶어요. 무엇과도 바꿀 수 없는 나의 영웅을."

"오즈……?"

"네…… 저만의, 영웅."

처음 듣는 말에 내가 중얼거리자 시르 씨가 웃음을 지었다.

결코 그런 일은 없을 텐데도.

그 웃음은 어딘가 쓸쓸해 보였다.

"만날 수 있다면 좋겠다고…… 계속 그렇게 생각했어요."

시선이 얽혔다.

회색 눈이 나를 바라본다.

그 눈빛에 숨이 막혔다.

지금도 나를 빤히 바라보는 그 눈동자가. 무언가를 호소하는 것만 같아서. 크게 동요했다.

그 무언가를 깨닫고 싶지 않아서, 필사적으로 눈치채지 못한 척하려니, 심장이 요란하게 고함을 질러댔다.

발이 움직이지 않는다. 앞으로도 뒤로도 나아갈 수 없다.

두 사람의 시곗바늘만이 나아가지 않은 채 멈춰버린 것만 같았다.

그리고 나의 입술이 무언가를 말하려던, 그때.

바람이 불었다.

에치, 하고 귀여운 재채기 소리가 울렸다.

"괘……괜찮으세요?!"

"네…… 몸이 식었나 봐요."

"흠뻑 젖었으니까 당연하죠!"

아무렇지도 않다는 듯 말하는 시르 씨에게 나도 모르게 소리를 지르며 곁으로 달려갔다.

나도 마찬가지로 흠뻑 젖었으니 빌려줄 옷 같은 것은 없다. 팔을 문지르는 그녀에게, 얼른 어디 옷을 갈아입을 만한 장소로 가자고 제안하려 했을 때.

"벨 씨…… 저쪽이 시끄러워지지 않았나요?"

"네?!"

손가락으로 가리킨 방향을 홱 돌아보고 【랭크 업】으로 강화된 청력을 집중해보니, 정말로 들려왔다.

——시르 님을 찾아!

——아직 이 근처에 계실 거다!

틀림없는 추적대의 목소리다!

"윽……?! 도, 도망쳐요, 시르 씨!"

"네!"

『영웅교』에 와서 너무 느긋하게 시간을 보냈다.

이대로 있다간 붙잡힌다. 태연하게 있을 때가 아니다.

나는 시르 씨의 손을 잡고, 왔던 방향과는 반대쪽 교탑으로 달려갔다.

"하지만 대체 어디로 가야……!"

옷을 갈아입을 수 있고, 【프레이야 파밀리아】의 추적도 따돌릴 수 있는 장소?

그런 곳이 정말 이 근처에 있을까?

"벨 씨, 저한테 맡겨주세요!"

그런 고민을 느꼈는지.

내가 돌아보니, 시르 씨는 든든한 웃음을 짓고 있었다.

"저한테 생각이 있어요!"

"정말요?"

"네!"

나는 시르 씨를 믿고 "그럼 부탁해요!" 하고 길 안내를 맡겼다.

──나중에 가서 돌이켜보면.

시르 씨가 지었던 표정은, 틀림없는 소악마의 웃음이었다.

골목길을 나아가 시르 씨에게 안내를 받은 곳은 복닥복닥한 여관이었다.

"엥?"

시르 씨가 잡은 곳은 1인실이었다.

"앵?"

그 방에, 침대는, 하나밖에 존재하지 않았다.

"에에에에에에에에에에에에애애애애애애애애애애애애애앵?!"

견디지 못하고 절규하는 나에게 "쉿~ 벨 씨!" 하고 시르 씨는 손가락 하나를 세워 입을 막았다. 아니아니, 쉿~은 무슨 쉿~이에요?!

추적대의 존재에 정신이 팔렸던 내가 얼간이였을까.

혹은 '에이 설마', '아무렴 그럴 리가 있을까', '없겠, 지……?' 하고 시르 씨를 믿기만 할 뿐 말리지 않았던 우유부단함을 저주해야 할까.

하필이면 『여관』에 단둘이──.

"그렇지만 어쩔 수가 없는걸요. 그대로 도망치다간 붙잡힐 테고, 이대로는 감기 걸릴 테고."

"그, 그렇다고 해서……?!"

"제가 봐도 좋은 생각이었지만요. 우리가 이런 여관에 들어올 거라곤 생각도 못 할 거 아녜요."

아무렇지도 않다는 듯이 말하는 시르 씨에게 눈을 크게 뜨는 나.

시르 씨가 안내한 곳은 『교역소』 외곽에 있는 상인여관이었다.

이름 그대로 원래 같으면 행상들이 이용하는 여관이다.

평범하게 생각하면 모험자와 마을 아가씨는 이용하지 않을 만한 곳이다.

물에 흠뻑 젖은 남자와 여자. 척 봐도 사연이 있을 것 같지만 드워프 주인은 선선히 방을 내주었다. 미궁도시에서는 『사연』 따위 일일이 세고 있을 틈이 없는지도 모른다.

방은 목조였다. 간소한 구조로, 테이블 위의 마석등을 비롯해 세간도 별로 없었지만, 상인이 이용하는 것도 고려해서인지 좁으면서도 전용 샤워실이 있었다. 그리고 벽 쪽에 놓인 것은 하나밖에 없는 침대.

공연히 존재감을 풍기는 그 침대에 동요가 멈추질 않았다.

달리 선택의 여지는 없었을까? 공연히 갈팡질팡하고 있으려니 시르 씨가 창문을 가리켰다.

커튼 틈새로 보인 것은 까만 옷을 입은【프레이야 파밀리아】의 단원들. 빠른 속도로 달려 나가며 "찾아라!" "이 근처에 있을 거다!" 하고 소리를 지른다.

히익 하는 비명을 삼키며 입을 막고 창가에서 뒷걸음질 쳤다.

상황을 받아들일 수밖에 없었던 나는 그 자리에 굳어버렸다.

한동안 기묘한 시간이 흐르고 있으려니, 바로 옆에 서 있던 시르 씨가 입을 열었다.

"그래서 어떻게 하시겠어요?"

"어떻게, 하냐뇨……?"

시르 씨가 얼굴만을 돌려 어깨 너머로 나를 바라보았다.

나의 정면에는 침대가 있다.

둘이 자기에는 좁지만, 그래도 결코 함께 눕지 못할 것은 없는 간소한 침대가.

아연실색해 침대를 바라보고, 시르 씨에게 시선을 되돌

리니.

조그맣고 싱그러운 그녀의 입술은 살짝 벌어져 있었다.

전혀 그런 일은 없을 텐데도, 어째서인지 매우, 선정적으로 보이고 말았다.

갑자기 물방울이 똑 떨어졌다.

젖은 회색 머리카락에서, 그녀의 드레스로.

그에 이끌린 것처럼 시선을 떨구면, 지금도 투명하게 비치는 속옷이 있다.

나는 바보처럼 새빨갛게 물들고 말았다.

"——머, 먼저 샤워하세요!!"

정신이 들고 보니 등을 돌리며 소리를 지르고 있었다. 동요를 드러낸 목소리로.

저는 나중에 해도 되니까, 먼저 몸 따뜻하게 하고 계세요. 그런 말은 입속으로 어물거릴 뿐이었다.

잠시 간격을 두고,

"알았어요."

그런 대답이 들리더니, 내 등 뒤에서 기척이 멀어져갔다.

샤워실 문이 열리고 닫히는 소리가 난다.

"……."

긴장한 어깨에서 살짝 힘이 빠졌다.

하지만 이내 들려온 생생한 옷 스치는 소리와—— 금세 울려 퍼진 샤워 소리에 다시 긴장이 솟았다.

나는 새빨갛게 된 것조차 잊어버릴 정도로 머릿속이 새

하얗게 물들었다.

"…………가, 갈아입을 옷! 갈아입을 옷을, 준비해
야…………."

전혀 돌아가지 않는 머리로, 그것만은 간신히 떠올렸다.

우리는 당연히 예비 옷 같은 것은 가지고 있지 않다. 샤
워를 해 차가워진 몸을 따뜻하게 한다 해도 갈아입을 옷이
없으면 아무것도 안 된다. 태어났을 때 그대로의 모습으로
이불만 뒤집어쓸 생각일까.

바보 같은 생각을 걷어차 버리고 황급히 달려 나갔다.
객실을 나가면서 문을 잠그는 것은 잊지 않았다. 상인여관
이라 문을 잠글 수 있어서 다행이라고. 머리 한구석에 유
일하게 남아있는 침착한 부분이 안도했다. 만약 지금 다른
누군가가 방에 침입한다면 나는 벨 크라넬을 평생 용서하
지 않을 것이다.

소리도 내지 않고 1층 카운터로 내려가, 종을 울리는 동
안에도 의식은 객실에 쏠려 있었다. 누군가가 우리 방에
다가오려 한다면 2초 안에 달려갈 준비를 해두었다. 제2급
모험자라면 할 수 있다. 나는 음속의 토끼가 되리라. 이윽
고 다가온 주인에게 갈아입을 옷을 빌려줄 수 있는지 교섭
해, 귀찮다는 표정을 짓는 드워프에게 주머니에서 돈을 있
는 대로 꺼내 카운터에 힘차게 내려놓았다. 그러자 주인은
아무 말도 하지 않고 갈아입을 옷을 두 벌 꺼내주었다.

리넨으로 된 옷을 들고 방으로 돌아왔다.

잠긴 문을 열고, 다시 닫은 문 바로 옆.

얇은 벽 바로 건너편에서 아직 샤워 소리가 들려온다.

"……………………………."

갈아입을 옷을 침대 위에 아무렇게나 놓고, 젖는 것도 아랑곳하지 않고 의자에 몸을 던졌다.

몸에서는 힘이 완전히 빠져나간 듯했다.

3분도 되지 않는 시간인 것 같은데, 오늘 하루 중에서 가장 큰 피로를 느꼈다.

샤워실에 등을 돌린 자세로, 자연스레 의자 위에서 구부정한 자세가 된 나는 팔짱을 낀 채 바닥을 바라보았다. 아니, 바닥을 바라볼 수밖에 없었다.

슬슬 지금의 상황과 마주해야만 한다.

"여기서, 시르 씨와, 하룻밤을 보내……?"

그 순간 목 위쪽으로 피가 확 쏠렸다.

아니, 그럴 필요는 없지 않을까? 시르 씨가 나온 다음 옷을 주고 "그럼 저는 이만~" 하며 혼자 나가버리면 되지 않을까? 하고도 생각했지만 그랬다간 어째서인지, 분명, 의심할 여지도 없이 마스터의 마법에 통구이가 되어버리리란 사실을 깨닫고 말았다. 마스터는 냉혹한 마스터니까. 애초에 여신제의 데이트란 건 언제까지 유효한 거지? 시르 씨를 멋대로 내팽개쳐놔도 될까? 이제까지 본 적이 없는 시르 씨의 기뻐하는 미소를 짓밟아버려도 되나? 게다가 새삼스럽지만 【프레이야 파밀리아】의 호위 대상을 이리저리 끌고 돌아다녔던 나와 【헤스티아 파밀리아】에게 내일은 있을까? 이제는 어디로 도망쳐도 의미가 없는 것 아닐까——.

『그렇지만 오늘은 풍요의 축제잖아? 1년 중에서 사람들이 가장 아이를 많이 가지는 날이라고 마리아 엄마가 그랬어!』

갑자기 뇌리를 가로지르는 피나의 천진난만한 목소리.

안 돼. 이상한 소리 하지 마. 괜히 의식하게 만들지 마. 이상한 복선 깔지 마아아!

쓸데없는 생각이 빙글빙글 맴돈다. 그럴 때가 아닌데도 생각이 정리가 되질 않는다.

혼란의 극치에 빠진 나는, 이제 인생의 선구자에게 도움을 청할 수밖에 없었다.

마음속에 있는 마스터—— 그리고 나를 길러준 부모인 할아버지에게 조언을 청했다.

대체 저는 어떻게 하면 좋나요?!

『여관에 끌려 들어왔으면 얌전히 흐름에 몸을 맡겨라. 아니—— 얌전히 먹혀라.』

왜 굳이 말을 바꾸세요?!

『벨~ 어른의 계단을 대시 대시 대시! 불타라 뛰어올라라 아아아아아!』

그만해 할아버지!

안 되겠다. 참고도 되지 않았다.

본인이라면 틀림없이 그렇게 대답할 것 같아 두 손으로 머리를 감싸 쥐었다.

아, 아무튼! 내가 괜히 의식하면 안 돼!

하루히메 씨의 사건 이후『그런』일에 둔감할 수만은 없겠다고 생각은 했지만, 그렇다고 폭주해서는 안 돼! 애초에 시르 씨에게 다른 뜻이 있었을 리 없고!

나는 초심으로 돌아가고자, 극동에서 말하는『염불』이란 것처럼 던전 몬스터의 이름을 읊기 시작했다.

'고블린, 코볼트, 잭 버드, 워 섀도우, 던전 리저드, 킬러 앤트, 니들 래빗, 오크, 임프, 미노타우로스, 미노타우로스, 미노타우로스, 미노타우로스미노타우로스미노타우로스미노타우로스미노타우로스미노타우로스——!!'

그 직후 샤워 소리가 멎었다.

"깩?!"

괴상한 비명을 지르며 몸을 흠칫 떨었다.

어중간한 자세로 몸을 일으키고 돌아보니…… 끼익, 하는 소리와 함께.

샤워실 문이 살짝 열렸다.

"벨 씨…… 갈아입을 옷, 있나요?"

흠칫해 침대 위의 옷을 낚아채선, 달려가, 문틈으로 나와 물방울이 송골송골 맺힌 손에 건네주었다.

그리고 그 순간 문 안의 회색 눈이 보였다.

쇄골과 살짝 달아오른 달걀 같은 피부도.

나는 말없이 뒷걸음질 쳐 그대로 등을 돌렸다. 얼굴색은 이젠 말할 것도 없다.

그 자리에서 움직이지 않고 있으려니, 잠시 시간이 지난 후, 그녀가 나왔다.

"벨 씨, 샤워실 비었어요."

"…………드, 들어갈게요."

시선을 바닥에 못 박은 채 눈을 마주하지도 못하고 그녀의 바로 옆을 지나쳐 샤워실로 들어갔다. 역시 간소한 석조 실내에는 물이 튄 흔적과 막 쓴 천이 깔끔하게 개어져 있었다. 그녀가 벗은 옷은 어디에도 없다.

흠뻑 젖은 옷을 바닥에 벗어던졌다.

온수기 마석제품과 직결된 밸브를 젖혀 샤워를 활짝 열었다.

물을 머리부터 뒤집어썼다.

"…………딱히, 이상한 짓을 하려고 했던 건 아니야."

쏟아지는 물방울 속에서 중얼거렸다. 그렇게 해 자신을 타일렀다.

뜨거운 물이 아니라 하염없이 냉수를 퍼부어 마음을 가라앉힐 수 있었다.

어쩐지 함정에 빠진 것도 같아 갈팡질팡했지만, 이것은 딱히 아무것도 아니다. 어쩔 수 없는 비상 수단. 무단외박이 되고 말겠지만 내일 주신님과 동료들에게 죽을 만큼 사과하자.

침대를 시르 씨에게 양보하고 나는 바닥에서 자면 된다.

던전 제37계층에 비하면 차가운 바닥 따위 낙원이다.

──그렇게 생각했는데.

"…………."

몸을 닦고, 옷을 입고, 문을 열어보니.

침대 끄트머리에 앉아있던 시르 씨가 고개를 들었다.

그녀는, 아래에 아무것도 입지 않았다.

앞을 단추로 여민, 헐렁한 리넨 셔츠 한 벌.

부드러운 허벅지가, 가느다란 다리가, 리넨 셔츠 자락에서 뻗어 나와 있었다.

당연히 속옷은 하나도 입고 있지 않겠지.

나는 아찔해져 졸도할 뻔했다.

"…………옷은, 어떻게 된 거예요?"

"바지는, 입을 수가 없었어요. 너무 헐렁해서, 자꾸 흘러내려서."

거짓말, 이라고 말하려다, 깨달았다.

당황한 나머지 내가 건네주었던 것은 남성용 옷이었음을. 지금 내가 입고 있는 것이 바로 여성용이다. 여성용 사이즈도 입을 수 있는 자신의 빈약한 몸을 원망하는 한편 터무니없는 실수를 죽을 만큼 저주했다.

시르 씨는 머리를 풀고 있었다.

평소에는 뒤로 한데 정리한 회색 머리카락을, 하나도 묶지 않은 채, 등으로 늘어뜨려서.

생각보다 긴 머리에 놀라, 넋을 잃고 바라보았다.

가슴이 마구 뛴다.

그 모습은 마치 다른 사람 같아서, 혹은 있는 그대로의 시르 씨여서, 너무나 숨이 막혔다.

"……시르 씨. 저는 바닥에서 잘 테니까, 시르 씨가 침대에서……."

"안 돼요. 같이 자요."

"……무리예요."

"왜요?"

"……무리니까요."

"꼭 그래야 할까요?"

"……저 주신님한테 혼나요."

"하지만 저만 침대에서 자면 죄책감 때문에 죽어버릴지도 모르는걸요."

"……거짓말."

스스로도 무슨 대화를 하는지 알 수 없었다.

나는 뻣뻣이 선 채, 시르 씨는 침대에 앉은 채.

어중간한 거리를 남기고, 내려다보며, 올려다보며, 시선을 얽었다.

"앉으시겠어요?"

움직이지 않은 채, 가만히 서 있는 나를 배려해주는 목소리.

의자를 흘끔 보았다. 젖은 드레스가 널려 있다. 쓸 수 없다.

회색 시선에 굴복해, 그녀의 옆에 앉았다.

다만, 부자연스러울 정도로 거리를 두고.

"아무것도, 안 해주실 건가요?"

심장이 펄떡 뛴 것 같았다.

"……시, 시르 씨가 무슨 말을 하는지, 모르겠어요."

바보 같은 어린아이 행세를 하며 목소리를 떨었다.

방에 한순간 정적이 찾아왔다.

창밖에서는 아직도 여신제가 이어지고 있으며, 사람들의 웃음소리가, 악기의 음색이, 폭죽 소리가 희미하게 들려왔다. 먼 장소의 소란이 지금은 공연히 그리웠다.

지금, 이 순간 그녀를 여성으로 의식해버리는 것이 두려웠다.

그것은 자신을 바꿔버리는 것과 동의어인 것만 같았다.

누군가를 좋아할 자격을 평생 잃어버리는 것 같다는 생각이 들었다.

"……시르 씨, 왜……."

거기까지 말하고, 한참 망설인 후, 바꿔 말했다.

"……왜, 데이트를 하자고 그러셨나요?"

물어봐서는 안 될 말을, 물었다.

밀회의 이유 따위 달리 있을 리가 없는데도.

그래도 나는 매달리는 듯한 심정으로, 다른 이유를 찾고자 하고 있었다.

못나기 짝이 없는 행위라고, 마음이 욕하기도 전에.

시르 씨가 대답했다.

"좋아한다고, 전하고 싶었으니까."

"네?"

"제가 당신을 얼마나 좋아하는지, 알리고 싶었으니까."

그리고는 고개를 가로젓는 기척에 이어, 그녀는 속삭였다.

"증명하고 싶어서."

네? 하고 내고 되묻기도 전에.

삐걱, 침대가 울렸다.

흠칫해 고개를 드니, 시르 씨가 눈앞에 다가오고——

붙들려 넘어졌다.

등부터 침대에 쓰러져, 시야가 한순간 천장만을 포착했다.

상황을 인식한 순간, 반사적으로, 무조건적으로, 곧바로 일어나고자 했던 모험자를 말리듯, 어깨에 부드럽게 손을 얹는다. 살짝 떨린 그 손의 무게가 지금의 자신에게는 그 어떤 것보다도 무겁게 느껴졌다.

한쪽 팔꿈치를 짚어 어중간하게 등을 띄운 채 눈을 크게 뜬 나에게.

삐걱, 하고 조금 전보다도 크게 침대를 울리며, 손과 무릎을 짚고, 그녀가 다가왔다.

"증명, 하고 싶었어요."

떨리는 눈으로, 한쪽 손을 나의 뺨에 가져다 대고, 꺼져 들어가는 듯한 목소리로 같은 말을 되풀이했다.

무언가가 잘못되면 금세 닿아버릴 만한 곳에 그녀의 얼

굴이 있었다.

모든 것이 새하얗게 물든 내 시야 속에 그 조그만 입술이 들어왔다.

"이건 『사랑』 같은 게 아니라──."

그 뒷말은 저어되는 것처럼, 혹은 스스로도 알지 못하는 것처럼.

언어를 이루지 못하는 대답과 함께, 나의 입술을 막으려 했다.

순간.

금색 동경이 머리를 가로질렀다.

"──안 돼요!!"

그녀의 두 어깨를 두 손으로 붙잡았다.

복근만으로 일어나, 눈앞에서 그녀의 얼굴을 떼어냈다.

휩쓸려서는 안 된다.

그런 건 용납되지 않는다.

동경에게 등을 저버릴 수는 없다.

왜냐하면, 아니, 그렇게 하지 않으면── 나도 그녀도 상처 입는다.

여기서 잘못해버리면, 언젠가 반드시, 우리는 파국에 이른다. 그녀의 회색 눈에서 눈물이 흐르게 된다.

마음을 굳게 먹어라. 환멸을 사도 상관없다. 아무리 매도를 당하더라도 좋다.

지금 여기서 그녀를 상처 입히는 데 낯을 찡그리며 그녀의 행위를 제지한다.

"……."

흔들리는 회색 머리카락이 그녀의 눈을 가렸다.

나의 다리 위에 엉덩방아를 찧은 그녀는, 조용히 고개를 숙였다.

지금도 얼굴에 걸린 앞머리는 표정을 가르쳐주지 않는다.

한순간의 침묵.

영원처럼 느껴지는 찰나.

그녀는, 고개를 들었다.

"거부하지 마."

그 회색 눈동자를 『은색 빛』으로 빛내면서.

"받아들여."

그 광채를 지근거리에서 본 순간, 몸이 부서질 듯이 경련했다.

아니, 그게 아니다.

심장 고동이 어긋났다.

자연의 섭리에 인간이 거역할 수 없듯, 그 『은색 빛』에 온몸이 복종하려 했다.

호흡을 빼앗기고 경직된 나에게, 그녀는 이번에야말로

얼굴을 가까이 기울였다.

　내 가슴에 두 손을 얹고, 이번에야말로 입술 앞에서 『　』을 확인하고자 한다.

　하지만 무언가에 저항하려는 것처럼, 등에 새겨진 히에로글리프가 타올랐다.

　아무리 몸이 순종을 바라더라도 그『동경』만은 빛바래지 않았다.

　나는 애절하게 두 눈을 일그러뜨리며, 중얼거렸다.

　"——시르 씨."

　그녀의 이름을 불렀다.

　눈앞의 눈동자에 호소하듯.

　그때였다.

　시르 씨는 전류가 흐른 것처럼 온몸을 떨었다.

　그것은 시르라는 이름에 반응한 것처럼 보였다.

　혹은, 내 눈 속에 비친 자신의 얼굴을 보고 만 것처럼 여겨졌다.

　시르 씨는 흠칫 뒤로 물러났다.

　『은색』으로 빛나던 눈동자가 회색 빛을 되찾고, 지금 막 저지르려던 행동을 스스로도 믿을 수 없다는 듯 아연실색하며, 가녀린 두 팔을 두 손으로 끌어안는다.

　"안 돼, 아니야…… 이런 건, 시르가 아니야."

　시르 씨는 무언가를 중얼거렸다.

　그리고 나에게서 떨어져 등을 돌렸다.

"……시르, 씨?"

"고개 돌려."

"네?"

"보지 마세요."

부탁이니.

꺼져 들어가는 목소리로 그렇게 애원했다.

그녀의 등을 한동안 바라보던 나는 시키는 대로 등을 돌렸다. 침대 위에서 한쪽 무릎을 세운 채 몸을 말았다. 방 밖에서는 여전히 축제의 소란이 끊이질 않는다. 그것은 마치 지금의 우리를 비웃는 것처럼 들렸다.

그리고 얼마나 시간이 흘렀을까.

"……벨 씨."

"……네?"

시르 씨가 천천히 말했다.

"당신이 바라지 않는 일은 하지 않겠다고 약속할게요. 그러니…… 저와 함께 자면 안 될까요?"

마석등의 어스름한 빛이 사라지자 실내는 금세 어두워졌다.

창밖, 커튼 안쪽에서 깜빡이는 불빛만이 희미하게 방을 비춘다.

나와 시르 씨는 등을 맞댄 채 좁은 침대에 누워 있었다.

잘 수가 없다. 당연하다.

바로 곁에 시르 씨가 있다. 온기는 바로 옆이다.

상대의 숨소리도, 심장 고동까지도 손에 잡힐 듯이 전해지는 것만 같았다.

"벨 씨."

"……네."

"실망하셨어요?"

"……아뇨. 싫어하거나 그러진, 않아요."

그런 일은 없을 텐데도.

무언가, 잔혹한 말을, 해버린 것 같았다.

"그런데 애인 갖고 싶지 않으세요?"

"뜬금없이 무슨 말씀이세요?!"

"고아원 아이들이 엄마 아빠가 필요한 것 같던데."

"그러니까 무슨 얘기냐고요?!"

그런가 했더니 공기가 느닷없이 파괴되었다.

내 양심의 가책 돌려줘!!

어째 이 사람 전혀 반성을 안 하네!

내가 나도 모르게 딴죽을 걸자, 몸을 뒤척이는 소리가 들렸다.

그리고 굼실굼실, 팔을 내 몸에 감는다.

나도 모르게 몸을 굳히자, 시르 씨가 등에 이마를 붙였다.

"아직 이쪽 보면 안 돼요."

돌아보려 했지만 기선을 제압당했다.

배에 감긴 팔과 밀착한 시르 씨의 몸 사이에서 꿈지럭거렸다.

"시, 시르 씨, 아깐 아무 것도 안 한다고……!"

"춥거든요. 그러니까."

몸에 감긴 팔은 실제로 싸늘했다.

"하, 하지만……!"

내가 그래도 포옹을 풀려 하고 있으려니, 달라붙은 등에서 입술을 비죽거리는 기척과 함께 비난 어린 목소리가 전해졌다.

"류하고는 끌어안고 있었으면서."

"으윽……?!"

바람을 피운 사실을 들이대면 사람은 다들 이런 목소리를 내는 것 아닐까 싶은 신음소리가 입에서 흘러나왔다.

"류, 류 씨한테, 들었어요……?"

"아뇨, 아무한테도, 아무 말도 못 들었어요. 하지만 지금 벨 씨의 반응으로 알았어요."

던전에서 돌아온 후로 계속 분위기가 이상했으니까요, 라는 말에 헛웃음이 멈추질 않았다.

간단히 낚여버린 자신에게 그저 실망만 느껴졌다.

"류는 저의 소중한 사람인데…… 엉큼한 짓을 했죠."

"아, 안 했어요! 아, 아슬아슬한 건 했을지도 모르지만……! 이상한 짓은, 절대 안 했어요!"

"정말요?"

"정말요!"

"그럼 저한테도 안 해요?"

"아, 안 해요."

"왜요?"

왜는요…….

말문이 막힌 나는, 시간을 두고 대답했다.

"시르 씨는, 시르 씨니까…… 못해요."

수긍이 가는 대답은 아니었는지.

시르 씨는 몸에 감은 팔에 꼬옥 힘을 주었다.

"바~보. 벨 씨는 바~보."

"뭐, 뭐예요, 갑자기……."

"바~보. 바~보."

투덜거리면서, 이마를 꾹꾹 문질러댄다.

난감해진 나는 아무것도 하지 못한 채 그저 가만히 있을 수밖에 없었다.

팔을 베개 삼아, 침대 옆의 벽만을 바라보고 있어야 했다.

"바보……."

작아진 목소리가 숨소리와 함께 등에 스며들었다.

마치 어린아이 같다.

오늘은 정말로…… 내가 모르는 시르 씨를 수없이 보았다.

여전히 빠른 심장 소리는 가라앉을 줄 몰랐다. 하지만 조금 전까지의 분위기는 무산되어, 시르 씨에게는 미안하지만, 나는 안도하고 있었다.

두 사람의 관계는 전혀 변하지 않고 넘어갈 수 있을 거라고, 그렇게 마음을 놓고.

──그것이 얼마나 잔인한 일인지, 전혀 생각하려고도
하지 않은 채.

"시르 씨, 왜, 저한테 이렇게……."

망설이면서도 말을 바꾸어, 아까와 같은 질문을 했다.

시르 씨는 이마를 붙인 채 띄엄띄엄 대답했다.

"다른 사람하고 똑같이는…… 류 같은 사람들하고 똑같
이는, 안 된다고 생각해서요."

"똑같아요……? 뭐가?"

"아직 어린 벨 씨는 평생 모를 거예요."

조금 강하게 내치듯 그렇게 말했지만, 잠시 간격을 두고
는 내 등에 다시 속삭였다.

"……스스로도, 모르겠어요."

"네?"

"왜 이렇게나 필사적인지."

"필사적……?"

"네. 손에서 흘러나가지 않도록, 정신없이, 애쓰고, 바라
고……."

말의 파편이 떨어진다.

등에 부딪혔다가 굴러간다.

마치 자장가와도 같은 그 말은 내가 아니라 시르 씨에게
돌아간 것처럼──

아아, 그렇구나.

그래서 저는 당신을──

그런 조그만 속삭임은 거기서 끊어졌다.

등 너머로 눈꺼풀이 감기는 기척이 전해졌다.

숨소리는 여전하다.

하지만 그녀가 오늘 밤은 더 이상 내 앞에서 눈을 뜨지 않으리란 것만은 알 수 있었다.

몸을 끌어안은 가느다란 손을 내려다보며, 온기를 등으로 느끼며, 나는 천천히 눈을 감았다.

너무 피곤했다. 어떤 의미에서는 던전에서 모험하는 것보다도 훨씬.

그녀에게 안긴 채, 천천히 잠에 빠졌다.

그리고 잠에 빠진 숨소리가 들려오기 시작했다.

시계의 긴 바늘이 두 바퀴 돌았을 무렵, 시르는 천천히 눈을 떴다.

소년을 절대 깨우지 않으려는 듯, 감았던 팔을 천천히 풀고 상반신만을 일으켰다.

어지간히 피곤했는지, 몸을 일으킨 시르를 알아차리지 못하고 있다. 아니, 어쩌면 무의식중에 완전히 신용하고 있는지도 모른다. 약속을 나누었던 소녀가 자신에게는 아무것도 하지 않을 것이라고.

그 천진난만한 얼굴이 원망스러워서, 사랑스러워서, 손을 내밀어 머리며 뺨을 어루만질 수도 없었다.

"……."

창문으로 스며드는 달빛이 방을 비춘다.

덧없는 빛은 이미 12시가 지난 시각을 알려주는 듯했다. 그녀를 마중 나올 마차는 찾아오지 않는다.

마지막으로 다시 한번, 소년의 얼굴을 내려다보고, 시르는 조용히 중얼거렸다.

"내일, 또 만날 수 있다면…… 그때는……."

그 뒷말을 들은 것은 달빛뿐이었다.

소리도 없이 침대를 내려가, 다 마르지 않은 드레스를 입고 준비를 마친 후 방을 떠나갔다.

그녀는 더 이상 돌아보지 않았다.

Monologue V

사람의 마음은 잔혹하다.

일편단심은 미덕으로 여겨진다. 하지만 그런 한결같은 마음이 무엇보다도 잔혹한 것이 된다는 사실을 나는 몸으로 깨달았다.

왜냐하면 그 마음은 다른 누군가의 마음을 돌아볼 수 없으며, 보답해줄 수도 없으니까.

붙들어 맬 수 있는 것은 정이나 육욕뿐.

하지만 만약, 그토록 애를 태우는 존재가, 두 사람이 언젠가는 상처 입을 것을 알기에 그 정을 안이하게 받아들이지 못할 만큼 다정한 사람이라면.

하얀 정신을 잊지 않고, 육욕에도 빠지지 않는 투명한 마음의 소유자라면, 어떻게 해야 좋을까.

단순한 어린아이라고 비웃기는 쉽다.

하지만 그것이 무엇보다도 얻기 힘든, 어려운 일임은, 나이를 먹은 사람일수록 잘 이해한다.

동정은 독이다. 쾌락도 독이다. 공감해버리면 그것으로 끝. 철저히 상처 입을 때까지 두 사람은 십자가를 짊어지게 된다.

동경을 그리워하는 그의 마음은 결코 흔들리지 않을 것이다. 그가 타락할 순간이 온다면 그것은 곧 힘에 굴복했을 때일 뿐. 그러나 그 유치하고도 고결한 마음은 결코 부서지지 않는다. 어쩌면 더럽혀진다 한들, 그는 동경을 버리지 않은 채 그림자를 짊어지고도 관철해나갈지도 모른다.

그런 그의 마음을 어떻게 해야 손에 넣을 수 있을까.

나는 답을 알지 못한다.

사람의 마음은, 그는 잔혹하다.

하지만, 아니, 그렇기에, 나는 그렇게나 그에게 감사하며――― 증오했다.

왜냐하면 그런 당신의 마음이 『한 여신』마저 미치게 만들어버렸으니까.

단장

Syr의 시작

© Suzuhito Yasuda

눈이 내리고 있었다.

아름답고도 잔혹한 백색 파편이 하늘에서, 얼어붙은 몸에 쌓여간다.

그 몸은 고독했다.

그 몸은 추웠다.

안아주는 이도, 굶주림을 치유해줄 이도 없다.

얼어가는 팔다리만이 어쩔 수 없는 현실이었다.

지저분한 몸이 변할 도리 없는 진실이었다.

왜 이렇게나 더럽고 가난하고 공허하고 추운 걸까.

이미 수천 번도 더 품었던 의문이 잿빛으로 물들어가는 마음의 바다에 떠올랐다가는 가라앉았다.

어떻게 하면 내 몸은 내 몸이 아니게 될까. 덧없이 깎여나가는 사고의 파편으로, 진지하게 생각하고 또 생각했다. 생각한 끝에 삶을 멈추기로 했다.

그때였다.

『——괜찮니?』

귀를 달래는 소프라노 음색이 울려 퍼진 것은.

감으려 하던 눈꺼풀을 억지로 열고 그녀를 본 순간 눈이 휘둥그렇게 뜨였다.

터무니없이 아름다우며, 풍요롭고, 충족되며, 따뜻한 것이, 그곳에 있었다.

이런 존재가 정말로 세상에 있다는 사실을 처음으로 알았다.

『지금 나는 널 구할까 하는데…… 넌 무언가 바라는 게 있니?』

마치, 여느 때와 취향을 바꾼 것처럼.

혹은 이 몸에 깃든 영혼의 광채를 꿰뚫어 보고 있는 것처럼.

눈앞의 존재는 그렇게 물었다.

그런 것은, 있다.

당연히 있다.

이렇게까지 아름답고, 풍요롭고, 충족되며, 따뜻한 것이 있다는 사실을 알고, 가슴에 품은 것은 단 하나뿐.

그것은 선망도 동경도 질투도 아닌──『갈망』이었다.

저는, 당신이 되고 싶어요.

저를 그만두고, 아름답고, 따뜻한, 당신이 되고 싶어요.

그런 말을 들을 줄은 솔직히 생각도 못 했으리라.

눈을 크게 뜬 그녀는 소리를 내 웃음을 터뜨렸다.

『신이 되고 싶다고? 너 정말 욕심도 많구나! 그런 말을 하는 아이는 이제까지 어디에도 없었어!』

그녀의 사랑에 구원을 받은 이는 있었다. 그녀에게 충성을 맹세하는 이는 있었다.

하지만 그녀가 되고자 했던 이는 누구 하나 없었다.

그녀는 웃었다.

은발의 여신은 웃고 또 웃었다.

우스워서 견딜 수 없다는 듯.

흥미가 솟아 멈추지 않는다는 듯.

『그럼 ──을 줄게. 대신 ────을 내게 주련?』

턱을 살짝 내린다.

그렇게 여신은 구원이 없던 슬럼에서 손을 내밀며 물었다.

『네 이름은?』

소녀는 입술을 떨었다.

『──시르.』

그것은 『운명』의 교환이었다.

그 후로 나의 숙명은 정해졌다.

하지만 그래도 상관없었다.

그 얼어붙은 거리에서 풀려날 수 있다면.

그 고독과 어둠에서 해방될 수 있다면.

그 아름답고 풍요로우며 가득하고, 무엇보다도 따뜻한 존재가 될 수 있다면.

그리고 나는 변했다.

그렇다── 나는 『여신』으로 다시 태어났던 것이다.

6장 바람의 대가

© Suzuhito Yasuda

깊은 잠에서 깨어나는 것을 알 수 있었다.

눈을 떴다. 시야에 비친 낯선 목조 벽과 싸구려 커튼에 싸인 창문.

익숙하지 않은 건물의 냄새는 어젯밤 자신이 어디에서 밤을 보냈는지 기억을 되살아나게 해주었다.

"아침…………?"

그리고 누구와 함께 있었는지도.

"시르 씨?"

그제야 겨우, 침대에 나 혼자만 있다는 사실을 깨달았다.

곁에서 자고 있어야 할 그녀는 없다. 벌떡 일어나 주위를 둘러보니, 의자에 걸려 있던 옷도 사라지고 없었다. 옆의 샤워실에도 없었다. 혼자 나갔나? 아무리 피곤하다고 해도 상급 모험자가 돼서 그것도 모르고 있었다니, 이런 바보가 있나.

하지만 왜?

정말로 내가 싫어졌을까?

아니면 데이트는 이제 끝났다는 뜻?

혹은…… 【프레이야 파밀리아】에게 끌려갔을까?

마지막 상상에 스스로도 당황했다. 내가 무사한 것을 보면 가능성은 낮다. 하지만 만약 시르 씨가 나를 감싸주었던 것이라면…….

억측의 폭주라는 자각은 있었다. 하지만 그렇게 생각하니 가만있을 수가 없었다.

찜찜한 촉감을 참으면서 덜 마른 옷을 얼른 입었다.

"……!"

황급히 방을 나가기 직전, 걸음을 멈추었다.

책상 위에 놓인 액세서리. 푸른색 장식이 가미된, 한 쌍의 장신구 중 반쪽.

나는 그 은세공품을 빤히 바라보고 주머니 안에 넣은 다음, 이번에야말로 방을 뛰쳐나갔다.

"시르 씨, 어디로 갔어요……!"

1층의 드워프 주인을 불러내 물어보았지만, 그녀가 어디로 갔는지는 모른다고 했다.

하늘은 회색으로 뒤덮여 있었다.

여신제 둘째 날은 어제와는 달리 애석하게도 흐린 날씨.

구름이 두터웠다. 안 좋은 색깔이다. 어쩌면 비가 올지도 모르겠다.

나는 등을 떠밀린 것처럼 달려 나갔다.

고개를 좌우로 돌리며 어제 왔던 길을 역주했다.

영웅교, 흠뻑 젖어 올라왔던 강기슭, 크루징을 했던 수로의 둘레길. 한바탕 싸움이 있었던 『스푼 아쿠아』는 무사히 원래 장소에 정박 중이었다. 우리가 사라진 후 아이즈 씨나 류 씨 일행, 【프레이야 파밀리아】는 충돌할 이유가 사라져 무사히 사태를 수습할 수 있었을까? 어젯밤에 봤던 종업원이 있었으므로 여기서도 물어보았지만, 시르 씨의 정보는 얻을 수 없었다. 다만 내가 놓고 갔던 트렁크를 돌려주었다. 안에 든 매직 아이템도 무사했다. 고맙다고 인사를 하고 수색을 재개했다.

그러나 마구잡이로 돌아다니며 찾아봤자 역시 발견할수는 없었다.

"시르 씨, 혹시 『풍요의 여주인』에 돌아갔으려나……."

스스로 말해놓고도 믿을 수 없었지만, 매달리는 심정으로 서쪽 대로를 향해 발을 옮겼다.

아직 이른 아침이라 할 만한 시간대. 하지만 바로 직전까지도 밤새 소란을 피운 것 같은 주점도 보여, 평소보다많은 사람이 돌아다니고 있었다. 축제의 활기는 새벽에도식을 줄을 몰랐다.

서쪽 메인 스트리트로 나가니, 해쓱한 얼굴로 『풍요의여주인』에 들어가려 하는 웨이터 차림의 벨프가 보였다.

"벨프!"

"응? 어라, 벨?! 너 어젠 어디 갔던 거야?!"

돌아본 벨프는 나를 발견하자마자 황급히 주위를 살피더니 달려왔다.

"안 돌아와서 걱정했잖냐. ……그럼 어젯밤엔 그 여자랑같이 있었던 거야? 빽빽 소리 질러대다 새파랗게 질려서뛰쳐나가려는 릴리돌이 말리느라 고생했다만……. 그리고쓰러져버린 여우 챙겨주는 것도……."

"미안해! 그보다 시르 씨 안 왔어?! 갑자기 없어져 버렸어!"

혹시나 릴리에게 들킬까 봐 전전긍긍하는 벨프의 말을 가로막으며 캐물었다.

몇 번이나 눈을 깜빡이던 벨프의 얼굴은 갈팡질팡하는 나를 보고 심각한 표정으로 바뀌었다.

"일단 진정해. 저쪽으로 가자. 그다음에 얘기해."

『풍요의 여주인』 옆의 좁은 골목.

벽을 등진 벨프에게, 나는 어제부터 오늘 아침까지 있었던 일을 요약해 설명했다.

"【프레이야 파밀리아】에게 쫓기다, 아침에 일어나보니 없었다고……."

"응. 혹시 어디로 끌려간 건 아닐까 해서……."

불안을 감추지 못하는 나에게, 벨프는 팔짱을 풀며 말했다.

"미안하다. 벨. 먼저 좀 물어보자."

"응?"

그리고 나를 똑바로 바라본다.

"너, 그 여자를 찾으면, 어떻게 할 생각이냐?"

그 말의 뜻을, 처음에는 이해하지 못했다.

"어떻게, 하다니……."

"나도 여자의 마음 같은 건 잘 모른다만…… 그 주점 여자가 널 좋아하는 건 틀림없어."

"……!"

"친구로서가 아니고, 남자로서."

숨을 멈춘 나에게 벨프는 눈썹을 치켜세우며 어조에 힘을 주었다.

"그러니 물어보는 거야. 넌 그 여자를 찾아서 어떻게 할 생각이야? 아무것도 모르는 척, 평소의 관계로 돌아가려고? 답을 들려주지 않는 건 잔인해. 그 정도는 나도 알아."

"……나, 나 같은걸……."

"너를 좋아할 리가 없다느니, 그런 소리 하려고?"

벨프는 내가 발뺌하도록 놔두지 않았다.

너 자신도 알아차리지 않았느냐고, 눈으로 호소하고 있었다.

"여기까지 와서도 둔감한 척한다면, 난 널 경멸할 거다."

그렇게 딱 잘라 말했다.

나의 시선은 이리저리 흔들렸다.

벨프는 결코 책망하려는 것이 아니다. 하지만 가슴을 망치로 얻어맞은 것 같았다.

……알아차리고 있었다.

자만해서는 안 된다고, 착각이라면 비참하고 창피해질 거라고, 지금도 그렇게 자신에게 되뇌고 있다. 아니, 틀림없이, 자신을 속이려 하고 있다.

하지만 어제의 데이트에서 어렴풋이, 그리고 결정적으로, 시르 씨의 마음을 접하고 말았다.

『좋아한다』는 말을 듣고 말았다.

더 이상은…… 얼버무릴 수 없는 데까지 왔다.

나는 아무 말도 하지 못한 채 고개를 숙였다.

"겸손한 건 나쁜 게 아니야. 자신감이 없어서 어떻게 할 수 없다는 것도 알아. 하지만…… 스스로에게 거짓말을 하지는 마라. 여자한테 부끄러움을 주고 넘어가지는 마라."

"……."

"아침에 없어진 것도, 원래 같으면 너한테 정이 떨어져서……라는 이유가 제일 그럴싸한데."

비참할 정도로 아무 말도 할 수 없었다.

거기까지 말한 벨프는, 천천히 한숨을 쉬었다.

"……그 꼴을 보니, 널 좋아하게 된 여자들은 진짜 고생하겠다."

"뭐?!"

"어, 아니, 그 뭐냐, 상급 모험자쯤 되면 추파를 던지는 사람도 많지 않겠냐는, 그런 뜻이야. 신경 쓰지 마."

나도 모르게 고개를 홱 들자 벨프는 말실수를 했다는 양 왼손으로 입가를 막았다. 그리고 얼버무리듯 쓴웃음을 지었다.

"딱히 건방을 떨라는 소리는 아니야. 좋아한다고 고백도 안 하고 『눈치 좀 채라!』 하는 것들이 오만한 거지. 적어도 남자인 난 여자 쪽에도 책임이 있다고 봐."

"……."

"하지만 호의를 밝힌 상대한테서는…… 도망치지 마라."

내 파트너는 도리를 아는 녀석이었으면 좋겠다.

어디까지나 내 이기심이지만.

그렇게 말하며 웃어주는 벨프에게, 나는 미안한 심정으로 가득했다.

【파밀리아】 맏형의 조언은 한 마디 한 마디가 가슴을 울렸다.

"난……."

만약.

만약, 답을 내야만 하는 때가 온다면, 그때는——.

"……결심이 섰냐?"

"……응. 이젠 도망치지 않아."

"그럼 난 더 이상 아무 말도 안 하마. 미안해, 쓸데없는 소리를 해서."

"아냐……. 나야말로 미안해, 벨프. ……고마워."

내가 가느다란 목소리로 말하자 벨프는 역시 형 같은 얼굴로 웃었다.

그리고는 본론으로 돌아가자고 하더니, 그때까지의 분위기를 확 바꾸었다.

"그 여자가 어디로 갔는지는 몰라도【프레이야 파밀리아】하고 관계가 있다는 건 확실하지? 그럼 접촉할 수밖에 없지 않겠어?"

"【프레이야 파밀리아】하고……?"

"응. 일개 마을 아가씨가, 온 도시를 뒤집고 다니는 상급 모험자의 눈을 피할 수는 없었을 것 같은데."

벨프도 나와 같은 생각인 듯했다. 보호라는 말은 이상할지도 모르지만, 시르 씨는 이미 【프레이야 파밀리아】에게 잡혔을 가능성이 높다.

실제로 그들에게 직접 물어보는 것이 가장 빠는 방법일 것 같았다.

"섣불리 접촉했다가 우리 【파밀리아】에 피해가 올 거라느니, 그런 생각은 안 해도 돼. 아무리 그래도 항쟁 같은 게 벌어지진 않을 테니까. ……아마도."

"으, 응, 아마도……."

"나도 도와주고 싶다만…… 미안해, 오늘은 다른 애들하고 같이 하루 종일 움직이지 못할 것 같아. 여기서 강제노동해야 돼……."

"가, 강제노동?"

"그 여자애들이 나가버린 탓에 우리한테 불똥이 튀었지 뭐냐. 그 드워프 아줌마 몰래 도망칠 수도 없고…… 아니, 진짜로."

말을 들어보니, 동료들은 어젯밤에 강제로 주점의 별채에서 잤던 모양이었다.

미아 씨가 「바보 딸내미들 대신 여기서 자면서 일해」라고 했다나.

조금 전의 해쓱했던 표정은 그것 때문이었구나, 하고 깨닫고 말았다.

그러고 보니 어제 류 씨랑 세 분이 『스푼 아쿠아』에 있었는데…… 혹시 우리를 감시했던 걸까?

"류 씨랑 세 분도 안 왔어?"

"응. 그리고 헤스티아 님도."

어깨를 으쓱하는 벨프에게 알았다고 고개를 끄덕였다.

아무튼 선택지는 좁혀졌다. 그렇다면 닥치는 대로 부딪쳐볼 수밖에 없다.

들고 온 트렁크를 맡아준 벨프에게 등을 돌리고 달려 나갔다.

"고마워, 벨프. 다녀올게!"

"그래, 다녀와라."

나는 벨프에게 다시 한번 고맙다고 인사하고, 골목을 뛰어나갔다.

"모험자로서 성장했다 싶었더니, 이쪽 방면에서는 아직도 애구만……."

멀어져가는 뒷모습을 보며 벨프가 중얼거렸다.

제노스 사건을 계기로 표정부터 달라졌던 그의 파트너는, 모험에서 한 발 떨어지면 나이에 어울리는 얼굴을 보였다. 아니, 지나치게 순수하다고 해도 과언이 아니었다.

그것도 좋은 점이지만, 하고 웃음을 지은 벨프는 이내 낯을 찡그렸다.

"도시 최강 파벌이 경호하는 점원이라니…… 드워프 아

줌마는 이거 알고서 고용한 거야?"

아니, 애초에 이 가게 자체가 『미의 여신』의 입김이 닿은 곳은 아닐지──.

『풍요의 여주인』의 간판을 노려본 벨프는 한없이 『진실』과 가까운 곳에 있었다.

🐱

사람들과 스쳐 지나치며 서쪽 메인 스트리트를 달려 나갔다.

여신제 일색으로 물든 대로에는 길드 직원의 모습이 다수 보였다. 완전히 텅 비어버린 상자에 밀리며 과일 등 새로운 수확물을 보급하는 중이었다. 즐비하게 늘어선 노점도 준비를 시작했다.

그 광경을 곁눈질하며 【프레이야 파밀리아】와 접촉할 방법을 생각하던 나는 문득 깨달았다.

"감시의 『눈』이 없어⋯⋯?"

어제 시르 씨와 데이트하던 중, 그렇게나 나를 꿰뚫어 보던 감시의 시선이 느껴지질 않았다.

여관에서 묵었던 나를 놓쳐버린 걸까, 아니면 다른 대응에 내몰린 걸까.

【프레이야 파밀리아】는 이미 나의 감시를 해제했을까?

마스터⋯⋯ 헤딘 씨와 접촉하는 것이 이상적일 테지

만——

'——아니야. **있어.**'

단 한 명.

무시무시할 정도로 교묘하게 기척을 숨긴 채 나를 살피는 사람이, 있다.

타인의 시선 하나에만은 민감해져 버린 나는 잠시 걸음을 멈추고—— 그다음에는 전광석화의 속도로 달려 나갔다. 시선이 나오는 곳, 대로에서 꺾어 들어간 뒷골목의 건물을 향해.

몸을 숨기도록 내버려 두지 않겠노라고 질주한 나는 도약해 다른 건물의 벽을 박차고 목표했던 옥상으로 힘차게 뛰어올랐다.

"……!"

높은 건물 옥상에서, 시선의 주인은 도망치지도 숨지도 않은 채 있었다.

칠흑의 외투를 바람에 나부끼는 한 다크엘프.

헤딘 씨와 어깨를 나란히 하는 【프레이야 파밀리아】의 제1급 모험자.

그 사실을 금세 이해한 나는 꼴깍 목을 울렸다.

……하지만, 어라?

왜 **일부러, 괜히 멋을 부리면서 등을** 돌리고 있지……?

"회색 하늘에 하얀 짐승이 찾아왔는가—— 바람이 통곡하는구나."

으응......?

"무슨 용건인가, 초대받지 않은 객인이여. 오늘의 천공은 심사가 곱지 못하다. 광란의 연회에 말려들기를 원치 않는다면 즉각 떠나거라."

무슨 말인지 도통 알아들을 수 없는데...... 으으응?

펄럭펄럭 바람에 나부끼는 외투에서는 고고함이 느껴지며, 뒷모습도 폼이 나서 멋있다.

하지만, 어쩐지, 이유 없이, 정말로 잘 모르겠지만, 그으한 느낌이......

이 사람 혹시──.

"그거...... 신들이 말하는 『중이병』? 이란 건가요?"

"──그 가증스러운 이름으로 부르지 마라!!"

물어본 순간 다크엘프──【프레이야 파밀리아】제1급 모험자 회그니 라그날 씨는 용수철이 튕기듯 홱 돌아보았다.

무섭도록 고운 엘프 특유의 미모 속에서 치켜 올라간 떡 잎색 눈동자에는 살짝 눈물이 맺혀 있었다.

"나에게 병 따위 없다! 신들의 풍토병 따위 앓고 있지 않다......!"

"죄, 죄송합니다!"

"──우우우, 그러지 마아. 그런 눈으로 보지 마아. 그 이름으로 부르지 마아. 무슨 뜻인지는 모르겠지만 엄청 바보 취급하는 기분이 든단 말야아아아."

"……………자, 잘못했어요."

"초면인 사람, 진짜 무리. 창피해, 죽고 싶어……. 크윽, 내 칠흑의 페르소나가 떨어져 나간다……!"

어, 응……. 신들이 말하는「캐릭터」란 걸 좀 이해할 것 같다.

아마 아이즈 씨보다도 훨씬 말이 서툴고 긴장 체질인 거겠지.

그 탓에 언동이 이상하게 꼬여버리는 것뿐 아닐까…….

그러고 보니, 헤딘 씨에게 호기심에 동료 제1급 모험자들에 대해 물어본 적이 있다. 다른 사람에 대해서는 전혀 가르쳐주지 않았지만, "회그니는 그냥 바보다"라고 내뱉으셨지…….

"……저, 저기요. 시르 씨가 어디로 갔는지, 혹시 모르시나요?"

눈가를 북북 문질러 닦는 모습에 죄책감을 품으며 묻자, 회그니 씨는 눈을 가늘게 뜨더니 조금 전의 분위기를 되찾았다.

"……성스러운 공주의 행방은 우리도 쫓는 중이다."

"네, 네에?"

"숱한 권속이 너라는 감옥에서 해방되어 복음의 발자취를 찾아 헤매는 중이니. 위대한 도시는 바야흐로 폭풍과도 같은 양상. 그리고 나는 만의 하나를 우려하여 토끼를 경계하기 위한 영원의 박쇄………… 그렇다, 나의 이름은 심판의 섭리.”

아, 여전히 무슨 말인지 모르겠어…… 하지만 대충 의미는 통했다.

옛날에 할아버지도 비슷한 말을 하신 적이 있었거든!

다시 말해, 거의 모든 【프레이야 파밀리아】 단원들이 나를 내버려 둔 채, 어딘가로 사라져버린 시르 씨를 혈안이 되어 찾고 있고, 회그니 씨만 혹시 몰라 나를 감시하고 있다는, 그런 소리겠지.

【프레이야 파밀리아】도 시르 씨를 놓쳤다고……?

정말 시르 씨는 어디로 가버린 걸까.

조바심과도 같은 감정에 사로잡혀 있으려니, 그때까지 허공을 바라보던 회그니 씨는 나를 빤히 응시했다.

“……아름다운 유구의 기억…… 빛바래지 않는 추억은 쌓았는가.”

“네?”

“석별의 순간은 용납되지 않는다. 그렇기에 작별은 마쳤느냐고 묻는 것이다.”

한순간 무슨 말을 들었는지 이해하지 못했다. 무슨 말을 하시는 건지도 모르겠다.

하지만 귓가를 두드린 단어에 반응해, 나는 목소리를 높이고 있었다.

“추억……? 작별? 무슨 말씀을 하시는 거예요?!”

“여신이 아니라 소녀가 너를 유혹하였다. 그 어떤 선택을 내렸더라도 기다리는 운명은 변전을 맞지 않으리라. 나의 지혜는 그리 예견하였다. ……최소한 난 그렇게 이해했어."

여전히 이해할 수 없는 말이었다. 번역도 의역도 불가능했다. 대체 뭐라고 하는 걸까.

하지만 마치 『그 사람이 사라진다』는 듯한 말투에 나는 심하게 동요했다.

"시르 씨에게 무슨 일이 있었는데요?! 뭐가 시르 씨를 기다리고 있는데요?!"

"히익?! 다다다다, 다가오지 마?! 그렇게 가까이 다가오면 시선이 무서워! 아, 안 돼── 도망칠래!"

"앗?! 거, 거기 서요!"

몸을 내미는 나에게 흠칫 겁을 먹은 회그니 씨는 놀랍게도 옥상에서 몸을 날려 뛰어내렸다.

난간으로 달려간 나도 펄럭이는 외투가 사라진 뒷골목을 향해 도약했다.

시르 씨가 사라진다고? 헤어진다고?

그게 무슨 소리야! 그게 무슨 뜻이야!

뒷골목에 착지한 나는 회그니 씨를 필사적으로 추격했다. 보였다 사라졌다 하는 외투를 따라 복잡하게 얽힌 길을 달려 나가, 때로는 스쳐 지나가는 사람들에게 다크엘프를 보지 못 했느냐고 물으며.

하지만 상대는 역시 제1급 모험자였다.

Lv.4의 추적 따위 아무렇지도 않게 뿌리쳐, 결국 놓치고 말았다.

"하아, 하아……! 어디로 갔지……?!"

그렇게 도착한 곳은 센트럴파크.

도시 중앙에는 이미 수많은 사람이 넘쳐났다.

아무것도 모르는 군중은 여신제 둘째 날을 즐기고 있었다.

인파에 섞였는지, 아니면 광장 자체에는 이미 없는지.

조바심에 사로잡혀 필사적으로 주위를 둘러보고 있으려니── 그『제단』이 눈에 들어왔다.

『풍요의 탑』. 여신제의 상징과도 같은 존재를 섬기기 위해 쌓아놓은 네 개의 석탑.

나는 반쯤 무의식중에 네 개의 탑 중『미의 신』을 보았던 북쪽 기둥으로 눈을 돌렸다.

"──────."

그리고 그곳에서 한 보어즈와 눈이 마주쳤다.

바위처럼 거대한 무인.

나조차도 알고 있는,『도시 최강』의 모험자.

그는 마치 기다리고 있었다는 양, 조용한 눈빛으로 나를 내려다보는가 싶더니 통나무처럼 굵은 팔을 천천히 들었다.

그 손가락으로 도시 북동쪽을 가리킨다.

"웃……?"

의도는 알 수 없었다. 진의도 알 수 없었다.

하지만『가라』고 말하는 것 같았다.

아연실색 멍하니 서 있던 나는 탑 위의 보어즈와 그가 가리킨 방향을 보고 발을 돌렸다.

등대가 비추는 너머로 이끌려가듯, 혹은 등대의 빛에 매달릴 수밖에 없는 배처럼.

자신감은 없었다. 불안하기도 했다. 그래도 직감에 따를 수밖에 없었다.

인파를 헤치고, 센트럴파크를 떠나, 그가 가리켰던 방향으로.

도시 북동쪽은 마석제품이 생산되는『공업구역』.

평소에는 기술자나 노동자가 오가는 이 장소도 축제의 풍경으로 가득했다.

몇 번이나 방향을 바꾸며, 나는『공업구역』안을 나아갔다.

그리고.

"──시르 씨!"

찾았다.

폐기된 승합마차 정류장.

조그만 폐가처럼 보이기도 하는 정자 같은 곳에서, 그녀는 벤치에 앉아있었다.

정류장은 추레하고 지저분했다. 사람들의 기억에서 잊힌 그곳은 그야말로 주위의 건물에 가려진 사각지대이기

도 해서, 굳이 찾아오려 하지 않는다면 찾을 수도 없는 곳
이었다.

"……! 벨 씨!"

내 목소리에 흠칫 어깨를 떨었던 시르 씨가 힘차게 일어
났다.

마치 염원이 이루어진 것처럼 감격하며.

"──웃?"

젖어 드는 회색 눈.

가슴에 끌어안은 두 손.

덧없이 보이는 웃음.

그런 그녀의 모습을 보고, 크게 당황했다.

울음을 터뜨려버릴 것만 같은 그녀가, 지금 나에게 향한
『감정』은──.

"……기뻐요. 다시 만날 수 있어서. 당신이 찾아주어서."

"……그게 무슨, 뜻인가요?"

"……미안해요. 못 들은 걸로 해주세요."

어떻게, 그럴 수 있겠어요.

상황을 전혀 파악하지 못한 내가 캐물으려 했지만, 그녀
는 갑자기 주위를 둘러보았다.

어째서인지는 알 수 없다. 하지만 그녀의 옆얼굴에서 마치
『계약』을 저버리려는 듯한 결의를 언뜻 본 기분이 들었다.

어떤 한 점을 바라보며, 그야말로 결심한 듯, 입을 꾹 다
물었다.

"벨 씨…… 따라와 주세요."

"네? 저, 저기요?!"

"여길 떠나고 싶어요…… 아니, 가고 싶은 곳이 있어요."

손을 붙들고 잡아당긴다.

영문을 물어도 상대해주지 않는다.

회색 머리카락이 나부끼고, 같은 색의 눈이 이쪽을 돌아보며 웃음을 짓는다.

"어제는 벨 씨가 가고 싶은 곳에 데려가 주셨으니까요. 오늘은 제가 원하는 곳에 가게 해주세요."

──부탁이니까요.

마치 평생의 소원인 것처럼, 그렇게 애원했다.

머리 위를 뒤덮은 회색 구름을 보며 오라리오에 사는 많은 이가 생각했다.

비가 한바탕 올지도 모르겠다고.

이를 아쉬워하는 사람, 탄식하는 사람, 비가 내리기 전에 축제를 즐기려는 사람, 다양한 반응으로 나뉘었다.

"…………시르, 벨…………. 어디에도 없어…… 어디에도 돌아오지 않았어…… 둘이서만 밤을? ……외박? …… 그럴 리가…… 거짓말이야…… 아직 결혼도 안 했는데……."

그런 가운데, 아쉬움도 탄식도 아닌 절망을 드러낸 이가 있었다.

류였다.

장소는 북쪽 메인 스트리트.

배 위의 소동 이후, 시르와 벨을 발견하지 못한 채 오늘을 맞은 그녀의 얼굴은 한계까지 새파랗게 질려 있었다. 참고로 밤새 찾아 헤맨 후였다.

결벽성과 정조 관념이 강한 엘프이기도 해, 허무에 찬 목소리로 중얼거리고 있었다.

"류~! 길 한복판에서 기능 정지하지 마라웅~?! 주위에서 완전 쳐다본다웅~!!"

인파 속에서 멍하니 선 채 이 세상이 다 끝난 것 같은 표정을 짓고 있는 류를 끌고 가는 것은 클로에. "사서 고생하는 건 루노아 일이다웅~!!"이라고 비명을 지르며 엘프를 재기동시키고자 필사적이었다.

"이봐~! 시르랑 벨을 찾았대! 아냐가 모험자군 냄새를 발견했어!"

"뭐라?! 잘했다웅, 아냐! 루노아!"

그때 군중의 주목에도 아랑곳않는 루노아의 낭보에 클로에가 환호했다.

"들었냐웅, 류! 얼른 시르랑 소년을 추적한다웅!"

"아직 숲에서 사랑을 맹세하지도 않았는데…… 숲이 아니어도 하다못해 신 앞에서 서약을……."

"안돼겠어이엘프망가졌어—?!"

"아~ 진짜! 꾸물대지 말라고!"

말버릇도 잊고 비명을 지르는 클로에에게 루노아가 끼어들었다.

"류~! 냉큼 제정신 차려어어어어어!"

"——헉?!"

목덜미를 붙든 루노아의 왕복 따귀가 류의 두 뺨을 후려쳤다.

강렬한 아픔에 기다린 귀를 떨며 제복 차림의 엘프는 겨우 제정신을 차렸다.

"루노아, 클로에…… 제가 대체……."

"그러니까 시르랑 벨을 찾았다고!"

"——!! 저, 정말인가요!"

"몇 번 말해야 알아듣냐옹! 냉큼 가자옹! 그리고 소년의 엉덩이가 지켜졌는지 확인해야 한다옹!!"

""시르가 너냐!!""

콧김을 씩씩거리는 클로에에게 꽂히는 수도와 백너클.

"류, 루노아, 클로에~! 뭐하는 거야냐, 빨리 와라냐~!!"

옥신각신하면서도 류 일행은 팔을 붕붕 흔드는 아냐에게 달려갔다.

"부탁이야아아아아아아헤르메스으~~~~~~!! 좀 도와줘어어어어어!"

"야, 이거 놔, 옷 늘어난다구헤스티아?!"

주점 점원들이 바쁘게 이동하기 시작한 것과 같은 시각.

동쪽 메인 스트리트에서는 여신과 남신의 고함이 메아리치고 있었다.

"벨이 홈에 돌아오질 않았어어어어어어어어어! 어쩌면 시르아무개 군에게 맛있게 먹혀버렸는지도 모른단 말이다아아아아아아아아아!! 부탁이니 찾는 것 좀 도와줘어어어어어어어어어어어어!"

"이미 아스피를 보냈다니깐! 그러니까 이것 좀 놔!"

헤스티아가 바지의 허리 부분을 두 손으로 붙들고 울부짖는 바람에, 헤르메스는 벗겨지려는 하반신을 필사적으로 지키고 있었다.

이른 아침부터 벨을 찾아 헤매던 헤스티아와 아이즈가 헤르메스 일행과 맞닥뜨린 것이 몇 분 전. 모 엘프 못지않게 창백하게 질려 혼란에 빠졌던 처녀신은 그를 발견하자마자 달려들었다. 그리고 감정을 폭발시켰다.

자신들이 아무리 찾아 헤매도 발견하지 못했다면 넓은 정보망을 가진 【헤르메스 파밀리아】에게 의지할 수밖에 없다고 결론을 내렸던 것이다.

승낙의 말을 듣고, 바지를 잡아당기며 한껏 늘어났던 헤스티아의 두 팔이 철퍼덕! 소리와 함께 땅바닥에 추락했다. 구속에서 풀려난 헤르메스가 어깨로 숨을 몰아쉬는 가운데, 곁에서 지켜보던 아이즈가 송구스럽다는 듯 말했다.

"미안해요, 헤르메스 님……. 벨을, 찾을 수가 없어서……."

"아아, 아이즈…… 뭐 상관은 없어. 헤스티아가 너랑 공동전선을 펼친 시점에서 심각한 사태라는 뜻이니까. 게다가 나도 벨 군이 마음에 걸리고."

땅바닥에 엎드린 채 "베엘~~~!" 하며 오열하는 어린 여신의 등을 문질러주던 아이즈는 호흡을 가다듬는 헤르메스의 대답에 고개를 갸웃했다.

"헤르메스 님도, 벨이……?"

"정확하게는 **시르가**, 말이지만."

가늘게 뜬 등황색 눈에 아이즈는 이번에야말로 의아하다는 표정을 지었다.

물어보아도 남신은 『바벨』 방향을 바라볼 뿐, 그 이상은 설명하지 않았다.

그리고 한동안 시간이 지나.

"헤르메스 님. 벨 크라넬 일행을 발견했습니다. 도시 북동쪽, 제2구역을 이동하는 중입니다."

"오오, 잘했어 아스피!"

살짝 산들바람이 분 순간, 허공에서 스며 나오듯 아스피가 갑자기 모습을 나타냈다.

매직 아이템인 탈라리아, 그리고 하데스 헤드의 콤보. 일반인에게 들키지 않도록 투명해진 채 허공에서 눈을 빛내 벨과 시르의 행방을 파악한 것이다.

"——도시 북동쪽! 제2구역! 벨이 거기 있단 말이지?!"

"예. 리온의 동료…… 시르 플로버와 행동 중입니다."

"마침내 찾았다아! 가자, 발렌아무개 군!!"

"네, 네에."

벌떡! 하고 땅바닥에서 일어난 헤스티아는 아이즈를 데리고 맹렬히 달려 나갔다.

이를 쳐다보며 아스피가 탄식했다.

"쉬러 왔거늘…… 저는 또 귀찮은 일을 떠맡는군요, 헤르메스 님?"

"먄!!"

"나중에 그 얼굴 한 방만 때리게 해 주십시오……."

만면의 미소를 짓는 주신에게 주먹을 부르쥐며, 다시 한 번 한숨을 쉰 아스피.

그리고 두 사람도 헤스티아 일행의 뒤를 따랐다.

길을 꺾어, 거미집처럼 복잡하게 얽힌 뒷골목을 종종걸음으로 나아간다.

메인 스트리트에서 떨어진 제2구역의 깊은 곳. 마치 무언가로부터 도망치듯, 앞으로 앞으로.

손을 붙잡힌 나는 눈앞에서 찰랑거리는 회색 머리카락에 말을 걸었다.

"저, 저기, 설명을 좀 해주시면……!"

"죄송해요, 지금은 계속 가야……! 될 수 있는 한 멀리……!"

몸에 걸친 드레스가 팔랑거린다.

어제 본 것과 같은 핸드백이 소리를 냈다.

그녀의 입술은 헐떡이는 숨을 뱉었으며, 이윽고 체력의 한계를 맞은 것처럼 귀여운 구두가 걸음을 멈추었다.

"하아, 하아……!"

위로 이어지는 넓은 계단, 다리를 이루는 머리 위의 아치, 철책으로 된 문, 난잡하게 놓인 나무상자와 나무통. 아까부터 같은 것이 보이는 듯한 그을린 간판. 지리 감각이 없으면 그야말로 미로나 다를 바 없는, 뒷골목 내에서도 후미진 장소.

아무도 없는 그곳에서 가슴을 붙든 그녀의 숨소리만이 울려 퍼졌다.

당혹감을 감추지 못한 채, 그녀의 모습을 바라보던 나는 가만히 주머니를 매만졌다.

이런 데서 말해야 하나 말아야 하나 몇 번 망설인 후, 큰 맘 먹고 그것을 내밀었다.

"저, 이거."

"아……!"

여관 테이블에서 가져온 『은세공품』을 내밀었다.

푸른 장식이 가미된 액세서리── 한 쌍의 장신구 중

반쪽을 보고 그녀가 몸을 우뚝 멈추었다.

내 손바닥 위에 있는 그것을 바라본다.

마치 한번 결별했던 존재를 다시 만난 것처럼.

이윽고 그녀는 천천히 그 액세서리를 손에 들었다.

"죄송해요…… 방을 나갈 때 잊어버렸나 봐요."

"……너무해요. 시르 씨가 졸라서 샀던 건데."

"후후…… 정말, 미안해요."

머리 장식으로 다시 착용한다.

회색 머리에 잘 어울리는 푸른 액세서리는 역시 어제와 마찬가지로 아름다웠다.

그런 한편, 그녀가 짓는 웃음은 여전히 덧없었다.

——이제는 있어봤자 의미가 없다고 생각했거든요.

입술이 분명히 그런 속삭임을 떨어뜨린 순간.

그녀는 내 품에 뛰어들고 있었다.

"엑……?!"

"부탁이에요, 벨 씨. 이게 마지막이니까요."

내가 창졸간에 그녀의 어깨를 받아주자, 가슴께에서 고개를 숙인 그녀는 쥐어 짜내듯 말했다.

얼굴을 들고 나를 쳐다보는 바람에 숨을 멈추었다.

열에 달뜬 듯한 뺨. 촉촉하게 젖은 눈.

마치 사랑에 빠진 소녀처럼, 혹은 저항할 수 없는 충동의 꼭두각시가 된 것처럼.

그 회색 두 눈은 나만을 바라보고 있었다.

"저에게는 이제, 지금밖에 없어요. 이 순간을 놓치면 제 바람은 평생 이루어지지 않을 거예요."

"……무슨, 말씀을……."

"그게 『계약』이니까요. 저는 『교섭』하고 말았으니까요. 반드시 당신에게서 떠나기로."

애절하게, 매달리듯, 힘없이.

내 얼굴을 올려다보며 필사적으로 말을 잇는다.

그리고 발꿈치를 들어, 얼굴을 가까이 가져온다.

흠칫 몸을 떤 나는 어깨를 밀어내 말리려 했지만——

"부탁이에요…… 거부하지 마세요."

——어젯밤과는 다르다.

어젯밤, 시르 씨는 이렇게나 필사적이지 않았다.

피할 수 없는 『기한』이 닥쳐온 것처럼, 『운명』에서 도망치고 싶어 하는 것처럼, 그녀는 갈망하고 있었다.

나에게는 그것이 우는 모습처럼 보였다.

이윽고 그녀는 천천히 입술을 가까이하고——

"【연회가 끝날 그 순간까지—— 살육하라】."

그 순간.

영창이 울려 퍼졌다.

"——."

시간과 시간의 틈바구니.

영원히 압축된 찰나 속에서 그것을 지각한 순간.

절규하는 본능에 등을 떠밀린 것처럼 나는 땅을 박차고 있었다.

"【다인 슬레이브】."

질주하는 맹렬한 섬광.

모든 것을 갈라버리는 **칠흑의 참격**.

머리 위에서 밀려드는 그 일격에 반응할 수 있었던 것은 기적이라고 해도 과언이 아니었다.

그녀를 끌어안으며 앞뒤 가리지 않고 뛰어오른 한순간 후, 보도블록이 폭발했다.

"~~~~~~?!"

여파에 얻어맞아 몇 번이고 지면을 깎은 후 겨우 정지했을 때 고개를 들었다.

1초 전까지 서 있던 장소는 산산이 박살이 나 있었다. 마치 용이 발톱을 내리찍은 것처럼 지반이 뒤집힌 광경에 온 얼굴에서 땀이 왈칵 솟아났다.

경악해 눈을 돌린 곳, 뭉게뭉게 피어나는 모래 먼지 속에 서 있던 것은…… 한 다크엘프.

나는 목을 떨었다.

"……회그니, 씨?"

펄럭이는 검은색 외투, 흉흉한 칠흑색 검, 일반인은 풍길 수 없는 위압감.

나를 따돌린 후, 시선을 향하지 않은 채 다시 미행했던 걸까. 그야말로 【프레이야 파밀리아】의 제1급 모험자에 어울리는 존재가, 두 사람밖에 없었던 뒷골목에 모습을 나타냈다.

——**저건 누구야. 저건 뭐야.**

분위기가 이상했다. 정말로 저것은 조금 전 내가 접촉했던 다크엘프와 동일 인물일까?

그만큼 몸에 두른 분위기가 달랐다.

무슨 일이 일어났는지 알 수 없었다.

틀림없는 것은, 내가 제1급 모험자의 공격을 받고 있다는 것이다.

'아니야, 지금 그건——.'

그 참격은 나를 노렸던 것이 아니었다.

그 칠흑의 검은 **그녀를 노린 것**?!

"——뭐 하자는 수작이냐."

싸늘한 목소리가 주위에 울려 퍼졌다.

날카로우면서도 분노에 지배당한 목소리가.

돌아보는 다크엘프의 두 눈이 내 품속에서 창백하게 질린 소녀를 똑바로 꿰뚫어 보았다.

"흰토끼는 **여신의 공물**. 계집, 네놈이 범해서는 안 될 터인데."

토끼? 내 얘기야?

게다가 여신의 공물?

회그니 씨가 대체 무슨 소릴 하고 있는 거야?!

동요하는 나를 내버려 둔 채 압도적인 『살의』를 풍기는 눈앞의 존재는 또렷하게 선언했다.

"네놈을 처단하겠다."

핏기가 가셨다.

손가락 끝이 경련하려 했다.

벌떡 튕겨 일어나자, 내 바로 곁에서 회색 머리카락이 떨렸다.

"회, 회그니 씨…… 저는……!"

"듣지 않겠다. 내 두 눈으로 확인한 것은 용서할 수 없는 단 하나의 사실뿐."

부풀어 오르는 제1급 모험자의 살기 앞에서, 나는 반사적으로 품에서 《주신님 나이프》를 뽑고 있었다.

다크엘프는 냉혹한 시선을 거두지 않은 채 나를 노려보았다.

"비켜라, 토끼. 그 계집은 어리석게도 여신과의 『약정』을 어겼다. 그렇다면 벨 수밖에."

"무슨……무슨 소릴 하는 거예요?!"

"네 뒤에 있는 존재를 없애겠다는 소리다."

위협이 아니야.

진심이다!!

"모든 것은 여신을 위해. ——죽어라, 계집."

외투를 펄럭이며 칠흑의 요정이 우리에게 달려들었다.

✦

Lv.4의 동체시력 따위 아랑곳하지도 않는 가속.

접근과 동시에 비스듬히 솟아올라온 초고속 참격에, 초동이 한발 늦은 내가 할 수 있었던 것은 몸을 날려 그녀를 감싸는 것뿐이었다.

"거치적거린다!"

"크윽?!"

다크엘프 검사는 참격의 궤적에 나이프와 함께 몸을 집어넣은 나를 가차 없이 날려버렸다.

맞부딪친 칠흑의 나이프와 칠흑의 검. 손뼈가 으스러지는 것 아닌가 싶을 정도의 터무니없는 충격.

무시무시한 진동이 시야를 엄습하는 가운데, 옆으로 날아간 나는 창졸간에 드레스의 어깨 부분을 잡았다.

"꺄악?!"

억지로 낚아채며 그녀와 함께 뒤로 날아갔다.

통렬한 공격의 반동을 이용해 꼴사납게 땅바닥을 구르면서 다시 거리를 벌리는 데 성공했다.

그러나 전혀 안심할 수 없다. 재빨리 일어난 것과 동시에, 심상찮은 양의 식은땀을 흘렸다.

단 한 번의 공방으로 피아간의 실력 차이를 인식하고 말 았다.

——반격은 고사하고 방어조차 용납하지 않는 적은 나를 순식간에 죽일 수 있다.

그동안의 훈련이나 제노스와의 사건에서, 늘 힘을 조절해가며 싸워주던 아이즈 씨 때와는 다르다.

이것이 제1급 모험자…… 이것이 Lv.6!

뒤집을 수 없는 역량의 소유자!

"죽어라!"

다시 다크엘프의 모습이 잔상을 일으켰다.

지면을 박차고, 머리 위를 뛰어넘어, 마치 박쥐처럼 날아든다.

빠르게 후방에서 날아드는 일격에, 이번에도 자신의 몸을 방패로 삼을 수밖에 없었다.

무시무시한 충격. 나이프에서 불꽃이 튀었다.

꼴사납게 자세를 무너뜨리면서도 죽을힘을 다해 한쪽 다리를 땅에 고정하고 몸을 지탱했다.

그리고 회그니 씨의 노도 같은 공격이 날아들었다.

"크으으으으으으으으으으으으으으으으윽?!"

오른쪽, 왼쪽, 머리 위, 하단. 잇달아 펼쳐지는 처절한 검격을 몇 번이고 막아냈다.

몇 번이고 막아내고—— 가공할 기세로 체력이 깎여나간다!

"비켜라, 토끼! 나의 검에 베이고 싶으냐!"

"큭……!!"

"이 이상 나를 화나게 하지 마라! 손이 흔들려서 억제할 수가 없다! 이러다간 네놈의 머리가 날아가 버린단 말이다!!"

참격 못지않은 격렬한 매도가 내 두 뺨을 후려쳐댔다.

조금 전, 남을 상대하는 것이 무섭다고 훌쩍거리던 모습은 어디에도 없었다.

날카로운 분위기. 약한 모습 따위는 전혀 느껴지지 않는 어조.

분노에 지배당했다 해도 한도가 있다.

'이건 완전히 『딴 사람』이잖아!'

습격당하기 전, 나는 분명 영창을 들었다. 분명한 『마법명』을 들었다.

모종의 『마법』이 발동된 걸까?

공격마법이나 인챈트가 아닌, 좀 더 특수한 무언가……!

"……읏?"

눈 깜짝할 사이에 깎여나가는 체력과는 달리, 나는 어떤 사실을 깨달았다.

──혹시 날 공격할 수는 없는 건가?

한 그루의 나무에서 잎사귀 한 장을 정확하게 노려 베는 것처럼 가공할 정밀참격 덕분에 오히려 간파할 수 있었다.

적이 노리는 대상은, 내가 지금도 몸으로 감싸고 있는

『그녀뿐』.

누군가의 지시인지, 벨 크라넬에게는 상처 하나 낼 수 없다.

그 사실을 깨달은 나는 적극적으로 몸을 방패로 삼았다.

"쳇!"

예상대로, 참격의 효과 범위에 억지로 몸을 날리자 회그니 씨는 못 해 먹겠다는 양 혀를 찼다.

원래 같으면 제1급 모험자의 공격을 버텨낼 수는 없다. 첫 일격에 모든 것이 끝났으리라. 스스로 과감하게 베러 들어가다니 이만저만 이상한 소리가 아니지만, 그것이 실제로 나에게 용납된 유일한 저항이었다.

회그니 씨의 간격을 흔들어놓듯 몇 번이고 참격범위 내로 뛰어들었다.

기세가 깎여나간 장검을 어떻게든 간파하며 겨우 나이프로 튕겨내기를 몇 차례, 다크엘프는 외투를 펄럭이며 뒤로 뛰어 물러났다.

"허억, 허억, 헉……!"

"간교하다, 나를 속박하는 족쇄에 매달리다니. Lv.4라는 이름이 울겠구나."

"큭……!"

"네놈은 숭고한 여신의 총애에 어울려야만 하는 몸. 나를 너무 환멸 시키지 마라── 정말로 죽여버리고 말 것 같으니."

이미 숨을 헐떡이고 있는 나와는 달리 땀 한 방울 흘리지 않는 회그니 씨가 절대영도의 눈으로 노려보았다.

나는 몸을 떨었다. 멸시와 위압에 압도당해서가 아니다.

가늘게 뜨인 요정의 두 눈이, 등 뒤에서 떨고 있는 소녀에게 한없이 살기를 쏟아붓고 있기 때문이었다.

'어제까지만 해도【프레이야 파밀리아】는 시르 씨를 지키고 있었는데……!'

그것은 분명 눈앞의 회그니 씨도 마찬가지였을 텐데.

그런데 왜 느닷없이 공격을 하는 거야!

『약속』을 어겼다고? 『위반』을 저질렀다고? 무슨 말인지 모르겠어!

헤어지면서 벨프는【프레이야 파밀리아】와 항쟁이 벌어질 리는 없다고 했어!

그 말이 맞아!

대신── 한 여자아이가 표적이 됐어!!

대체 무슨 일이 일어나고 있는 거야?!

"이내 새로이 『네쌍둥이』와 흉포한 『고양이』가 올 것이다. 그놈들에게 갈기갈기 찢기는 것에 비하면 나의 일격은 차라리 자비 그 자체. 도망치지 마라. 멈추어라. 받아들여라. 죽음의 찰나를 영원한 명복으로 바꾸어주마. ──그러므로 토끼, 네놈과 놀 시간 따위 없다."

도망쳐야만 한다. 그녀를 죽게 내버려 두지 않기 위해.

그렇게 생각은 하지만 허점을 찾을 수가 없었다.

내가 필사적으로 돌파구를 찾고 있을 때, 두 팔을 축 늘어뜨린 회그니 씨의 몸이 —— 가라앉았다.

"네놈에게는 이제 단 한 수도 용납하지 않겠다."

그리고 나의 지각 능력을 추월해버렸다.

"————."

신속의 초동. 시선이 따라가지 못할 정도의 움직임.

얼어붙은 시간 속에서 외투만이 잔상을 남기고, 그 잔상만을 포착할 수 있었던 순간, 다크엘프는 옆에 선 건물의 벽을 박차고 있었다.

정면에 있었음에도 측면에서 기습을 당했다.

도탄과도 같이 예상할 수 없었던 각도의 공격.

얼어붙은 시간을 깨뜨리고, 돌아보며 손을 뻗어도, 이미 한발 늦었다.

경직된 그녀의 가슴을 칠흑의 검이 꿰뚫 ——

"——하아앗!!"

——기 직전.

옆에서 끼어든 질풍 같은 일격이 간신히 칠흑의 검을 막아냈다.

"아니?!"

"아…… 류 씨!"

두 자루의 소태도를 든 엘프가 우리를 감싸며 앞으로 나섰다.

돌격의 궤도가 엇나가 옆쪽의 지면을 깎으며 달려 나간

회그니 씨는 재빨리 간격을 벌렸다. 가공할 풍압이 주점 제복을 나부끼는 가운데, 생각지도 못한 원군을 보고 나는 나도 모르게 환호성을 질렀다.

"벨……! 이게 대체 어떻게 된 겁니까……!"

그러나 씩씩하게 나타난 류 씨의 얼굴은 강한 조바심에 일그러져 있었다.

정면에 선 동포에게서 눈을 떼지 못한 채, 우리를 보지 않고 소리를 지른다.

"왜 【프레이야 파밀리아】가 당신들을!"

【질풍】이라 불리던 류 씨조차 동요를 감추지 못하는 가운데, 그녀에 이어 세 개의 그림자가 머리 위에서 나타났다.

"잠까안! 이게 어떻게 된 거야?!"

"싸우는 소리가 들려서 와봤더니 시르하고 소년을 놓고 수라장이 벌어졌다옹~?!"

"……!"

루노아 씨, 클로에 씨, 아냐 씨가 기세 좋게 착지했다.

우리를 감싸듯 에워싼 그녀들 중에서 아냐 씨만은 회그니 씨를 보며 말을 잇지 못했다.

"비켜라, 계집들. 나의 검으로 그 계집을 처단할 뿐이다."

"뭐어?! 웃기고 앉았네!"

"잘난 모험자가 일반인 상대로 살기 풀풀 풍기고 어른스럽지 못하다옹~. 머리 식히고 화장실에라도 다녀와라옹. ――아니제발가주세요부탁이에요애원할게요."

회그니 씨의 말에 격앙한 루노아 씨도, 농담을 건네는 클로에 씨도 이미 식은땀을 뻘뻘 흘리는 것을 알 수 있었다.

침묵을 관철하는 류 씨도 임전 태세를 풀 수 없었다.

3대 1. 아니, 나를 포함하면 4대 1.

그럼에도 우리는 단 한 명의 모험자에게 압도당하고 있었다.

""""""뭐 하고 있어, 회그니."""""

그리고 다시금 흉보를 들이대듯.

호흡을 정지시킨 우리에게 네 개의 목소리가 동시에 날아들었다.

"그 계집은 이제 필요 없어."

"여신의 절대적인 신의를 저버렸어."

"그럼 죄인이나 마찬가지. 주신의 목소리를 들을 필요도 없이."

"제물이다. 네가 여유 부린다면 우리가 처분하겠어."

눈을 감으면 마치 한 사람이 말하는 것처럼 들리는, 완전히 똑같은 음성.

몸에 두른 것은 획일적인 모래색 갑옷과 투구.

손에 들린 것은 왜소한 체구에 어울리지 않는 장창, 해머, 도끼, 대검.

그런 것들을 들고 포위하듯 사방의 건물 위에 선 네쌍둥이 파룸은 냉혹한 눈빛으로 우리를 내려다보고 있었다.

"【브링갈】······ 걸리버 4형제."

루노아 씨가 얼굴에서 색깔을 잃어버린 채 그 이름을 불렀다.

밝고 쾌활하던 그녀는 이제까지 한 번도 본 적이 없을 정도로 겁을 먹고 있었다.

떨리는 팔다리를 억누른 루노아 씨는 한껏 입술을 깨물며 나에게 말했다.

"모험자군. 시르를 데리고 도망쳐."

"네?!"

"**1분**. 그것밖에 못 버텨."

그 단언에 말문이 막혔다.

나에게 눈길도 주지 않는 루노아 씨의 옆얼굴은 말대답을 용납하지 않았다.

반론을 제기할 여유조차 존재하지 않았다.

그러니 가. 냉큼 가. 한계까지 도망쳐. 어서.

안 그러면 눈 깜짝할 사이에 『전멸』해.

제1급 모험자의 포위망이란 그런 것이다.

"가!!"

루노아 씨의 말에 떠밀려, 나는 달려 나갈 수밖에 없었다.

망설임 따위 털끝만큼도 용납되지 않는 『처형장』에서 한 여자아이를 지키기 위해, 망설일 틈도 없이, 그녀의 손을 잡고.

등을 돌린 순간 부풀어 오르는 전의.

칠흑의 외투가 펄럭이고, 네 개의 그림자가 머리 위에서 낙하한다.

류 씨 일행 또한 땅을 박차고, 『일방적인 유린』이 막을 열었다.

＊

그리고 펼쳐진 무시무시한 참격의 소용돌이.

류는, 원래 같으면 무슨 일이 있어도 이탈해야만 할 절대적인 죽음의 영역에 임해야만 했다.

왜냐하면 자신의 등 바로 뒤에서는 루노아, 클로에, 아냐가 무시무시한 파룸 4전사를 막아내고 있으니까. 그렇다면 류도 혼자서 눈앞의 적을—— 검은 동포를 막아내야만 한다.

"방해하지 마라, 동포. 긍지와 함께 그 귀를 잘리고 싶은가."

"【다인 슬레이브】 회그니 라그날……! Lv.6 제1급 모험자!!"

그 칭호가 의미하는 바는 【질풍】을 가볍게 능가하는 절대적 강자.

두 손에 든, 고속으로 펼치는 《소태도 쌍엽》이 절규하고 있었다. 칠흑의 장검과 맞닿을 때마다 찢어지는 금속성을 뿜으며, 억누를 수 없는 충격을 류의 몸에 전했다.

'너무 빨라!! 너무 무거워——!!'

임기응변, 경험, 영감, 모든 것을 구사해도 공세로 전환할 수가 없었다. 제대로 막았다가는 양단될 참격을 옆으로 흘리고, 피하고, 회피에 전념할 수밖에 없었다. 반격의 실마리 따위 모조리 빼앗겼다.

조금 전의 벨과 완전히 똑같았다. 『기술』과 『허허실실』에서 소년을 능가하는 류조차 회그니 앞에서는 마찬가지로 어린아이나 다를 바 없었다—— 정확하게는 그것이 없었다면 류는 이미 목숨이 끊어졌을 것이다.

1초라도 교전의 지속시간을 늘릴 수 있었던 것은 그녀가 부조리에 맞서는 처절한 전투 경험을 쌓아온 덕분이다.

절대적인 스테이터스의 차이.

그것이 류와 회그니 사이를 가로막고 있었다.

화이트인 자신과는 다른, 다크엘프 검사에게 전율을 금할 수 없었다.

하지만 동시에, 그래도 눈앞의 적을 이곳에서 보내줄 수는 없다고, 류는 역경 속에서 기염을 토했다.

"——그렇군. 네놈은, 아니, 네놈도 그분의 『눈에 든』 존재인가."

그때, 어떤 사실을 깨달은 것처럼 회그니가 눈을 가늘게 떴다.

"뭐?!"

"그 토끼와 마찬가지. 나의 판단만으로 없앨 수는 없다. 참으로 성가시기 그지없군."

류의 의문에 대답하지도 않고 회그니는 한층 격렬하게 검을 휘둘렀다.

간신히 막아낸 첫 번째 공격부터 손이 저릿저릿해질 정도였다. 그 격렬한 참격에 압도당하면서도 류는 두 자루의 검을 구사해 적의 속도를 따라잡고자 했다.

제복이 몇 번이나 찢기고 하얀 피부에 피가 배어 나오는 가운데, 적이 펼치는 참격의 소용돌이 속에서 춤을 추듯 막고 또 막아냈다.

'적의 진의는 알 수 없다. 하지만 공격이 팔다리만을 노리기 시작했어! 상대는 내 목숨을 빼앗을 수 없다! 손속을 봐주는 공격 따위 굴욕일 뿐이지만, 그렇다면 희망이 있다!'

적의 검기가 변화한 것을 정확하게 읽어내고, 벨과 마찬가지로 회그니의 『제약』을 간파한 류는 고착상태로 이끌고자 했다. 자신이 쓰러지지 않은 채 조금이라도 오래 회그니를 이 자리에 묶어놓는다면 벨과 시르를 피신시킬 수 있으리라고.

하지만.

'우하단 베어 올리기 —— 후퇴로 흘려내야 한다!'

류의 의도는,

"──눈이 좋은 자일수록 나락의 먹이가 되기 쉬운 법."

회그니의 『필살』에 어이없이 짓밟혔다.

"?!"

사위스러운 칠흑색 장검의 사정거리가── 늘어났다.

옷의 일부를 스치는 데에서 그쳐야 했던 칼끝이 류의 가슴을 쉽게 갈라버렸던 것이다.

'검이 늘어났── 아니──.'

결정타 일격에 시간이 압축되는 가운데, 류는 깨달았다.

'참격의 범위가 확대됐다!'

검이 늘어난 것이 아니라.

마치 진공의 칼날이 발생한 것처럼, 『참격의 효과범위』가 확장되었음을.

자신의 몸이 처절한 선혈의 꽃을 피우는 가운데, 그 해답에 이르렀다.

"커스 웨폰──!!"

찢겨나간 몸에 전율한 류에게 즉시 날아드는 돌려차기.

바람을 일으키며 외투와 함께 날카롭게 한 바퀴 돌아간 회그니의 시야 끄트머리에서, 날개를 잃은 요정이 벽에 처박혔다.

"커헉……?!"

"나의 애검 《빅팀 어비스》…… 같은 검사를 몇 명이나 없앴던 『전열살해자』다."

폐에서 공기를 토해내며 고통스러워하는 류를 보며, 회

그니는 검을 휘둘러 그녀의 피를 털어냈다.

처절한 예리함을 자랑하는 제1급 무장이자, 어떤 주술사가 제작에 관여한 사연이 있는 수페리오르──《빅팀 어비스》.

류가 간파한 대로, 타고난 살육속성을 담은 커스 웨폰이다.

압도적인 힘의 차이를 과시하고, 회그니는 유유히 그 자리를 떠나갔다.

그 광경을 막지 못한 채, 원통함에 몸을 태우며 류는 쓰러졌다.

"""본 적이 있지, 네놈."""

한데 겹쳐진 파룸의 네 목소리에 루노아는 낯을 일그러뜨릴 대로 일그러뜨렸다.

"그게 몇 년 전이었더라."

"이블스 쓰레기들이 설치던 『암흑기』였는데."

"분수도 모르고 덤벼들었던 『현상금 사냥꾼』이 있었어."

"얼굴은 기억에도 안 남았지만 『주먹』을 휘두르는 전법만은 기억해."

이쪽을 조롱하는 목소리.

실제로 네쌍둥이는 비웃고 있을 것이다.

이미 전투는 시작되었으며, 루노아가 주먹을 휘두르고 있음에도, 강철조차 부수는 주먹은 모조리 허공을 가로질렀다. 두 손에 낀 글러브가 허무하게 허공을 가르는 소리만이 났다.

맞질 않는다. 넷이나 되는 표적에 하나도 명중하지 않는다. 특별히 빠르게 움직이는 것도 아닌데, 아무리 봐도 건성으로 싸우고 있는데. 마치 넷이 동시에 움직여 루노아의 의식을, 집중력을, 노림수를 모두 『교란』하는 것만 같았다.

그때와 똑같았다.

풍요의 주점에서 거두어주기 전, 피비린내 나는 일에 몸담았던 『현상금 사냥꾼』 시절.

의뢰를 받아 어떤 파룸 4전사를 습격했다가 웃음이 나올 정도로 『참패』당했던 그 무렵과.

"빌어먹을──?!"

같은 모습, 같은 눈빛, 같은 그림자. 어디를 봐도 똑같은, 악몽과도 같은 광경.

헬름의 바이저 속에서 이쪽을 엿보는 네 쌍의 눈에, 당시의 굴욕과 공포가 떠오른 루노아는 고함을 질렀다.

절망에 휩싸이려 하는, 필사적인 저항이었다.

"돌격하면 안 된다옹! 가지고 놀고 있어!"

"루노아, 안 된다냐! 저 넷은……!"

클로에와 아냐의 제지하는 목소리도 의미를 이루지 못했다.

루노아를 지원하려던 두 사람도 공격을 감행하지만 역

시 빗나갔다.

『민첩』이 뛰어난 클로에의 암검도, 그녀에게 빌린 나이프를 번뜩이는 아냐의 일격도 네쌍둥이 파룸에게는 닿질 않았다. 스치지도 않는다.

그리고 그들은 조용히 무기를 울렸다.

"그만 됐다."

""쓰러져.""

장남 알프릭이 고한 직후, 세 동생의 목소리가 겹쳐졌다.

그 후에는 한순간이었다.

알프릭의 장창이 수평으로 휘둘러져 루노아의 글러브를, 클로에의 암검을, 아냐의 나이프를 동시에 쳐냈다. 세 사람의 시간이 동시에 정지한 가운데, 막내 그레르의 대검이 루노아의 가슴을 올려 베고, 차남 드바린의 해머가 클로에의 몸통에 꽂히고, 삼남 베링의 배틀액스가 아냐에게 번뜩였다.

살이 갈라지는 소리, 뼈가 부서지는 소리, 피가 뿌려지는 소리.

눈을 한껏 크게 뜬 루노아가, 입에서 피를 토하는 클로에가, 충격에 몸을 꺾은 아냐가, 각자 다른 방향으로 날아갔다.

허공에 떠오른 휴먼 소녀는 땅에 처박히고, 두 캣 피플 소녀는 자재를 쌓아놓은 곳에 처박혀 흙먼지를 피웠다.

"빌어, 먹을……?!"

동시 반격, 동시 접근, 동시 격파.

그녀들에게 허락된 전투 지속시간은, **50초**.

순식간에 셋이 한꺼번에 쓰러진 데에, 보도블록에 피를 쏟은 루노아는 떨면서 고개만을 들어, 분통함과 고통의 신음을 흘렸다.

걸리버 4형제.

Lv.5이면서도 Lv.6 이상의 모험자에게도 뒤지지 않는다고 하는 그들의 실력은, 대화는 고사하고 시선조차 나누지 않으며 찰나의 이심전심으로 이루는 4중주에 그 비결이 있었다.

도시 최고봉이라 불리는 『무한의 연계』.

종족의 핸디캡 따위 개의치 않는 파룸 4전사를 앞에 두고, 루노아의 의식은 끊어졌다.

"아, 윽…… 냐, 아……?!"

떨리는 손을 짚으며 아냐는 몸을 일으켰다.

쌓여 있던 나무상자며 나무통이 우르르 무너지는 가운데, 피가 흐르는 어깨를 붙잡고 비틀거리며 걸어간다.

""뭐 한 거야, 베링.""

"아직 살아있잖아."

"그래, 실수했어. ……그러고 보니 **옛 단원**이었던 넌 우리의 연계를 몇 번이나 봤지."

4형제 중 베링의 목소리가 아냐에게 날아들었다.

호흡이 흐트러진 아냐는 주위를 둘러보고 아연실색했다.

"루노아, 클로에…… 류……."

동료들은 무참하게도 재기불능에 빠져 있었다.

아냐는 혼자였다.

5대 1. 적은 모두 제1급 모험자.

절망이 몸을 좀먹고 무릎이 꺾이려 했다.

"더 싸울 거냐, 또 다른 전차── 【바나 알피】."

"윽……!"

알프릭이 부른 그 별명에, 아냐의 귀가 동요하듯 흔들렸다.

"파벌 내 경쟁에서 탈락해 꼬리를 만 개. 아니, 고양이인가?"

"버림받은 고양이겠지."

"프레이야 님에게 버림받은 잡종."

"시……시끄러워, 시끄러워, 시끄러워냐! 냐는 【바나 알피】가 아니야냐! 냐는 『풍요의 여주인』의 아냐다냐!!"

파룸 동생들의, 과거를 헤집듯 가차 없는 말에 아픔을 참으며 눈을 부릅뜨고 고개를 가로저으며 고함을 지른다.

그것은 그녀의 마음을 지키는 최후의 보루였다.

버림받은 그녀의 보금자리였으며, 아냐 프로멜의 존재 증명 그 자체였다.

공교롭게도 벨과 시르가 도망친 골목을 등진 그녀는 마주 선 다크엘프와 파룸을 노려보았다.

"내가 지킬 거야……! 시르를…… 가족을……!"

아무 대책도 없는 가운데, 발톱을 세운 고양이처럼 다섯 손가락에 힘을 주었다.

공포에 저항하며, 『가족』이라는 그 말로 자신을 분투시킨다.

그러나.

"뭐 하고 앉았냐, 굼벵이."

그 싸늘한 목소리에, 『가족』에 대한 그녀의 결의는 덧없이 무너져버렸다.

"―――――."

얼어붙은 아냐의 시선 너머.

그녀에게는 다섯 명의 제1급 모험자와 맞서는 것보다도 가혹한 존재가, 단 한 사람의 캣 피플이 모습을 나타냈다.

"오……**오라버니**……."

아냐 프로멜은 유일한 육친을 불렀다.

【바나 프레이아】라는 별명을 가진 친오빠, 아렌 프로멜을.

"……어, 어떻게, 오라버니가……!"

자세히 보면 그녀와 그는 서로 닮았다.

눈의 모양도, 희미한 금색이 섞인 홍채도, 색은 다르지만 털결도.

두 마리의 고양이에게는 유사점이 많았다.

"질문으로 대답하지 마. 내가 먼저 물어봤어."

"자, 잘못했어!! 잘못했어, 오라버니!"

밝고 활달하던 주점 점원은 어디론가 사라지고 없었다.

목소리와 몸을 떨며, 필사적으로 오빠의 분노를 사지 않으려 하는 그 모습은 단순한 『사랑』에 굶주린 비참한 고양이였다.

"우, 우린 시르를 지키고 싶어서……! 소중한 가족을, 죽게 하고 싶지 않았어! 그러니까 오라버니——."

"——그 괴상한 말투 집어치워!!"

"히익?!"

아냐의 필사적인 변명이 노성에 가로막혔다.

아렌은 살기를 풍기며 내뱉었다.

"똑같은 소리를 몇 번이나 하게 만들 셈이냐? 네 그 모자란 머리론 말 한마디도 이해 못 하는 거냐? ……정말 열받게 만들고 있어."

"어, 미, 미안해!! 나, 나난……!"

아냐의 이가 따닥따닥 소리를 냈다. 슬픔과 공포 때문에, 몸도 마음도 과거에 새겨진 상처를 떠올렸다.

오빠의 실망한 눈빛, 말, 모든 것이 아냐의 몸을 꿰뚫었다.

"거치적거린다. 꺼져. 내 창이 네 머리를 날려버리기 전에."

"자, 잠깐만…… 잠깐만, 오라버니! 난 어떻게 돼도 좋으니까, 시르만은……!"

"닥쳐."

필사적으로 매달리려 한 아냐는 아무것도 아닌 그 한 마디에 반항의 의지를 근절 당했다.

"뇌도 없냐? 너하고 이렇게 이야기해봤자 의미도 없어. 길 비켜."

아렌이 다가온다.

아냐의 눈앞까지 육박하고 있다.

"난…… 나, 난…… 시르를…… 가족을……."

눈에 눈물을 머금고, 헛소리 같은 말을 되풀이했다.

떨리는 그 몸은 하다못해 자신의 등 뒤로 이어진 길만이라도 지키려 했으나.

"비켜."

코앞에서 내려다보는 오빠의 눈에는 거역할 수 없었다.

"…………응, 오라버니."

눈에서 눈물이 흘러 떨어졌다. 온몸에서 힘이 빠져나갔다.

길을 내주는 자신에게 실망해 아냐의 무릎이 허물어졌다.

전의를 뿌리째 꺾인 그녀의 얼굴은 눈물을 흘리는 인형과도 같았다.

그런 아냐에게는 눈길도 주지 않은 채, 아렌은 눈앞을 지나갔다.

회그니와 걸리버 형제도 따르는 가운데, 아냐는 소리 없이 울었다.

눈물만을 흘리고 있었다.

활달한 고양이 따위 어디에도 없었다.

홀로 남은 그녀의 모습은, 그야말로 모든 것을 잃어버린 『버림받은 고양이』 그 자체였다.

마치 모험자의 직감이 속삭이듯.

아이즈가 반응을 보인 것을 헤스티아는 알아차렸다.

"왜, 왜 그러느냐, 발렌아무개 군?"

"……이 앞에서, 누가 싸우고 있어요."

"뭐어?!"

먹구름 아래, 헤스티아 일행은 벨에게 달려가는 중이었다.

동쪽 메인 스트리트에서 똑바로 북상해, 지금은 아스피가 벨을 발견했다는 도시 북동쪽 구역의 중심으로 접어들려는 참이었다.

"축제 때문에 시끄러운 건 아니고?!"

"네…… 그런 『놀이』가 아니고."

"……아스피. 투명해져서 정찰해줄 수는 없을까?"

"사양하겠습니다. 저도 불길한 예감이 몸을 찌르는군요. ……**상상의 범주 밖에 있는 괴물**이 날뛰고 있는 것처럼."

아이즈의 날카로운 눈빛과 아스피의 식은땀을 보고 헤

스티아는 숨을 멈추었다.

　귀를 기울여보면 정말로 전해져온다. 벽과 바닥에 무언가가 처박히는 듯한 소리와 희미한 진동. 그리고 의식하지 않으면 악기의 연주처럼 들릴, 끊임없이 부딪치는 칼날과 칼날의 높은 금속음이.

　평범한 골목 한복판에서, 눈앞에 결계라도 펼쳐진 것처럼 헤스티아 일행은 발을 완전히 멈추고 말았다.

　"허억, 허억……! ……어? 주신님?! 그리고 아이즈 씨, 헤르메스 님, 아스피 씨까지?!"

　그때였다.

　그토록 찾던 소년이 숨을 헐떡이며 나타난 것은.

　그리고 『그것』이 헤스티아의 시야에 뛰어든 것은.

　"──────────."

　헤스티아는 시간이 얼어붙는 것을 느끼며 말을 잃어버렸다.

　시선이 마주친 회색 눈동자.

　이쪽을 알아본 소녀는 『계속 피했던 사태』가 찾아오고 말았음을 슬퍼하듯, 눈을 내리깔았다.

　그녀는 벨의 등 뒤로 발을 옮겨 조금이라도 몸을 숨기려 했다.

　"벨, 무슨 일이 있었어?"

　"……【프레이야 파밀리아】에게…… 제1급 모험자들에게 습격을 당했어요. 류 씨랑 다른 점원 분들이 막아주고 있지만······."

"예?! 리온이 말입니까?!"

원래 같으면 무시할 수 없는, 지나치리만치 위험한 정보. 그러나 헤스티아는 반응조차 보일 수 없었다.

뭐지, 그녀는.

아니, 뭐냐, **이것은.**

헤스티아의 충격을 아는지 모르는지 헤르메스가 한 걸음 나와 입을 열었다.

"······네가 표적이 됐다고 생각하면 될까, 시르?"

한쪽 팔을 붙든 채 자신의 몸을 끌어안고 있던 소녀는 결심한 것처럼 몸을 내밀었다.

"부탁드려요, 헤르메스 님! 도와주세요!"

"······."

"이번 한 번만이어도 좋아요. 부디 제게 시간을! 설령 신의에 등을 돌렸더라도, 아직 여신님과의 계약은 이어지고 있어요!"

"······알았다. 도와줄게."

소녀의 애원에 헤르메스는 조용한 표정으로 고개를 끄덕였다.

"아이즈, 힘을 좀 빌려줄 수 있을까? 제1급 모험자들을 묶어놓는 정도여도 돼. 절대 로키와 프레이야 님의 항쟁으로 발전시키지는 않겠어. 헤르메스의 이름을 걸고."

"······알겠어요."

"아스피, 너도 아이즈를 지원해."

"자, 잠깐만요, 헤르메스 님! 제1급 모험자의 싸움에 말려들다니, 저는——!!"

"너도 류가 걱정되잖아?"

"……큭, 아아 정말!"

따를 수밖에 없게 된 아스피. 헤르메스는 사죄하듯 그녀의 머리를 퐁퐁 두드려주었다.

아스피는 원망스러운 표정으로 그 손을 쳐내고는 달려가는 아이즈의 뒤를 따랐다.

그 뒷모습을 지켜본 후, 헤르메스는 마지막으로 아연실색한 벨과 마주 섰다.

"중과부적이라고는 해도, 아이즈와 아스피라면 한동안은 시간을 끌 수 있을 거야. 가라, 벨 군. ……그녀를 지켜줘."

"……네, 헤르메스 님."

소년은 고개를 끄덕였다.

소녀의 손을 잡고, 그 자리에서 달려 나간다.

"아—— 기, 기다려라, 벨?!"

생각이 멈춰버렸던 헤스티아는 흠칫 정신을 차렸지만, 이미 늦었다.

목소리가 닿기도 전에 벨과 시르는 헤스티아의 시야에서 사라지고 말았다.

"……헤르메스."

"왜, 헤스티아?"

헤스티아는 아직도 생각이 정리되지 않은 표정으로, 밉살스러울 만큼 태연한 헤르메스를 돌아보았다.

"그녀는, 뭐냐……?"

"……."

"어떻게 된 거냐…… 대체 뭐냐고, 저건?!"

떨리던 목소리는 고함으로 바뀌었다.

헤스티아의 흐트러진 마음을 더욱 헤집어놓듯, 무기와 무기가 격렬하게 부딪치는 소리가 울리기 시작했다. 【검희】와 제1급 모험자들의 충돌을 알리는 무기의 선율. 하지만 지금만은 그쪽에도 의식을 돌릴 수 없었다.

동요가 빠져나가지 못한 표정으로 힐문하는 그녀에게, 헤르메스는 처음으로 감정을 드러냈다.

지극히 지친 듯한, 노인 같은 얼굴이었다.

"사실, 나도 그녀에 대해서는…… 시르에 대해서는 확실히 몰라. 시시한 억측은 있지만, **간파하진 못했어.** 그녀가 무엇인지, 그녀가 『누구』인지. 다른 신들도 그래. 그러면서 그녀와의 한순간을 즐기고…… **두려워하고 있어.**"

전부 다 내다보고 있는 건 로키 정도 아닐까.

자신의 추리를 들려주는 헤르메스에게, 헤스티아는 "그런 소릴 물은 게 아니야!" 하고 외치며 격렬히 고개를 가로저었다.

왜냐하면, 헤스티아는 알지 못하기에.

자신의 기억에는 없는 공석의 존재를.

법칙에서도 섭리에서도 일탈한 외법의 이치를.

이 정도로 크나큰 『하계의 미지』를──── 이상성 그 자체를.

"저건, **정말로 여신이냐?!**"

회색 하늘이 으르렁거렸다.

마치 여신의 흐트러진 마음에 동조하듯, 피어나는 먹구름이 삐걱거리고 있었다.

달려 나간다.

도시 북동쪽에서 남하해, 미로 같은 뒷골목을 따라, 복잡한 『공업구역』을 가로지른다.

곁에 있는 그녀를 죽게 하지 않기 위해.

"미안해요, 벨 씨……! 저 때문에……."

힘없고 덧없는 속삭임은 죄책감으로 물들어 있었다.

뒤를 돌아보면 회색 눈은 아래를 향하고 있어 가슴이 아팠다.

나는 그런 그녀의 목소리를 듣고 싶지 않아서, 그런 그녀의 표정을 보고 싶지 않아서, 목소리를 높이고 있었다.

"그런 표정 하지 마세요! 그런 얼굴 보고 싶지 않아요!"

"벨 씨……."

"자기 탓이라느니, 그런 말 하지 마세요! 다들 당신을

위해 힘을 빌려주고 있어요! 그러니까 포기하면 절대 안
돼요!!"

"……!"

"나중에 류 씨한테도, 아이즈 씨한테도 많이많이 사과해
야 하니까요!"

손을 꼭 쥐고, 머릿속에 떠오른 단어를 하나하나 토해
냈다.

스스로도 무슨 말을 하는지 알 수 없었다. 그래도 바로
뒤의 기척이 더 이상은 아래를 보지 않고 자신의 손을 꼬
옥 잡는다는 것만은 알 수 있었다.

생각해라. 지금의 상황을.

【프레이야 파밀리아】는 진심이다.

진심으로 그녀를 죽이려 한다.

무슨 일이 일어나고 있는 걸까. 그녀를 둘러싼 상황은
어떻게 된 걸까.

확인해야만 한다.

상황을 이해하지 못한다면, 이대로는 결론을 내릴 수
없어!

"어딘가에 숨을 곳이 있다면……!"

얽혀드는 두 사람의 숨소리는 이미 가쁠 대로 가빠졌다.
전혀 사정을 봐주지 않는 제1급 모험자의 습격에 시달린
내 몸은 심하게 소모되었다. 어디선가 쉴 곳이 필요했다.

"저, 숨을 만한 데, 알아요……!"

"정말요?!"

"네! 이 앞에……!"

이제는 가릴 처지가 아니었다.

나는 그 제안에 따랐다.

"부탁해요!"

🐾

네, 하고.

눈앞에 있는 그의 웃음에, 그의 눈빛에, 나는 크게 고개를 끄덕였다.

──화덕의 여신과 만나고 말았다.

──그의 주신과 맞닥뜨리고 말았다.

『만나서는 안 된다』고 그렇게나 다짐을 받았건만.

나는 이제 죄인이다.

변명할 수도 없는, 온갖 죄가 내 몸에 새겨져 있다.

여신의 다짐을 어긴 죄.

여신과의 『계약』 뒤에서 잔꾀를 부렸던 죄.

잔꾀를 실행으로 옮기고, 여신이 마음에 들어 했던 존재를, 이렇게 빼앗으려 하는 죄.

권속들이 화를 내는 것도 무리가 아니다. 이 목숨을 거두려 하는 것도 지극히 당연하다.

약속된 여신의 소유물을 빼앗으려 하는 것이니.

나에게는 이제 구원은 없을 것이다.

하지만.

그래도.

이런 나를 위해 그는 그 하얀 마음을 불태우고 있다.

순수하고 투명한 마음의 일부를 나눠주고 있다.

호흡이 가빠온다. 가슴이 뜨겁다. 뺨이 달아오른다.

여신이 그를 아끼는 진짜 이유를 겨우 깨달았다.

왜냐하면 그는 나의 마음까지도 이렇게나 이상하게 만
드니까.

가녀리지만 힘찬 손이 내 손을 잡아끈다.

그것은 여신이 사랑한 손.

원래 여신만이 가져야 할 그 손을, 그 손가락을, 지금만
은 내가 독점한다.

──미안해요. 미안해요. 미안해요.

여신과 그녀에게 충성을 맹세한 권속들에게 마음속으로
몇 번이나 사죄했다.

용서는 바라지 않아요. 하지만 부디, 이루게 해주세요.

이『갈망』을.

그와 함께 맺은 나의『대죄』를──.

그녀에게 안내받은 곳은『공업구역』한곳에 있는 폐허

였다.

무언가의 공장이었는지, 폐기된 거대한 상자 형태의 건물은 녹색 넝쿨에 뒤덮여 있었다. 출입구는 모두 엄중히 봉쇄되어 있었지만 무너진 벽 하나가 넝쿨의 폭포에 가려져 있었다.

정말로 이 정도라면 우리가 안에 숨어 있을 거라곤 아무도 모를 것이다.

몸을 숙이고 무너진 구멍을 지나 짧은 통로를 나아가자 시야가 탁 트였다.

"넓다……."

폐허 내부는 수천 명을 넉넉히 수용할 만한 넓이를 자랑했다.

과거에 화재가 있었다는 사실을 말해주듯, 안쪽 절반의 벽과 바닥에는 새카맣게 탄 흔적이 보였다. 금속 기둥은 이리저리 구부러져 지면에 머리를 대고 있다. 바닥에 펼쳐진 광차의 선로도 지면과 함께 일부가 통째로 사라지고 없었다. 대부분의 설비가 철거되고, 구석에 몰려 있는 것은 재활용할 방법이 없는 잡동사니뿐이다.

고개를 들어보니 회색 하늘이 보였다. 지붕에 여러 개의 구멍이 뻥 뚫려 있었다.

"고아원 아이들이 졸라서 『다이달로스 거리』 밖으로 나갔을 때…… 발견한 거예요. 위험해서 딱 한 번만 오고 말았지만요……."

그 설명에 이해했다. 정말로 이곳은『비밀기지』같은 분위기가 있다.

신이 난 라이 일당의 모습이 눈에 선한 것 같다── 그런 생각을 하며 돌아보았다.

이쪽을 바라보는 그녀와 마주 섰다.

"……왜【프레이야 파밀리아】에게 표적이 되었는지, 가르쳐 주시겠어요?"

"……그건,『여신님』이…… 프레이야 님이 당신에게 반했기 때문이에요."

"……저에게요?"

"……네. 그래서 그 사람들이 그렇게 화를 낸 거예요. 프레이야 님의 총애가 향하는 곳을 알면서도…… 제가, 당신을 빼앗으려 했으니까."

서늘한 폐허 내의 공기가 두 사람을 에워쌌다.

그녀가 털어놓은 내용에 나는 적잖이 동요했다.

동시에, 그런 생각지도 못한 내용을 부정하려 해도 당장은 그럴 수 없었다.

──『사랑해』.

은발 여신님이 나에게 분명히 그렇게 속삭였던 것을 떠올렸기 때문이다.

"당신에게 말하지 않은 것이 잔뜩 있어요. 저는 당신에게, 거짓말만 했어요. 하지만 이렇게 된 지금, 당신에게서 떠나야 하는 건 사실!"

"……."

"저에게는! ……지금밖에 없어요."

이 마음을 이루려면.

내뱉듯 한바탕 외친 후, 건드리면 사라지는 눈의 결정 같은 목소리로 그녀는 그렇게 중얼거렸다.

아래를 향했던 회색 눈이 이쪽을 본다.

지금 이 시간을 아쉬워하듯, 이쪽으로 다가온다.

내 앞에 멈춰 선 그녀는 말했다.

"연민이라도 좋아요. 동정이라도 상관없어요. 저를 받아들이겠다면, 부디——."

그것은 애원이었다.

틀림없이, 의심할 여지도 없이, 애절한 『갈망』이었다.

나는 그 모습을 앞에 두고 한 차례, 조용히 눈을 감았다.

그녀가 마지막 거리를 좁혔다.

털썩, 손에 들고 있던 핸드백이 바닥에 떨어졌다.

나의 등에 팔을 감으려 한다.

그리고 나는——

그가, 조용히 감았던 눈을 떴다.

그 루벨라이트색 두 눈을 볼 때마다 가슴이 시큰거린다.

아주 오래전, 『여신』이 해주었던 말을 떠올린다.

그녀가 말한 대로, 그의 붉은 눈동자도, 때 묻을 줄 모르는 투명한 영혼도, 마치 아름다운 보석 같았다.

그것이 『여신』과 나를 붙들어놓는다.

그것이 『여신』과 나를 미치게 만든다.

이끌리듯, 나는 마지막 거리를 좁혔다.

떨리는 가슴과 가슴이 밀착하고, 입술을 가까이 가져간다.

이제는 필요가 없는 핸드백을 발밑에 떨어뜨렸다.

천천히, 손을 든다.

──왜, 『여신』이 먼저 당신과 만나고 말았을까.

내가 먼저 만났더라면.

이런 미래를 알았더라면.

무언가가 달라졌을지도 모르는데.

가슴을 태우는 것은 하나의 마음. 넘쳐 나버릴 것만 같은 그것을, 안 된다고, 안 된다고 몇 번이나 필사적으로 되뇌면서 참으려 했다.

아아, 하지만, 인정하지 않을 수 없었다. 눈앞의 존재에게, 계속 끌렸던 사실을. 그에게 반한 『여신』과 동조된 것처럼. 마치 그것은 『여신의 거울』과도 같았다. 그렇기에, 그렇기에. 나는 이 충동을 억제할 수가 없다. 품어서는 안 될 금기임은 잘 안다. 그것이 나를 구원해준 『여신』에 대한 배신이라는 것도 안다. 하지만 이 감정을 막을 방법을 이 몸은 알지 못한다. 그렇다, 나는, 그를──

용서못해용서못해용서못해용서못해용서못해용서못해
용서못해용서못해용서못해용서못해용서못해용서못해
용서못해용서못해용서못해용서못해용서못해용서못해
용서못해용서못해용서못해용서못해용서못해용서못해
용서못해용서못해용서못해용서못해용서못해용서못해
용서못해용서못해용서못해용서못해용서못해용서못해
용서못해용서못해용서못해용서못해용서못해용서못해
용서못해용서못해용서못해용서못해용서못해용서못해
용서못해용서못해용서못해용서못해용서못해용서못해
용서못해용서못해용서못해용서못해용서못해용서못해
용서못해용서못해용서못해용서못해용서못해용서못해
용서못해용서못해용서못해용서못해용서못해용서못해
용서못해용서못해용서못해용서못해용서못해용서못해
용서못해용서못해용서못해용서못해용서못해용서못해
용서못해용서못해용서못해용서못해용서못해용서못해
용서못해용서못해용서못해용서못해용서못해용서못해
용서못해용서못해용서못해용서못해용서못해용서못해
용서못해용서못해용서못해용서못해용서못해용서못해
용서못해용서못해용서못해용서못해용서못해용서못해
용서못해용서못해용서못해용서못해용서못해용서못해
용서못해용서못해용서못해용서못해용서못해용서못해
용서못해용서못해용서못해용서못해용서못해용서못해

용서못해용서못해용서못해용서못해용서못해용서못해
용서못해용서못해용서못해용서못해용서못해용서못해
용서못해용서못해용서못해용서못해용서못해용서못해
용서못해용서못해용서못해용서못해용서못해용서못해
용서못해용서못해용서못해용서못해용서못해용서못해
용서못해용서못해용서못해용서못해용서못해용서못해
용서못해용서못해용서못해용서못해용서못해용서못해
용서못해용서못해용서못해용서못해용서못해용서못해
용서못해용서못해용서못해용서못해용서못해용서못해
용서못해용서못해용서못해용서못해용서못해용서못해
용서못해용서못해용서못해용서못해용서못해용서못해
용서못해용서못해용서못해용서못해용서못해용서못해
용서못해용서못해용서못해용서못해용서못해용서못해
용서못해용서못해용서못해용서못해용서못해용서못해
용서못해용서못해용서못해용서못해용서못해용서못해
용서못해용서못해용서못해용서못해용서못해용서못해
용서못해용서못해용서못해용서못해용서못해용서못해
용서못해용서못해용서못해용서못해용서못해용서못해
용서못해용서못해용서못해용서못해용서못해용서못해
용서못해용서못해용서못해용서못해용서못해용서못해
용서못해용서못해용서못해용서못해용서못해용서못해
용서못해용서못해용서못해용서못해용서못해용서못해

————그래, 어떻게 용서할 수 있겠어!!

당신과 만나버리는 바람에 **여신은 더럽혀졌어!**

당신 때문에 여신은 타락하려 해!

나는 알아! 나만은 알아! 그분조차 알지 못하는 신의 마음을, 나만은 알 수 있어!

그렇기에, 미워미워미워미워미워미워미워미워!!

당신이, 아니, **네가,** 그 숭고한 여왕을 바꿔놓았어!

——왜 여신이 먼저 너와 만나고 말았을까!

내가 먼저 만났더라면!

이런 미래를 알았더라면!

여신과 만나기 전에 내가 너를 **죽였을 텐데!!**

탄식은 아무것도 낳지 않는다. 분노는 아무것도 가라앉힐 수 없다. 증오는 아무것도 돌이킬 수 없다. 알고 있다. 깨닫고 있다. 이해하고 있다.

그렇기에, 그렇기에, 그렇기에.

나는 여신을 배신한다.

『교섭』속에 숨겨놓았던 진의로 『약정』을 바꾸어, 『금기』를 범한다.

여신에 대한 『사랑』으로 여신의 『　』을 짓밟는 것이다.

그것이 나의 갈망.

그것이 나의 애원.

그것이 나의 충성.

그것이, 눈앞의 사내에게 줄 붉은 꽃다발.

이젠 권속들의 방해도 없어!

내가 이룰『대죄』의 상징은 눈앞에 있어!

착각하고 있는 너에 대한『호의』도, 나를 막을 검은 되지 못해!

여신에게 매도당하더라도!

죄인의 낙인이 찍히더라도!

걸레짝처럼 망가져 그녀에게서 버림받더라도!

여신의 악몽은 내가 반드시 걷어내고 말겠어!

그녀를 환혹시키는『영웅』따위── 여신의 마음을 빼앗는『오즈(반려)』따위, 필요 없어!!

그녀가 마지막 거리를 좁혔다.

털썩, 손에 들고 있던 핸드백이 바닥에 떨어졌다.

나의 등에 팔을 감으려 한다.

그리고 나는── 그런 그녀의 가녀린 팔을 잡고, 말했다.

"그럼, 당신은 누구인가요?"

그 물음에, 정적이 찾아왔다.

귀를 꿰뚫는 침묵이 두 사람 사이에 흘렀다.

눈앞에 있는 회색 눈동자는 크게 뜨여 있었다.

시간이 멎어버린 듯 그녀의 팔은 움직이지 않는다.

그 팔 너머에 있는, **오른손에 든 나이프로** 내 등을 꿰뚫을 수 없다.

시간의 동결을 깨뜨리고, 그녀가 팔에 힘을 콱 주었다.

소용없다. 내 두 손이 그녀의 두 팔꿈치 안쪽을 붙들고 있다. 차디찬 나이프를 등 너머로 심장에 꽂을 수는 없다.

봉쇄된 이 폐공장에 우리가 있다는 사실은 **아무도 알지 못한다.**

다시 말해 아무도 치유할 수 없다. 아무도 구할 수 없다.

이 폐허는, 그녀가 마련한 『나의 관』이었다.

"…………무슨 말을, 하는 거예요?"

"당신은 시르 씨가 아니라고 하는 거예요."

입술과 목소리를 떠는 그녀에게 똑똑히 말했다.

이번에는 내가 두 손에 힘을 주었다. 눈앞의 얼굴이 일그러지며, 손에서 나이프를 떨어뜨렸다.

딸그랑, 하고 칼날이 지면에 떨어지는 높고 메마른 소리.

구속을 풀어주자, 그녀는 두 팔을 붙든 채 나에게서 뒷걸음질 쳤다.

바닥에 떨어진 핸드백이 —— 흉기를 숨겨놓았던 가방이 그녀의 구둣발에 피어오른 먼지를 뒤집어썼다.

"……벨 씨, 왜 그런 말씀을 하세요? 저는, 저인걸요? 당신도 오늘, 계속 저를 지켜줬잖아요!"

"네, 지켜줬어요. 무슨 일이 일어나고 있는지 영문을 알수 없어서…… 누구도 죽길 바라지 않았으니까요. 설령 당신이 시르 씨가 아니라 해도."

필사적으로 웃음을 꾸미려 하는 그녀가 숨을 멈추는 가운데, 나는 『그 사실』을 말했다.

"저는 당신을…… 한 번도 『시르 씨』라고 부르지 않았어요."

그랬다.

처음부터, 깨닫고 있었다.

오늘, 사라진 시르 씨를 찾다가, 그녀를 발견하고, **숨을 멈추었던** 그 순간부터 『위화감』을 느꼈다.

그녀는 평소 풍요의 주점에서 일하던 그 점원이 아니었다.

그녀는 평소 나에게 점심 도시락을 건네주던 그 사람이 아니었다.

그녀의 웃음은 언제나 나에게 웃어주던 시르 씨의 웃음이 아니었다.

왜냐하면 아까 마주친 순간, 그녀는 한순간 『살의』를 내비치고 말았으니까.

『위화감』이 『확신』으로 바뀐 것은, 어떤 궁지에 빠져도 핸드백을 놓으려 하지 않았을 때. 정확히는, 몸에서 떼어놓지 않으려던 핸드백 속에서 날붙이 특유의 금속음 ——아마도 나이프와 금속이 맞부딪치는 소리——을, 【랭크 업】으로 강화된 청각이 포착해버렸을 때였다.

상황이 상황인지라, 도와주러 왔던 류 씨 일행도 알아차리지 못했을 것이다.

아니, 그렇지 않았어도 알아차리지 못했을지 모른다.

그만큼 이 사람의 모습은, 목소리는, 몸짓은, 시르 씨와 판박이였다.

그러므로—— **그런 시르 씨의 목소리는 듣고 싶지 않았다. 그런 시르 씨의 표정은 보고 싶지 않았다.**

같은 목소리, 같은 얼굴을 하고 있어도『그녀』는 시르 씨가 아니었으니까.

"당신은 처음부터 날 죽일 생각이었죠."

그녀는 분명 내가 회그니 씨에게 추적당한다는 사실을 알았을 것이다.

거기서 이판사판의 도박에 나섰다.

일부러 제1급 모험자들이 격노할 만한 행동을 보여, 내 앞에 모은 후, 그곳에서 도망쳐 추적의 손길을 차단하고자 했다. 이 폐허에서 나와 단둘이 있기 위해.

"……큭!"

나의 담담한 지적에 그녀는 당황했다.

바닥에 떨어진 나이프는 살의의 증거.

그렇기에 그 칼날은 그녀가 시르 씨가 아니라는 움직일 수 없는 증거——인 것은 아니다.

"어쩌면 시르 씨가 저를 죽이고 싶을 정도로 증오했을 가능성이, 있을지도 모르니까요. 그랬다면 슬프겠지만, 남의 마음까지는 모르는 법이니까요. ——하지만 당신은 달랐어요. 시르 씨가 아니에요."

"어……어떻게? 왜 내가 시르가 아니라고, 그렇게 단정할 수 있나요?!"

그 가면의 안쪽을 파헤치기 위해 나는 『증거』를 들이댔다.

"『머리 장식』."

"네?"

"오늘, 제가 드린 『머리 장식』…… 지금도 당신이 차고 있는 그건, 시르 씨의 것이 아니에요."

회색 머리에 달린 푸른 머리 장식이 떨렸다.

내 말에 그녀는 말문이 막혔다.

"그건 **제 거예요.**"

한 쌍을 이루는 액세서리.

여관을 나왔을 때, 테이블 위에 놓여 있던 것은 두 개의 장식 중 내 것뿐이었다.

진짜 시르 씨는 나머지 한쪽을 가지고 내 앞에서 사라졌다. 그러므로——.

"당신이 시르 씨의 가짜가 아닐까 해서 확인할 생각으로 드렸던 거예요. 진짜 시르 씨가 가지고 있어야 할 그것을 가지고 있지 않은 당신은…… 제 말을 믿고 받았죠."

"……!!"

"속을 리 없는 말에 속았어요."

떨리는 그녀의 손이 머리 장식을 떼어냈다.

그 뒤에 새겨진 것은『기사』를 나타내는 코이네 공통어.

——『제가 정령 쪽을 가져도 될까요! 벨 씨는 기사 쪽!』

시르 씨가 골랐던 것은『정령』의 액세서리.

내 것을 받고 말았다는 사실은 뒤집으려야 뒤집을 수 없는『증거』였다.

"당신은 아마 **시르 씨에 대해 뭐든지 알고 있겠죠. 하지만 그것도 분명 완벽하진 않을 거예요.** 머리 장식이 내 것일지 모른다고 의심하지 못했으니까."

기억, 혹은 시야의『공유』.

너무나도 뜬금없는 이야기지만,『마법』이나 매직 아이템이라면 불가능하지는 않다.

그야말로『공유 대상을 단 한 사람으로 좁힌다』는『제한』이 있다면.

눈앞에 있는 그녀는 아마도 그『제한』속에서 머리 장식의 정보를 놓쳤을 것이다.

"그러니 당신은 시르 씨가 아니에요."

다시 한번 말한 확신에 찬 목소리가 모든 것을 끝냈다.

눈을 한껏 크게 뜨고 있던 그녀는 고개를 꺾듯 푹 숙였다.

손에서 푸른 액세서리가 떨어졌다.

소리를 내며 발밑으로 굴러온 그것을 내가 주워들었다.

긴 침묵.

폐허 한복판에서 대치한 가운데,『그녀』는 천천히 입을

열었다.

"처음부터 눈치채고 있었다니…… 구제할 길 없을 정도로 어리석지."

시르 씨의 목소리임에도 지독히 싸늘한 그 목소리에, 나는 분명히 움츠러들었다.

숙였던 얼굴이 정면을 향했다.

나를 바라보는 회색 눈동자는 암담한 빛을 머금고 있었다.

결코 시르 씨가 보인 적이 없던, 탁한 두 눈.

"아무것도 깨닫지 못했더라면 부드럽게 안아 내 품 안에서 죽여줬을 텐데……."

섬뜩해질 정도로 무기질적인 말. 명확한 적의와 살의.

조금 전【프레이야 파밀리아】의 살기가 귀엽게 여겨질 정도다.

내장을 얼음의 손바닥에 붙들린 듯한 착각을 느끼며, 나는 조용히 물었다.

"당신은 누구죠……? 왜 시르 씨와 똑같은 모습을 하고 있죠?"

"알 필요는 없어요. 나는 그분과의『내기』에 졌으니까."

그렇게 말하고, 그녀는 체념한 듯 고했다.

"나조차 개입할 수 없는 기억의 장소…… 오직 당신과의 추억이 있는 장소. 시르 님은 거기에 있어요. 가세요."

나와 시르 씨만의, 추억이 있는 장소……?"

그 말을 들은 순간 반사적으로 한 가지 광경을 떠올렸다.

나와 시르 씨만이 아는 기억의 정경을.

얼어붙어 있던 나는 눈앞에 선 시르 씨가 아닌 누군가를 돌아보았다.

"……당신은, 안 가나요? 이대로 있다간【프레이야 파밀리아】에게……!"

"……가짜라는 걸 알면서도 제 걱정을 하나요? 얼마나 저를 비참하게 만들어야 직성이 풀릴 텐가요. 정말 지독한 위선자."

"웃……."

"당신이 사라져준다면 제가 죽을 일도 없어요. 그분을 배신했다고는 해도, 제가 당신을 놓아주었다면 벌은 받더라도 목숨까지 잃지는 않을 테니까요."

"……정말요?"

"네, 정말 허무하게도. ──그러니 어서 가세요."

그녀에게는 더 이상 아무런 의지도 느껴지지 않았다. 살의도 적의도, 모든 것이 무산된 것처럼.

나는 그녀의 말을 믿을 수밖에 없었다.

감정이 떨어져 나간 그 표정에 입을 꾹 다문 후, 나는 폐허를 떠났다.

소년이 폐허에서 사라진다.

기척이 멀어져간다.

이를 느낀 시르의 모습을 한 소녀는—— 다음 순간 관자놀이를 창대로 얻어맞고 있었다.

몸이 옆으로 날아간다.

둑이 무너진 것 같은 기세로 기둥을 부수며 벽에 격돌했다.

무시무시한 모래 먼지와 꽝음이 솟아나는 가운데, 은창을 걸머진 장본인, 아렌이 혀를 찼다.

"독단에 촌극에…… 심지어 호위 임무마저 내팽개쳤지. 대체 뭘 하려고 했던 거냐, 넌."

짜증 섞인 말을 던진 곳.

벽에서 몸을 떼어 바닥에 나뒹군 소녀는 손을 경련시키며 거의 의식을 잃고 있었다.

하지만 일반인이라면 목뼈가 부러지는 정도가 아니라 머리가 터져나갔을 만한 공격을 받았음에도, 그녀의 몸은 원형을 유지하고 있었다.

시르의 얼굴을 피로 흠뻑 적시고, 팔다리는 상처투성이가 되어, 중상을 입었으면서도, 살아있었다.

"죽기 전에 대답해, 회른."

그 이름이 계기가 된 것처럼.

마치 거울이 녹아내리는 듯한 빛의 막이 그녀의 온몸을 덮더니, 무수한 빛의 입자가 되어 터져나갔다.

상한을 넘어선 대미지에 의한 『마법』의 해제.

빛의 입자가 사라진 곳에 쓰러져 있는 것은── 색소가 떨어져 나간 회색 머리, 밤의 어둠에 뒤덮인 것 같은 칠흑의 왼쪽 눈을 가진, 아름다운 소녀였다.

"시종장이 뭐 하자는 짓이야."

"신의를 저버려놓고 무슨 『여신의 수행원』이야."

아렌과 마찬가지로, 구멍이 뚫린 지붕에서 걸리버 4형제 그리고 회그니가 폐허 안에 착지했다.

드바린과 그레르의 매도에── 회른은 떨리는 입술을 열었다.

"변명은, 하지 않겠어요……. 제가 저지른 짓은, 그야말로 신을 저버린 행위……. 용서받을 수 없는 것……."

얼굴 오른쪽 반을 가린 긴 머리카락을 출렁이며, 허덕이듯 죄를 인정했다.

여기에 눈을 가늘게 뜬 회그니가, 역시 혐오의 감정을 토해냈다.

"계집 하나의 책략이 이렇게나 잘 먹혔을 리가 없지…… 나의 숙적 회딘, 그리고 오탈과도 손을 잡고 있었나?"

바로 그랬다.

정확하게는, 참모 회딘과 단장 오탈마저 **속인** 상태에서, 회른이라 불린 소녀는 벨을 죽이려 했다.

첫째 날은 진짜 시르.

둘째 날은 가짜 시르.

그렇기에 아렌 일행은 격노했다.

여신의 소유물로 결정이 난 소년을, 독단에 따라 마음대로 하려 했던 회른에게.

만약 회른이 협조를 청했더라면 그 시점에서 그녀의 계획은 그들의 손에 산산조각으로 파괴되었을 것이다. 소위 말하는 『과격파』에 속한 아렌 일당은 주신의 신의에 등을 돌리는 요소를 모조리 배제한다.

모든 것은 여신을 위해.

"너 이 자식, 처음부터 우리에게 죽을 작정이었지."

아렌은 노기 어린 표정으로 간파했다.

소녀의 계획은 처음부터 자기 자신의 희생이 따르는 행위였음을.

"……여신을 생각하고, 여신에게 충성을 맹세하고자, 여신을 배신했으니까요. 그렇다면 제 『갈망』이 이루어지든 아니든, 여신이 거두어주었던 목숨을 여신에게 돌려드릴 뿐……"

떨리는 손을 바닥에 짚고 상체를 일으킨 회른은 띄엄띄엄 대답했다.

고통도 공포도 없이, 피로 화장을 한 소녀의 얼굴은 그야말로 순교자의 표정이었다.

"네 지저분한 자기만족을 그분에게 들이대지 마라, 쓰

레기."

아렌은 이를 일축했다.

한번 고개를 숙인 회른은 다음 순간 고개를 들며 외쳤다.

"그래요, 전 여신의 마음을 빼앗으려 한 그 소년을 증오하고 질투했어요! ……하지만 그게 다가 아니에요! 저는 위험하다고 봤던 거예요!! 여신이 바뀌어버리는 것을! 유일무이한 여왕이, 이대로 가다간 더럽혀지고 타락해버릴 것을!"

"……."

"당신들은 몰라요! 하지만 나만은 알아요! 그래서, 그래서, 그래서!! 제가 해야만 했던 거라고요! 그분이 바라시지 않더라도, 영원히 증오를 사더라도! 그분을 위해 제가 범해야만 했던 거라고요! 여신은 여신으로 계속 있어야만 하기에!"

아렌 일행이 잠자코 지켜보는 가운데, 소녀는 처절한 웃음을 띠었다.

"그래요── 단순한 『소녀』로 전락해버려서는 안 된단 말이에요!!"

하하하하하하하하하하하하하하하하하하하하하하하하하하하하하하하하하하하────…….

망가진 오르골처럼, 소녀의 목에서 홍소가 터져 나와, 부서진 지붕을 통해 하늘로 올라갔다.

그 웃음소리는 자신의 충성을 의심하지 않는다.

그 어둠색 눈의 광채는 주신의 영원한 영광을 꿈꾼다.

그녀를 구성하는 모든 것은 그녀가 숭배하는 여신에게만 바치는 것.

"네놈은 여신의 수행원이 아니야."

이윽고 아렌이 내뱉었다.

"그냥 『광신자』지."

그 말에.

소녀는 부정도 긍정도 하지 않고.

눈을 가늘게 뜨며, 한 줄기 핏방울을 뺨에 흘린 채 그저 웃고만 있었다.

🝣

눈이 내리던 그 날.

아름답고도 잔혹한 백색 파편이 하늘에서 떨어지던 그 날 밤.

나를 바라보던 여신은 말했다.

『지금 나는 널 구할까 하는데…… 넌 무언가 바라는 게 있니?』

나는 대답했다.

저를 그만두고, 아름답고, 따뜻한, 당신이 되고 싶어요.

『신이 되고 싶다고? 너 정말 욕심도 많구나! 그런 말을 하는 아이는 이제까지 어디에도 없었어!』

나의 오만한『갈망』에 그분은 웃어주셨다.
그리고 말씀하셨다.

『그러면 **이름**을 줄게. 대신 **네 이름**을 내게 주련?』

그것은『운명』의——『진명』의 교환이었다.
육체와 영혼이, 고독으로 지저분해진 여자아이에게서
벗어나는, 신성한 의식이자 계약이었다.
『시르』라는 이름을 버리고『회른』이라는 신의 이름을 얻
은 것이다.
그리고 그분의 권속이 된 순간.
나의 갈망이『신의 은혜』에 의해 구현화 되었을 때, 나는
환희했다.

『바나 세이즈』—— 그 효과는『변신(變神) 마법』.
발동하는 동안, 나는 그분과 오감을 공유하고, 마음마저
일방적으로 수신한다.
그녀가 느낀 것을, 그녀에 관한 모든 만물을 알 수 있다!
『아르카넘』을 사용하지 못하는 것을 제외하면—— 나는
몸도, 마음까지도 여신이 되었던 것이다!
분에 넘치는 영광. 넘쳐나는 절정. 지상의 오물에 불과
한 계집아이는 하늘의 축복을 받았다.
아아!!

나는 여신의 아이 회른!

평범한 『시르』를 반납하고 『신의 아이』가 된 존재!

영원히 그분의 팔이 되고 다리가 되어, 코가 되고 귀가 되고 눈이 되어, 여신의 일부로서 운명을 함께 하리라!

그런데! 그런데! 그런데!

그 소년이 나타났어!

그 남자가!!

숭고한 여신을, 무엇보다도 아름다운 여신을 환혹하는 존재가!

발현한 『비술』을 사용해 여신이 된 동안 그분의 마음을 느낄 수 있는 나만이 알 수 있어! 내가 아니면 알 수 없어!

여신은 **여신이 아닌 존재가 되려고 해!**

초연하고자 고상하며 인간의 지혜 따위 미치지도 못하는 천상의 지배자는, 하잘것없는 대지의 얼룩 중 하나로 전락하려 해!

여신이 단순한 『계집아이』로 전락하다니 —— 그런 일은 있어서는 안 돼!

그러니까!

그래, 그러니까!

나는 결의할 수밖에 없었어!

나는 잘못되지 않았노라고 『충동』이 시키는 대로 따를 수밖에 없었어!

신의에 부합하지 않는 결의를 총동원해서라도, 『소년의 암살』에 임할 수밖에 없었어!

일상 속에서 살해를 단행하기란 이미 불가능했다. 그 소년은 내가 번민하는 동안에도 성장을 거듭해, 이미 지나치게 강해졌다. 설령 혼자만 있을 때, 잠들었을 때를 노리더라도 지금의 나는 그를 죽일 수 없다. 그리고 나에게는 협력자 따위 없다. 다른 권속들은 소년을 질투하면서도 목숨을 빼앗을 생각은 절대 하지 않는다. 나는 고립되어 있었다.

그분에게서 『여신제』에 같이 가달라는 『편지』를 전해달라는 부탁을 받았던, 그날.

내 안에서 어떤 감정이 소용돌이쳤는지는 아무도 모를 것이다.

방아쇠가 부서져, 이제는 폭주할 수밖에 없게 된 감정이 나를 결단으로 이끌었다는 것도.

홈 앞에서 소년과 처음 만난 그날.

터무니없는 살의를 필사적으로 억누르면서, 그분의 마음과 동조되어 눈앞의 존재를 사랑스럽게 여기고 말았던 내가 얼마나 불안정했는가는 아무도 몰라!

그래서 이 『여신제』를 이용할 수밖에 없었어!

그분과 자리를 바꾸어, 그 소년에게 다가갈 수 있는 기회를 얻어, 그의 품에 파고들 수 있는 유일한 순간을!

『소년에 대한 호의』라는 이름의 감정에 육체도 영혼도 침범당하면서, 그래도 나의 『충성』은 흔들리지 않았어. 나의 신앙은 시시한 마음을 물들이고 도태시키고, 내 몸을 신명의 업화로 태웠어.

여신을 반드시 주박에서 해방해야만 해.

더러움을 씻어낼 재계는 나의 목숨으로 완수되는 거야.

그래.

여신은, 여신 그대로 있어야만 해!

여신은, 여신이어야만——!!

하지만.

이제 나의 『갈망』은 이루어지지 않는다.

격렬한 분노, 차가운 슬픔, 그리고 조용한 기쁨. 여신이 지나치게 강한 감정을 얻을 때, 그것은 때로 역류를 일으켜 신의 자아는 왜소한 나의 의식을 삼켜버린다. 대정당에서 있었던 일을 단편적으로밖에 포착하지 못했던 것이 나의 패인—— 아니, 변명할 마음은 없다.

나는 그에게 패한 것이다.

나의 정체를 간파당했다.

그를 죽일 수는 없었으며.

그를 막을 수도 없었으며.

나는 게임에 패한 것이다.

『교섭』속에서, 그분이 절대 준수하도록 내걸었던 조건.

──만일 너의『거짓말』이 간파되면 너의 패배를 인정할 것.

──그 시점에서 너는 그 아이에게 아무것도 해서는 안 돼.

지금 생각해보면 여신은 내 진의를 꿰뚫어 보고 있었으리라.

『소년에 대한 호의』를 가면으로 삼아 진실 속에 숨긴『살의』를.

동시에 오탈 님은 소년을 시험하고, 헤딘 님은 여신을 위해서만 움직였지.

결국 나는 여신의 손바닥 위에서 놀아나, 오히려 그에게 당하고 말았어.

너무나도 비참하고 어리석은 종막.

어릿광대조차 되지 못한 나는 결국 그분이 말씀하신 대로 아무도 되지 못했다.

하지만, 그래도, 좋아.

분하지만, 너무나도 슬프지만.

그분을『악몽』에서 깨어나게 할 방법은 아직 남았어.

나는 그분을 상처 입히고 싶지 않았기에 강경 수단을 택했지.

내가 모든 죄를 짊어지고 목숨으로 갚으면 된다고 생각했지.

숭고한 여신에게 『상처』 하나라도 입히고 싶지 않았기에 저지르려 했던 것인데——.

아히, 히히히, 히히히!

결말은 달라지지 않았어!

그 소년의 눈이 어디를 향하고 있는지!

그 투명한 마음은 대체 어디까지 일편단심인지!

아무리 바라도, 미쳐버릴 것 같아도, 결과는 달라지지 않아!

이로써 그녀는 주박에서 해방될 거야!

다름 아닌 소년의 손에 의해!

순수하기에, 그 하얀 소년이야말로 여신의 『갈망』을 끝내버릴 거야!

그 사실을 아는 사람은 나 하나면 족해!!

그래.

이 뺨에 흐르는 눈물의 의미를, 아는 사람은 나 하나면 족해.

달린다.

달려 나간다.

기억을 따라, 정말로 맞는지도 알 수 없는, 그러나 왠지 확신하는, 나와 시르 씨 모두와 인연이 있는 장소로.

마치 내 예감을 뒷받침해주듯, 나아감에 따라 인기척은 사라져가고, 소란은 멀어지고, 정적만이 깊어져 간다.

미로의 숲을 나아가, 단차의 절벽을 넘어, 벽의 계곡을 내려간다.

회색 하늘이 으르렁거리고 두꺼운 구름이 꿈틀거리는 가운데…… 나는 눈에 익은, 조그만 정원에 도달했다.

장소는 미궁거리, 『다이달로스 거리』.

그리고 그녀는 벽돌로 된 벤치에 앉아, 믿듯이 눈을 감고 누군가를 기다린다.

"시르 씨……."

처음으로 그녀에게 『좋아한다』는 말을 들었던 장소.

너무나도 많은 일을 겪고 내가 균열투성이가 되었을 때, 그녀가 구해주었던 정원.

──『저는…… 계속 달리는 벨 씨를 좋아하니까요.』

서로의 마음이 가장 가깝게 다가섰던, 두 사람만이 아는 기억의 요람.

"!"

정원 입구에 멈춰 서 있던 나는 흠칫 머리 위를 보았다.

석조 건물 위, 그곳에 서 있던 것은 마스터…… 헤딘 씨.

호위의 위치에 선 그는 이제까지 그랬듯 명령도, 강요도, 아무 말도 하지 않았다.

무엇을 생각하는지 알 수 없는 산호색 눈으로 나를 그저 바라본 채, 역할을 마치라고, 그렇게 말하듯 몸을 돌렸다.

떠나가는 엘프의 모습을 보고, 시선을 그녀에게 돌렸다.

조그만 바람이 불었다.

멈춰 서 있던 나는, 채근을 받은 것처럼 정원으로 발을 들였다.

식재와 함께 심어진 꽃이 작은 꽃송이를 흔든다.

그녀는 천천히 눈을 뜨고 나를 보더니, 입가를 부드럽게 구부렸다.

"절 찾아내 주셨네요, 벨 씨."

"……시르 씨랑 똑같은 사람이, 가르쳐줘서요."

"아이참. 그럴 때는 '왠지 여기 있을 것 같았다'고 하는 거예요."

아이를 나무라듯 주의를 준다.

그 목소리에는 전혀 가시가 없고, 그저 부드러웠다.

그녀가 자리에서 일어나고, 나는 정원 한복판으로 이끌리듯 다가가 마주 섰다.

어제와 같은 드레스.

회색 머리카락에는 내가 선물한 푸른 액세서리.

기사와 정령의 운명을 본뜬 한 쌍의 머리 장식.

"왜……."

입을 연 것은 나였다.

"왜 이런 일을 했나요?"

달리 물어볼 것은 얼마든지 있을 텐데도, 그렇게 물었다.

"어제 말했잖아요."

시르 씨는 미소를 지었다.

"내 마음을 전하고 싶었어요. 내 마음을, 확인하고 싶었어요."

가만히 오른손을 뻗어 머리 장식을 매만지며.

"당신을 좋아하는 사람이 또 있더라도, 그래도 저를 찾아내 준다면, 조금은 자만해도 되지 않을까 하고요."

"……."

"그리고, 지금 할 수 있는 최선을 다하려고요. 아무것도 하지 않은 채 시간이 지나가는 건 싫었거든요."

"……."

"무엇보다, 지루한 걸 싫어하는 주제에 지금처럼 계속 머물러 있기를 바라는 제가 있어서, 무서워졌어요."

그녀는 일방적으로 말했다.

그것은 변명도 해명도 아니고, 공감을 바라는 호소조차 아니었다.

"하지만 이젠 스스로도 잘 모르겠어요."

그녀 자신도, 언어의 바닷속에서 진정한 자신을 찾으려는 것처럼 보였다.

"저는 이제, 저 자신을 제일 잘 모르겠어요."

평소 익숙하게 보았던 그녀의 미소가, 어째서인지, 우는 것처럼 보였다.

아무것도 모르는 어린아이가 가만히 서 있는 것처럼.

사랑을 보내고, 사랑을 조르는 존재가 당혹감에 잠긴 것처럼.

그렇게만 보였다.

"분명, 아마도, 어떤 것을 시도하더라도…… 이 괴로움에서 해방되려면, 저의 진짜를, 모든 것을 고백할 수밖에 없을 거라는 사실을, 겨우 깨달았어요."

그제야 알아차렸다.

목소리가 떨리고 있다.

그녀가 꿋꿋하게 행동하고 있다.

눈앞의 일에 겁을 먹은 채, 그래도 용기를 쥐어 짜내려 한다.

어째서인지 무릎이 떨렸다.

손이 경련할 것 같았다.

이가 소리를 내려 한다.

관계의 유지를 용납하지 않은 채, 피해갈 수 없는 분기점이 찾아오고 말았다.

그리고 그녀는 말했다.

"좋아해요, 벨 씨."

가슴에 두 손을 모아쥐고, 몸을 내밀며.

"당신을 좋아해요. 계속 함께 있고 싶어요. 날 택해줬으면 해요."

회색 두 눈이 젖어 들었다.

"괴로워. 안아줘. 이젠 내일을 불안해하는 건 싫어."

어째서 눈물이 맺히는지, 그 눈 자신도 알지 못했다.

"이런 건 알고 싶지 않았는데, 그래도 이 마음 너머를 알고 싶다는 생각이 자꾸만 드는걸!"

몸을 찢는 듯 절실한 울림을 띠고, 나의 온몸을 흔들어 댄다.

"널, 좋아해…… 벨."

가슴이 떨렸다.

소리가 들리지 않았다.

눈에는 그녀만이 비쳤다.

세상에서 두 사람만이 남았다.

그리고 찾아온 것은 귀를 꿰뚫을 정도의 정적, 영원과도 같은 한순간의 침묵.

숨기고 싶었던 것.

얼버무리고 싶었던 것.

두려워서 견딜 수 없었던 것.

모든 것을 드러내고, 모든 것을 부딪쳐왔다.

도피는 용납되지 않는다. 대가를 치러야만 한다. 나의 진심을, 전부를 바쳐야만 한다.

가슴이 삐걱거린다.

눈썹이 일그러진다.

고함을 지르는 심장을 쥐어 터뜨리고 싶다.

이렇게나 괴로운 짓은 그만두고, 그녀의 마음을 받아들여, 그저 편해지고 싶었다.

그래도.

그래도.

그래도──.

떠올린다.

벨프와 나누었던 말을.

확인한다.

지금, 자신의 마음속에 있는 존재를.

묻는다.

자신이 무엇을 동경했으며, 무엇을 추구했으며, 무엇을 맹세해 달려 나갔는가를.

대답을 찾아낸다.

──구제할 길 없는 바보, 벨 크라넬은, 거짓말을 할 줄 모른다.

톡, 물방울이 어깨를 두드렸다.

하늘이 눈물의 기척을 머금었다.

나를 바라보는 그녀와 그녀를 바라보는 나.

두 사람 사이에 남아있는 얼마 안 되는 거리가, 두 사람의 결말을 상징하는 것 같았다.

몰랐다.

몰랐다.

호의를 거절하는 것이—— 이렇게나 괴롭다는 사실은, 몰랐다.

"미안해요……."

하늘은 조용히 울기 시작했다.

에필로그 2 'Alea iacta est II'

© Suzuhito Yasuda

하늘이 울고 있다.

굵은 눈물을 흘리며, 그 이외의 소리를 지워버리고, 슬픔에 잠긴 것처럼.

시야를 가득 메울 정도의 비는 도시에서 축제의 소란을 앗아갔다.

많은 이들이 지붕 밑으로 서둘러 피해 사람의 모습을 지워나간다. 캄캄한 바다에 잠긴 하늘은 지독히도 차갑다. 모두가 머리 위를 올려다보며 이를 근심한다.

하늘을 찌르는 백색 거탑조차 뿌옇게 보였다.

도시에서 풍요의 축복이 끊어졌다.

그런 가운데, 차박, 차박.

시르는 혼자 걷고 있었다.

우산도 들지 않은 채, 비를 맞으며, 눈도 피부도 머리도, 모든 것을 적시며.

어느샌가 구두는 사라지고 없었다.

상처투성이가 된 그녀의 발은 자신이 달려왔는지 어떤지도 떠올릴 수 없었다. 그저, 문득 정신이 들고 보니 경치가 바뀐 후였다. 그리고 눈앞에서 소년은 사라졌으며, 빗소리에 섞여 한 사람만의 발소리만이 사실이 되었다.

맨발에 물웅덩이가 찰랑거린다.

몇 겹이나 되는 파문이 퍼져나간다.

아무도 없는 거리를 걸으며.

눈을 가린 앞머리에서는 연신 폭포가 흘러내리고, 몇 줄기나 되는 물줄기가 뺨을 적셨다.

잠시 후.

비에 이끌린 것처럼, 아무도 없는『아모르 광장』에 도착했다.

소녀가 누군가와 만났던 장소.

신들의 말로『사랑』을 뜻하는 이름을 가진 장소.

그곳에 세워진 여신의 동상도 지금만큼은 하늘의 통곡에 몸을 드러내고 있다.

시르는 걸었다.

아무 말도 하지 않고, 아무것도 느끼지 못하고.

유령처럼, 미아처럼.

사도처럼, 혹은 성녀처럼.

그녀는 광장의 중심에서 발을 멈추었다.

여전히 쏟아지는 비는 시르의 몸에서 모든 것을 씻어내는 듯했다.

슬픔도 괴로움도.

조용히, 그녀는 고개를 숙였다.

얼굴에 달라붙은 회색 머리카락 위에서 푸른 머리 장식이 비를 튕겨냈다.

곧, 그 가녀린 몸은 천천히 떨려왔다.

비를 맞으며, 마치 추위를 견뎌내듯, 차츰 떨림은 커져갔다.

그리고.

"오탈."

불렀다.

하늘의 통곡으로 가득 찬 세계의 중심에서.

소녀의 목소리를 잊고, 맑디맑은 **여신의 목소리로.**

"예."

어느새 나타났는지.

그녀의 등 뒤에 서 있던 것은 바위 같은 보어즈 무인이었다.

그녀와 함께 비를 맞으며, 충실한 종자와도 같이 다음 말을 기다린다.

"준비해. 그 아이를 훔치러 가겠어."

목소리에 망설임은 없었다.

온도도 없고, 자비도 없고, 그저 당연한 섭리를 말하듯 전달했다.

"괜찮으시겠습니까?"

사내는 그 말만을 물었다.

"뭐가?"

소녀는 그 말만을 되물었다.

그리고 사내는 무례를 사죄하듯 입을 다물었다.

하늘이 흔들렸다.

슬픔에 젖은 하늘의 눈물은 이제 두려워하는 짐승의 신음소리로 바뀌었다.

단 하나의 존재에 공포를 느끼듯, 하늘이 술렁거리기 시작했다.

"시르의 시간은 이제 끝…… 처음부터, 이렇게 했으면 좋았을 것을."

산뜻하다.

가슴이 후련해지는 기분이었다.

마음 같은 것으로부터 해방되어버리면, 간단했다.

어째서 그렇게까지 집착했던 것인지, 스스로도 잘 알 수 없었다.

왜냐하면 지금, 자신은 그렇게나 집착했던 것에 이렇게나 무관심해졌으니까.

소녀는 죽고, 그녀는 웃었다.

"놀이는 여기까지."

입술 끝을 틀어 올린다.

마녀처럼, 절대적인 지배자처럼.

앞머리를 쓸어넘기며, 한데 묶었던 장발을 풀고 등 뒤로 흘려보낸다.

그 순간 몸에서, 억눌러놓았던 『신의』가 솟아나 유일한 존재가 산성(産聲)을 냈다.

회색 머리카락은 『은발』로 바뀌고.

회색 눈동자는 『은색 광채』를 머금었다.

눈동자 안쪽에 키우고 있던── 눈동자 안쪽에 숨겨놓았던 『진실』을 드러내며, 『프레이야』는 웃었다.

"아무에게도 주지 않아. 벨, 너는 내 것으로 만들겠어."

던전에서 만남을 추구하면 안 되는 걸까

《라파르트의 오뜨꾸뛰르》

· 오라리오 북쪽의 메인스트리트 일대에 있는 복식점 중에서도 최고급 양복점 『라파르트』의 유일무이한 오더메이드 의상. 헤딘이 사비를 털어, 오직 시르와의 데이트를 위해 마련해준, 말하자면 시르 전용 데이트 결전 장비. 시각에 따른 기습을 노린 포멀 타입.

· 가격 9,200,000발리스. 벨의 방어구 세트보다도 비싸다.

· 수로에서 재킷을 벗어던졌던 흰토끼는 나중에 가격을 알고 기절했다.

스테이터스

Lv.**4**

힘: A843 내구: A812 기교: A881 민첩: S928 마력: B767

행운: F 내성: G 도주: I

《마법》

【파이어볼트】 · 속공마법.

《스킬》

【리아리스 프레제】
· 조숙한다.
· 마음이 이어지는 한 효과 지속.
· 강도에 따라 효과 향상.

【영웅선망 아르고노트】 · 액티브 액션에 대한 차지 실행권.

【옥스 슬레이어】 · 맹우 계열과 전투 시 모든 능력 초고보정.

《반려의 펜던트》

· 두 개를 합쳐 하나가 되는 액세서리.
· 뒷면에는 각각 『기사』와 『정령』의 음각과 코이네 공통어가 새겨져 있다.

『아아, 훌란도. 우리는 질서를 그르쳤도다.
  사랑 다음에 얻을 것. 그것이 그녀를 망가뜨리고 말았구나.』

· 물과 빛의 훌란도 6장 7절, 『성녀의 독백』에서 발췌.

후기

끝판왕이 몸을 풀기 시작했습니다.

이번 권은 내용을 언급하기가 어려우니, 러브코미디(철학)에 대해 말해볼까 합니다.

『러브코미디는 심오하다』고 본편 8권 후기에도 적었습니다만, 역시 이번에도 굉장히 고생했습니다. 어떤 이야기가 즐거운 러브코미디일까? 어떻게 하면 독자 여러분에게 즐거움을 줄 수 있을까? 중요한 것은 모에일까, 흐뭇한 웃음일까, 두근거림일까. "이 러브코미디는 최고!"라는 말을 들으려면? 수많은 라이트노벨을 구입해 데이트 씬을 읽고 정말로 이것저것 고민했습니다. 그리고 최고의 러브코미디를 쓰는 것은 결국 무리였습니다.

그래서 어떻게 하면 히로인이 기뻐할까? 하고 그 부분만을 생각해 집필했습니다.

한없이 주인공 남자아이에게 카메라를 맞추고, 이것저것 시행착오를 겪으면서, 한 여자아이를 웃게 만들기 위해 온갖 것들을 짜 넣고 계획했습니다. 그 반대 또한 마찬가지. 벨을 알아주었으면 하는 아집을 드러내면서, 시르는 당신과 이런 것들을 하고 싶다는 어리광을 폭발시켰습니다. 이번 16권은 독자 여러분이나, 하물며 신들을 위해서가 아니라, 한 여자아이를 위해서만 집필했습니다. 이것이 현시점에서 저의 러브코미디(철학)에 대한 해답이라고 할까, 최선이었습니다.

그리고 이 러브코미디의 너머에 있는 것은 아집과 아집의 시소게임입니다.

사랑, 혹은 다른 무언가를 위해 피와 눈물을 흘리는 이야기가 기다리고 있습니다.

시리즈 최대의 『폭탄』이 작렬하고 투하되어 주사위도 산산이 박살이 나버렸습니다.

이것은 작가의 아집입니다만, 부디 마지막까지 뒷이야기를 지켜봐 주셨으면 합니다.

그러면 감사의 말씀으로 넘어가겠습니다.

담당 마츠모토 님, 키타무라 편집장님, 이번에는 마감을 지켰다고 잘난 척해놓고 다음번 마감에서 오체투지를 하는 광경이 눈에 선합니다. 야스다 스즈히토 선생님, 멋진 일러스트 감사합니다! 그리고 동시에 무시무시한 숫자의 챕터 일러스트를 그리게 해서 죄송합니다……! 관계자 여러분께도 깊은 감사 말씀드립니다. 그리고 시리즈 전체를 통틀어 딱 30권째인 이번 권을 읽어주신 독자 여러분, 정말로 고맙습니다.

다음 17권은 어떻게든 이번 16권과 같은 타이밍에 내고 싶었지만, 어려울 것 같네요. 죄송합니다. 조금만 더 기다려 주세요.

여기까지 읽어주셔서 고맙습니다. 이만 실례합니다.

오모리 후지노

던전에서 만남을 추구하면 안 되는 걸까 16

2021년 1월 1일 1판 1쇄 인쇄
2021년 1월 14일 1판 1쇄 발행

저　　자 오모리 후지노
일 러 스 트 야스다 스즈히토
옮 긴 이 김민재
발 행 인 유재옥
본 부 장 조병권
담당편집 정영길
편 집 1 팀 정영길 김민지 조찬희
편 집 2 팀 김다솜
편 집 3 팀 오준영 곽혜민 김혜주
미　　술 김보라 서정원
라이츠담당 김슬비 한주원
디 지 털 박상섭 이성호 최서윤
발 행 처 ㈜소미미디어
제 작 처 코리아피앤피
등　　록 제2015-000008호
주　　소 서울시 마포구 토정로 222, 403호 (신수동, 한국출판콘텐츠센터)
판　　매 ㈜소미미디어
마 케 팅 한민지 이주희 우희선
전　　화 편집부 (070)4164-3962, 3963 기획실 (02)567-3388
　　　　　 판매 및 마케팅 (070)4165-6888, Fax (02)322-7665

ISBN 979-11-6611-326-0 (04830)
　　　 979-11-950162-0-4 (세트)